O PREÇO DA VITÓRIA

O ARQUEIRO

GERALDO JORDÃO PEREIRA (1938-2008) começou sua carreira aos 17 anos, quando foi trabalhar com seu pai, o célebre editor José Olympio, publicando obras marcantes como *O menino do dedo verde*, de Maurice Druon, e *Minha vida*, de Charles Chaplin.

Em 1976, fundou a Editora Salamandra com o propósito de formar uma nova geração de leitores e acabou criando um dos catálogos infantis mais premiados do Brasil. Em 1992, fugindo de sua linha editorial, lançou *Muitas vidas, muitos mestres*, de Brian Weiss, livro que deu origem à Editora Sextante.

Fã de histórias de suspense, Geraldo descobriu *O Código Da Vinci* antes mesmo de ele ser lançado nos Estados Unidos. A aposta em ficção, que não era o foco da Sextante, foi certeira: o título se transformou em um dos maiores fenômenos editoriais de todos os tempos.

Mas não foi só aos livros que se dedicou. Com seu desejo de ajudar o próximo, Geraldo desenvolveu diversos projetos sociais que se tornaram sua grande paixão.

Com a missão de publicar histórias empolgantes, tornar os livros cada vez mais acessíveis e despertar o amor pela leitura, a Editora Arqueiro é uma homenagem a esta figura extraordinária, capaz de enxergar mais além, mirar nas coisas verdadeiramente importantes e não perder o idealismo e a esperança diante dos desafios e contratempos da vida.

O PREÇO DA VITÓRIA
HARLAN COBEN

*Para os Armstrong,
os melhores parentes do mundo.
Jack e Nancy,
Molly, Jane, Eliza, Sara, John e Kate,
obrigado a todos por Anne.*

capítulo 1

MYRON BOLITAR USAVA um periscópio de papelão para olhar por cima do aglomerado de espectadores com roupas ridículas. Ele tentou se lembrar da última vez que usara um periscópio de brinquedo, e surgiu em sua mente uma imagem daqueles cupons de promoção que vêm em caixas de cereal.

Pelo jogo de espelhos, Myron observou um homem de calças curtas, na altura dos joelhos, parado perto de uma minúscula esfera branca. Um murmúrio alvoroçado percorreu os espectadores. Myron conteve um bocejo. O homem se inclinou. Os espectadores se acotovelavam para assistir melhor e, então, caíram numa mudez reverente. Seguiu-se um silêncio sepulcral, como se as árvores, os arbustos e o gramado prendessem a respiração.

O homem golpeou a esfera branca com um bastão.

A multidão começou a murmurar de forma incompreensível. Enquanto a bola subia, os murmúrios ficavam mais altos. Era possível entender algumas palavras e, depois, algumas frases: "Que tacada de golfe maravilhosa!", "Que supertacada de golfe!", "Que bela tacada de golfe!", "Uma tacada de golfe realmente impecável!". Eles sempre diziam tacada *de golfe,* como se alguém pudesse confundir com uma tacada de *beisebol* ou uma tacada de *hóquei.*

– Sr. Bolitar?

Myron tirou os olhos do periscópio. Ele se sentiu tentado a gritar "Periscópio levantado!", mas tinha receio de que alguns pomposos e arrogantes sócios do Merion Golf Club considerassem uma infantilidade. Principalmente durante o Aberto dos Estados Unidos. Ele se virou para um homem de rosto avermelhado de uns 70 anos.

– Sua calça – disse Myron.

– Perdão?

– Você está com medo de ser atingido pelo carrinho de golfe?

A calça era laranja e amarela, num tom ligeiramente mais ofuscante que a explosão de uma supernova. Para falar a verdade, a roupa do homem mal se destacava em meio às outras. A maioria das pessoas ali parecia ter acordado pensando que roupa poderia usar para destoar do, digamos, mundo natural. Muitas usavam tons de laranja e verde que são vistos apenas nos letreiros de neon mais cafonas. Amarelo e alguns estranhos matizes de púrpura também sobressaíam – em geral juntos –, uma combinação de cores que seria rejeitada até por uma equipe de líderes de torcida de uma escola do ensino médio do

Meio-Oeste. Era como se fizessem o máximo para competir com a beleza natural que os rodeava. Ou talvez fosse outra coisa. Quem sabe as roupas horrendas tinham uma origem mais funcional. Talvez nos velhos tempos, quando os animais vagavam livres, os golfistas se vestissem daquela maneira para se proteger das feras ameaçadoras. Boa teoria.

– Preciso falar com você – sussurrou o senhor. – É urgente.

Seus olhos suplicantes não se encaixavam no rosto arredondado e jovial. De repente ele agarrou o braço de Myron.

– Por favor – acrescentou.

– Do que se trata? – perguntou Myron.

O homem mexeu o pescoço como se o colarinho estivesse apertado demais.

– Você é agente esportivo, certo?

– Sim.

– E está aqui em busca de clientes?

Myron estreitou os olhos.

– Como sabe que não estou aqui para assistir ao fascinante espetáculo dos marmanjos passeando?

O velho não sorriu, mas os golfistas não são mesmo conhecidos por seu senso de humor. Ele esticou o pescoço novamente com desconforto e se aproximou. Seu sussurro foi áspero.

– Já ouviu falar em Jack Coldren? – perguntou.

– Claro – respondeu Myron.

Se o velho tivesse feito essa pergunta no dia anterior, Myron não teria a mínima ideia de quem se tratava. Ele não entendia nada de golfe e Jack Coldren não passara de um atleta medíocre nos últimos vinte anos. Mas, surpreendentemente, havia despontado em primeiro lugar já no primeiro dia do Aberto dos Estados Unidos, e agora, faltando apenas poucos buracos na segunda rodada, estava oito tacadas à frente.

– O que tem ele?

– E Linda Coldren? – perguntou o homem. – Sabe quem é?

Essa era mais fácil. Linda Coldren era a esposa de Jack e, de longe, a melhor golfista da última década.

– Sim – disse Myron.

O homem inclinou-se para ele e mexeu o pescoço novamente. Um tique muito irritante – para não dizer contagioso. Myron teve que se esforçar para não imitá-lo.

– Eles estão com um problema sério – sussurrou o velho. – Se você os ajudar, terá dois novos clientes.

– Que tipo de problema?

O velho olhou em volta.

– Por favor. Aqui tem gente demais. Venha comigo.

Myron deu de ombros. Não havia motivo para não ir. O velho tinha sido o único contato que ele descolara desde que seu amigo e sócio Windsor Horne Lockwood III – vulgo Win – o arrastara até ali. Como o Aberto dos Estados Unidos era no Merion – o campo de golfe preferido da família Lockwood havia cerca de um bilhão de anos –, Win achou que podia ser uma grande oportunidade para Myron pescar alguns clientes de primeira. Myron não tinha muita certeza disso. Pelo que sabia, o fator que mais o distanciava da multidão de agentes esportivos que infestava o verdejante gramado do Merion Golf Club era sua clara aversão ao golfe. E isso provavelmente não lhe dava nenhuma vantagem em relação aos fanáticos.

Myron Bolitar dirigia a MB Representações Esportivas, uma agência de atletas localizada na Park Avenue, em Nova York. Ele alugou o espaço de um ex-colega de faculdade, Win, herdeiro de uma fortuna e consultor de altíssimo nível da Lock-Horne Seguros e Investimentos, pertencente a sua família e sediada na mesma Park Avenue. Myron cuidava das negociações e Win, um dos mais respeitados corretores de seguros do país, cuidava dos investimentos e das finanças. O outro membro da equipe, Esperanza Diaz, cuidava do restante. Três poderes equilibrados. Exatamente como o governo americano. Muito patriótico.

Slogan: *MB Representações Esportivas – os outros não passam de comunas.*

Equanto o velho o conduzia pela multidão, vários homens com blazers verdes – outra roupa bastante comum em campos de golfe, talvez para se camuflar na grama – cumprimentavam-no: "Como vai, Bucky?" ou "Você está ótimo, Buckster" ou "Belo dia para jogar golfe, Buckaroo". Todos tinham sotaque de gente rica, que havia estudado nas melhores escolas. Myron ia fazer um comentário sobre o fato de um marmanjo ser chamado de Bucky, mas quando seu nome é Myron...

Como em todos os eventos esportivos ao ar livre, o campo parecia mais um festival de outdoors do que uma área de competição. O outdoor de maior destaque era o da IBM. A Canon distribuía os periscópios. Empregados da American Airlines trabalhavam nas tendas de comida (uma companhia aérea servindo comida... que sabichões tiveram essa ideia brilhante?). A ala dos patrocinadores estava apinhada de empresas que desembolsavam mais de cem mil dólares cada para armar uma tenda por alguns dias, assim seus executivos tinham uma desculpa para comparecer ao torneio. Travelers Group, Mass Mutual, Aetna, Canon, Heublein. O que era essa Heublein? Parecia uma boa empresa. Talvez Myron comprasse um Heublein se soubesse o que era.

O engraçado era que o Aberto dos Estados Unidos era menos explorado comercialmente que a maioria dos torneios. Pelo menos eles ainda não tinham vendido seu nome. Outros torneios recebiam os nomes dos patrocinadores, que soavam meio bobos. Quem iria se animar para ganhar o Aberto JC Penney ou o Aberto Michelob ou o Desafio Wendy's Three-Tour?

O velho o levou a um estacionamento de primeira classe. Mercedes, caddies, limusines. Myron avistou o Jaguar de Win. Havia pouco tempo a Associação Americana de Golfe colocara uma placa escrita ESTACIONAMENTO EXCLUSIVO PARA SÓCIOS.

– Você é sócio do Merion – disse Myron. Brilhante dedução.

O velho transformou o tique do pescoço em algo semelhante a um sinal de assentimento.

– Minha família remonta à época da fundação do clube – disse ele, o sotaque arrogante agora ainda mais acentuado. – Assim como seu amigo Win.

Myron parou e olhou para o homem.

– Você conhece Win?

O velho deu um meio sorriso e encolheu os ombros, sem querer se comprometer.

– Você ainda não me disse seu nome – lembrou Myron.

– Stone Buckwell – respondeu ele, a mão estendida. – Todo mundo me chama de Bucky.

Myron apertou a mão dele.

– Eu também sou pai de Linda Coldren – acrescentou ele.

Bucky destravou as portas do Cadillac azul-celeste e os dois entraram. O velho deu a partida. O rádio tocava uma terrível versão instrumental de "Raindrops Keep Falling on My Head". Myron logo tratou de abrir a janela para ventilar e para livrar-se um pouco do barulho.

Como só os sócios podiam estacionar no Merion, não houve problema em conseguir sair. Eles dobraram à direita no final do acesso ao estacionamento, depois novamente à direita. Bucky fez a gentileza de desligar o rádio. Myron colocou a cabeça de novo para dentro do carro.

– O que você sabe sobre minha filha e o marido dela? – perguntou Bucky.

– Não muito.

– Você não é fã de golfe, não é, Sr. Bolitar?

– Na verdade, não.

– O golfe é um esporte realmente magnífico – disse ele. – Embora a palavra *esporte* não lhe faça justiça.

– Ahã – fez Myron.

Título original: *Back Spin*

Copyright © 1997 por Harlan Coben
Copyright da tradução © 2013 por Editora Arqueiro Ltda.
Todos os direitos reservados. Nenhuma parte deste livro pode ser utilizada ou reproduzida
sob quaisquer meios existentes sem autorização por escrito dos editores.

tradução: Luciano Vieira
preparo de originais: Gabriel Machado
revisão: Ana Lúcia Machado e Hermínia Totti
diagramação: Valéria Teixeira
capa: Elmo Rosa
impressão e acabamento: Bartira Gráfica

CIP-BRASIL. CATALOGAÇÃO NA PUBLICAÇÃO
SINDICATO NACIONAL DOS EDITORES DE LIVROS, RJ

C586p	Coben, Harlan O preço da vitória / Harlan Coben ; [tradução Luciano Vieira]. - 1. ed. - São Paulo : Arqueiro, 2021. 256 p. ; 23 cm. (Myron Bolitar ; 4) Tradução de: Back spin ISBN 978-65-5565-179-9 1. Ficção americana. I. Vieira, Luciano. II. Título. III. Série.
21-70840	CDD: 813 CDU: 82-3(73)

Leandra Felix da Cruz Candido - Bibliotecária - CRB-7/6135

Todos os direitos reservados, no Brasil, por
Editora Arqueiro Ltda.
Rua Funchal, 538 – conjuntos 52 e 54 – Vila Olímpia
04551-060 – São Paulo – SP
Tel.: (11) 3868-4492 – Fax: (11) 3862-5818
E-mail: atendimento@editoraarqueiro.com.br
www.editoraarqueiro.com.br

– É o jogo dos príncipes. – O rosto de Buckwell ficou ainda mais vermelho, os olhos esbugalhados com um êxtase típico dos fanáticos religiosos. Sua voz era baixa e reverente. – Não existe nada como o golfe, sabe? Você sozinho contra o campo. Sem desculpas. Sem equipe. Sem erros de arbitragem. É a atividade mais pura.

– Ahã – repetiu Myron. – Escute, não quero parecer grosseiro, Sr. Buckwell, mas o que significa tudo isso?

– Por favor, me chame de Bucky.

– Tudo bem. Bucky.

Ele assentiu aprovando.

– Pelo que sei, você e Windsor Lockwood são mais do que meros sócios – disse ele.

– E isso significa...

– Pelo que sei, faz tempo que vocês se conhecem. Foram colegas de faculdade, não é?

– Por que você continua fazendo perguntas sobre Win?

– Na verdade, vim ao clube para encontrá-lo – respondeu Bucky. – Mas acho que dessa maneira é melhor.

– Que maneira?

– Falar com você primeiro. Talvez depois... Bem, vamos ver. Não devo ter muitas esperanças.

Myron balançou a cabeça.

– Não tenho ideia do que você está falando.

Bucky entrou numa via adjacente ao campo de golfe, a Golf House Road. Os golfistas são muito criativos.

O campo ficava à direita, as mansões imponentes à esquerda. Um minuto depois, Bucky chegou a uma entrada de carros circular. A casa era razoavelmente grande e tinha fachada de seixo. Esse material era muito apreciado naquela região, e Win sempre se referia a ele como "pedra dos ricaços". Havia uma cerca branca, muitas tulipas e dois bordos, um de cada lado da entrada, além de uma ampla varanda no lado direito. O carro parou, e por um instante nenhum dos dois se mexeu.

– O que significa tudo isso, Sr. Buckwell?

– Temos um problema – respondeu ele.

– Que tipo de problema?

– Acho melhor deixar que minha filha lhe explique.

Ele tirou a chave da ignição e estendeu a mão para a porta.

– Por que você me procurou? – perguntou Myron.

– Disseram que talvez você possa ajudar.

– Quem disse isso?

Buckwell se pôs a mexer o pescoço com mais fervor. Sua cabeça parecia frouxa. Quando finalmente recuperou o controle, ele conseguiu olhar nos olhos de Myron.

– A mãe de Win.

O corpo de Myron se retesou. Seu coração parou. Ele abriu a boca, fechou, esperou. Buckwell saiu do carro e dirigiu-se à porta. Dez segundos depois, Myron foi atrás dele.

– Win não vai ajudar – disse Myron.

Buckwell assentiu.

– Foi por isso que procurei você primeiro.

Eles seguiram por um caminho de tijolos em direção a uma porta entreaberta. Buckwell a abriu.

– Linda?

Linda Coldren estava numa salinha vendo televisão. O short branco e a camiseta amarela revelavam membros graciosos de atleta. Ela era alta, tinha cabelos pretos com corte moderno e um bronzeado que realçava seus músculos definidos. Os vincos em torno dos olhos e da boca indicavam que já se aproximava dos 40 anos, e ele logo percebeu por que ela era a queridinha dos publicitários. Havia um esplendor feroz naquela mulher, uma beleza ligada mais à força do que à delicadeza.

Ela estava assistindo ao torneio. Acima da televisão, havia porta-retratos com fotos da família. A um canto, sofás amplos estavam dispostos em forma de V. Decoração refinada para a casa de uma golfista. Nenhum tapete imitando o gramado de um campo de golfe. Nenhuma daquelas ilustrações de golfe que parecem estar um degrau abaixo da estética de, digamos, pinturas de cachorros jogando pôquer. Nenhum boné com a imagem de um *tee* e uma bola pendurado na cabeça empalhada de um alce.

Linda de repente voltou-se para eles, fuzilou Myron com o olhar, depois encarou o pai.

– Achei que você ia trazer Jack – disse ela com rispidez.

– Ele ainda não terminou a rodada.

Ela gesticulou em direção à televisão.

– Ele está no décimo oitavo buraco agora. Achei que você fosse esperar.

– Em vez disso, eu trouxe o Sr. Bolitar.

– Quem?

Myron deu um passo à frente e sorriu.

– Eu sou Myron Bolitar.

Linda lançou-lhe um olhar furtivo, depois encarou novamente o pai.

– Quem é esse cara?

– Ele foi recomendado por Cissy – respondeu Buckwell.

– Quem é Cissy? – perguntou Myron.

– A mãe de Win.

– Ah. Certo. Não o quero aqui. Livre-se dele – ordenou Linda.

– Linda, ouça. Precisamos de ajuda.

– Mas não dele.

– Ele e Win têm experiência com esse tipo de coisa.

– Win... – disse ela devagar – é psicótico.

– Ah – interpelou Myron. – Então quer dizer que você conhece bem o meu velho amigo?

Linda finalmente voltou a atenção para Myron. Seus olhos, azuis e intensos, se encontraram com os dele.

– Não falo com Win desde que ele tinha 8 anos. Mas você não precisa pular num buraco em chamas para saber que é quente.

Myron assentiu.

– Bela analogia.

Ela balançou a cabeça e olhou novamente para o pai.

– Eu já disse: nada de polícia. Vamos fazer o que eles mandarem.

– Mas ele não é policial – disse o pai.

– E você não devia contar a ninguém.

– Eu só contei para minha irmã – protestou Bucky. – Ela prometeu que não vai abrir a boca.

Myron se retesou mais uma vez.

– Espere um pouco – disse ele a Bucky. – Sua irmã é a mãe de Win?

– Sim.

– Você é tio de Win. – Ele olhou para Linda. – E você é prima de Win em primeiro grau.

Linda encarou Myron como se ele tivesse acabado de mijar no assoalho.

– Com uma inteligência dessa, fico feliz que esteja do nosso lado.

Todo mundo dá uma de sabichão.

– Se a coisa ainda não ficou clara, Sr. Bolitar, eu posso arranjar uma folha de papel grande e traçar uma árvore genealógica para você.

– Você pode usar muitas cores bonitas? – disse Myron. – Adoro cores bonitas.

Linda fez uma careta e lhe deu as costas. Na televisão, Jack Coldren prepara-va-se para dar uma tacada leve, a uma distância de três metros e meio do buraco. Linda parou e se pôs a observar. Ele bateu e a bola descreveu um arco no ar, indo cair direto no buraco. O público aplaudiu com entusiasmo contido. Jack pegou a bola com dois dedos e tocou a aba de seu chapéu. O placar da IBM apareceu na tela. Jack Coldren estava com a extraordinária vantagem de nove tacadas.

Linda balançou a cabeça.

– Coitado.

Myron e Bucky ficaram calados.

– Ele esperou 23 anos por esse momento – continuou ela. – E agora ele consegue.

Myron olhou de relance para Bucky, que fez o mesmo, meneando a cabeça.

Linda não tirou os olhos da televisão até o marido sair para a sede do clube. Então inspirou fundo e encarou Myron.

– Sabe, Sr. Bolitar, Jack nunca venceu um torneio profissional. O mais perto que chegou disso foi em sua estreia, há 23 anos, quando tinha apenas 19 anos. Foi a última vez que o Aberto dos Estados Unidos foi disputado no Merion. Você deve se lembrar das manchetes.

Elas não lhe eram totalmente desconhecidas. Os jornais daquela manhã haviam feito um retrospecto do caso.

– Ele estava na liderança e perdeu, não foi?

Linda Coldren fez um som de escárnio.

– Não foi exatamente isso, mas sim. Desde então, sua carreira foi absolutamente medíocre. Houve anos em que ele nem chegou a se classificar para o torneio profissional.

– Ele levou um tempão para acabar com a maré de azar e chegar lá – disse Myron. – O Aberto dos Estados Unidos.

Ela lhe deu um olhar divertido e cruzou os braços sob o peito.

– Seu nome me é familiar – disse ela. – Você jogava basquete, não é?

– Sim.

– Na Universidade da Carolina do Norte?

– Duke – corrigiu ele.

– Certo, Duke. Agora estou me lembrando. Você teve uma lesão no joelho depois das eliminatórias.

Myron assentiu lentamente.

– Isso foi o fim de sua carreira, certo?

Myron concordou de novo.

– Deve ter sido duro.

Myron não disse nada.

Ela fez um rápido aceno com a mão.

– O que aconteceu com você não é nada comparado ao que aconteceu a Jack.

– Por que diz isso?

– Você sofreu uma contusão. Deve ter sido duro, mas no fim das contas não foi culpa sua. Jack tinha seis tacadas de vantagem no Aberto dos Estados Unidos, faltando apenas oito buracos. Você sabe o que isso significa? É como ter dez pontos de vantagem, faltando apenas um minuto para terminar a grande final da NBA. É como errar uma enterrada nos segundos finais e perder o campeonato. Jack nunca mais foi o mesmo depois disso. Ele nunca se recuperou. A partir daí, passou a vida inteira só esperando uma chance de se redimir. – Ela se voltou para a televisão. O placar estava de novo na tela. Jack continuava nove tacadas à frente.

– Se ele perder novamente...

Ela não se deu o trabalho de completar a frase. Todos ficaram em silêncio. Linda olhava para a televisão. Bucky esticou o pescoço, olhos úmidos, o rosto trêmulo à beira das lágrimas.

– Então, qual é o problema, Linda? – perguntou Myron.

– Nosso filho – disse ela. – Alguém sequestrou nosso filho.

capítulo 2

– Eu NÃO DEVIA ESTAR CONTANDO isso para você – disse Linda. – Ele afirmou que o mataria.

– Quem afirmou?

Linda respirou fundo várias vezes, como uma criança num trampolim. Myron esperou. Levou algum tempo, mas ela finalmente mergulhou de cabeça.

– Recebi um telefonema esta manhã. – Seus olhos azuis se arregalaram, indo de um lado para outro, não se detendo em nada por mais de um segundo. – Um homem disse que estava com meu filho. Disse também que se eu chamasse a polícia, ele o mataria.

– Disse mais alguma coisa?

– Só que ligaria depois com instruções.

– Só isso?

Ela assentiu.

– A que horas foi isso?

– Nove, nove e meia.

Myron andou até a televisão e pegou um dos porta-retratos.

– Esta é uma foto recente de seu filho?

– Sim.

– Quantos anos ele tem?

– Dezesseis. Ele se chama Chad.

Myron examinou a foto. O adolescente risonho tinha os traços do pai. Estava com um boné de beisebol com a pala levantada, como os garotos hoje em dia costumam usar. Orgulhosamente, trazia apoiado no ombro um taco de golfe qual um soldado carregando a baioneta. Estava com os olhos apertados como se olhasse para o sol. Myron examinou o rosto de Chad como se ele pudesse dar uma pista ou algum insight excepcional. Não deu.

– Quando você notou que seu filho tinha desaparecido?

Linda deu um olhar de relance para o pai, depois endireitou o corpo, erguendo a cabeça como se estivesse preparando-se para um golpe. Ela falou devagar.

– Chad está desaparecido há dois dias.

– Desaparecido? – Myron Bolitar, o Grande Inquisidor.

– Sim.

– Quando você diz desaparecido...

– Quero dizer exatamente isso – interrompeu ela. – Não o vejo desde quarta-feira.

– Mas o sequestrador só ligou hoje?

– Sim.

Myron ia começar a falar, parou, suavizou a voz. Vá devagar, Myron. Com muito tato.

– Você tem alguma ideia de onde ele estava?

– Imaginei que ele estivesse com seu amigo Matthew – respondeu Linda.

Myron balançou a cabeça como se aquela afirmação revelasse um brilhante insight. Assentiu novamente.

– Chad disse isso?

– Não.

– Então – continuou ele, tentando dar às palavras um tom trivial – há dois dias você não sabe onde seu filho está.

– Acabei de falar: achei que ele estivesse com Matthew.

– Você não ligou para a polícia.

– Claro que não.

Myron estava prestes a fazer mais uma pergunta, mas a postura dela fez com que reformulasse suas palavras. Linda aproveitou aquela indecisão. Ela andou em direção à cozinha com desenvoltura e altivez. Myron a seguiu. Bucky pareceu acordar de um transe e foi atrás deles.

– Deixe-me ver se estou entendendo – disse Myron, agora com uma nova abordagem. – Chad sumiu antes do torneio?

– Exato. O Aberto começou na quinta-feira. – Linda abriu a porta da geladeira. – Por quê? Isso é importante?

– Isso elimina um motivo.

– Que motivo?

– Interferir no torneio – disse Myron. – Se Chad tivesse sumido hoje, quando seu marido tem essa grande vantagem, eu iria pensar que alguém queria diminuir suas chances de ganhar o Aberto. Mas dois dias atrás, antes do início do torneio...

– Ninguém apostaria um tostão furado em Jack – ela completou a frase. – Especialistas calculariam para ele uma chance em cinco mil. Na melhor das hipóteses. – Linda balançava a cabeça enquanto falava, percebendo a lógica. – Quer um pouco de limonada? – perguntou.

– Não, obrigado.

– Pai?

Bucky negou. Linda se inclinou, sumindo atrás da porta da geladeira.

– Tudo bem – disse Myron batendo as palmas das mãos, esforçando-se ao máximo para soar casual. – Já descartamos uma possibilidade. Vamos tentar outra.

Linda parou e olhou para ele. Segurava um jarro de vidro de quase quatro litros, suportando o peso com facilidade. Myron se perguntava como abordar a questão. Não havia nenhuma maneira fácil.

– Seu filho pode estar por trás disso?

– O quê?

– É uma pergunta óbvia considerando-se as circunstâncias.

Ela colocou o jarro numa bancada de madeira.

– O que você está querendo dizer? Você acha que Chad simulou o próprio sequestro?

– Eu não disse isso. Eu disse que queria verificar essa possibilidade.

– Fora daqui.

– Ele ficou dois dias desaparecido, e você não ligou para a polícia – disse Myron. – Uma conclusão possível é que haja certa tensão aqui. E que Chad já tenha fugido antes.

– Ou... – retrucou Linda, cerrando os punhos – você pode concluir que confiamos em nosso filho. Que damos um nível de liberdade compatível com seu nível de maturidade e responsabilidade.

Myron lançou um olhar a Bucky, que estava de cabeça baixa.

– Se é assim...

– É assim.

– Mas garotos responsáveis não dizem aos pais aonde vão? Quer dizer, só para que eles não se preocupem.

Linda pegou um copo com uma cautela excessiva. Ela o colocou na bancada e lentamente começou a enchê-lo de limonada.

– Chad aprendeu a ser muito independente. O pai dele e eu somos golfistas profissionais. Isso significa, sinceramente, que nenhum dos dois fica muito tempo em casa.

– O fato de vocês ficarem tanto tempo longe... – disse Myron. – Isso gerou algum conflito?

Linda balançou a cabeça.

– Isso não vai nos levar a nada.

– Estou só tentando...

– Ouça, Sr. Bolitar, Chad não está simulando nada. Sim, ele é um adolescente. Não, ele não é perfeito, e seus pais também não. Mas ele não simulou o próprio sequestro. E se o fez... eu sei que não, mas vamos supor que sim... então ele está em segurança e não precisamos de você. Se isso for uma espécie de farsa cruel, logo saberemos. Mas se meu filho está em perigo, seguir essa linha de raciocínio é uma total perda de tempo.

Myron fez um gesto de concordância. Ela tinha razão.

– Entendo – disse ele.

– Ótimo.

– Você ligou para o amigo dele quando soube do sequestro? O amigo com quem você achava que ele poderia estar?

– Matthew Squires. Sim.

– Matthew tinha alguma ideia de onde ele estava?

– Nenhuma.

– Eles são amigos íntimos, certo?

– Sim.

– Muito íntimos?

Ela franziu a testa.

– Sim, muito.

– Matthew liga muito para cá?

– Sim. Ou eles se falam por e-mail.

– Vou precisar do telefone de Matthew.

– Mas acabei de dizer que já falei com ele.

– Perdoe minha inconveniência. Tudo bem, vamos retroceder um pouco. Quando você viu Chad pela última vez?

– No dia em que ele desapareceu.

– O que aconteceu?

Ela franziu a testa novamente.

– O que quer dizer com "o que aconteceu"? Ele foi para o curso de verão. Desde então, não o vi mais.

Myron a examinou. Ela parou e lhe lançou um olhar um tanto duro. Alguma coisa ali não estava batendo.

– Você ligou para a escola para saber se ele esteve lá?

– Não pensei nisso.

Myron consultou o relógio. Sexta-feira. Cinco da tarde.

– Duvido que tenha alguém lá, mas tente. Você tem mais de uma linha telefônica?

– Sim.

– Não use a linha para a qual o sequestrador ligou. Não quero que ela esteja ocupada caso ele ligue de novo.

Ela assentiu.

– OK.

– Seu filho tem cartões de crédito, cartões de banco ou coisas do tipo?

– Sim.

– Vou precisar de uma lista. E dos números, se você os tiver.

Ela tornou a concordar.

– Vou falar com um amigo para ver se ele consegue instalar um identificador de chamadas – continuou Myron. – Para quando o sequestrador ligar. Chad tem um computador, certo?

– Sim – respondeu ela.

– Onde ele fica?

– Lá em cima, no quarto dele.

– Vou mandar tudo que há nele, via modem, para meu escritório. Tenho uma assistente chamada Esperanza. Ela vai passar um pente-fino para ver se acha alguma coisa.

– Que tipo de coisa?

– Francamente, não tenho a menor ideia. E-mails. Mensagens instantâneas. Redes sociais de que ele participa. Qualquer coisa que possa nos dar uma pista. Não é um processo muito científico. Você vasculha um monte de material, e talvez alguma coisa leve a uma pista.

Linda refletiu por um instante.

– Tudo bem.

– E quanto à senhora, Sra. Coldren? Tem algum inimigo?

Ela deu um meio sorriso.

– Eu sou a golfista número um do mundo. Isso faz com que eu tenha um monte de inimigos.

– Alguém que possa estar fazendo isso?

– Não. Ninguém.

– E quanto ao seu marido? Alguém que o odeie a esse ponto?

– Jack? – Ela forçou uma risadinha. – Todo mundo adora o Jack.

– O que isso significa?

Ela apenas balançou a cabeça, sem dar importância a ele.

Myron fez mais algumas perguntas, mas havia pouco para investigar. Ele perguntou se podia ir ao quarto de Chad, e ela o levou ao andar de cima.

A primeira coisa que Myron viu ao abrir a porta foram os troféus. Muitos troféus. Todos de golfe. A figura de bronze no alto de cada peça era sempre um homem na posição de quem acaba de dar uma tacada, o taco acima do ombro, a cabeça erguida. Alguns homenzinhos estavam de boné. Outros tinham cabelos curtos e ondulados. Havia dois sacos de golfe de couro no canto direito, ambos atulhados ao máximo com tacos. Fotografias dos papas do golfe Jack Nicklaus, Arnold Palmer, Sam Snead, Tom Watson forravam as paredes. Exemplares de *Golf Digest* estavam espalhados pelo chão.

– Chad joga golfe? – perguntou Myron.

Linda limitou-se a olhar para ele. Os olhos de Myron encontraram com os dela, e ele assentiu sabiamente.

– Minha capacidade de dedução... – começou. – Ela intimida muita gente.

Ela quase sorriu. Myron, Mestre em Aliviar Tensões.

– Vou tentar me acostumar ao seu humor – disse ela.

Myron se aproximou dos troféus.

– Ele joga bem?

– Muito bem. – Ela se voltou de repente e ficou de costas para o quarto. – Você precisa de mais alguma coisa?

– Por enquanto não.

– Vou descer.

Ela não esperou a aprovação dele.

Myron andou pelo quarto. Ele checou a secretária eletrônica de Chad. Três mensagens. Duas de uma garota chamada Becky. Ela parecia ser muito amiga dele. Estava ligando só para dizer, tipo, para ver se ele queria, tipo, fazer alguma coisa naquele fim de semana, saca? Ela, Millie e Suze iam, tipo, dar uma chegada no Heritage, certo, e se ele quisesse ir, bem, sabe, mil coisas. Myron sorriu. O tempo passava, mas as palavras dela podiam ter sido ditas por uma colega dele do ensino médio ou por uma colega do pai dele ou do pai de seu pai. O ciclo das gerações. A música, os filmes, a linguagem, a moda – essas coisas mudam. Mas são apenas estímulos externos. Por trás das calças e dos cortes de cabelo da moda, os mesmos medos, necessidades e sentimentos de inadequação adolescentes mantinham-se assustadoramente constantes.

O último telefonema era de um cara chamado Glen. Ele queria saber se Chad topava jogar golfe no "Pine" no fim de semana, já que o Merion não estava disponível por causa do torneio. "Papai pode descolar um *tee* para nós, não tem problema", garantiu a voz gravada, num inconfundível tom de colegial.

Não havia mensagens de Matthew Squires, o amigo íntimo de Chad.

Ele ligou o computador e abriu o gerenciador de e-mails de Chad. Dezenas de mensagens apareceram automaticamente. Myron verificou a lista de contatos de Chad e achou o endereço de e-mail de Matthew Squires. Ele passou os olhos pelas mensagens recebidas. Nenhuma era de Matthew.

Interessante.

Naturalmente, era bem possível que Matthew e Chad não fossem tão íntimos como pensava Linda Coldren. Era bem possível também que, ainda que fossem, Matthew não tivesse se comunicado com o amigo desde quarta-feira – mesmo que seu amigo tivesse desaparecido sem avisar. Acontece.

Ainda assim, era interessante.

Myron pegou o telefone de Chad e apertou o botão de rediscagem. Depois de quatro toques, ele ouviu uma gravação: "Você ligou para Matthew. Deixe um recado, ou não. Você decide."

Myron desligou sem deixar recado (afinal de contas quem decidia era ele). Humm. O último telefonema de Chad foi para Matthew. Isso podia ser importante. E também podia não ter nada a ver. De qualquer forma, Myron avançava rapidamente para lugar nenhum.

Ele pegou o telefone de Chad e ligou para seu escritório. Esperanza atendeu depois do segundo toque.

– MB Representações Esportivas.

– Sou eu. – Ele a inteirou dos acontecimentos.

Esperanza Diaz trabalhava na MB Representações Esportivas desde a sua fundação. Uma década antes, quando Esperanza tinha apenas 18 anos, era a Rainha das Manhãs de Domingo na TV. Não, ela não apresentava nenhum comercial, embora seu programa concorresse com um monte deles, principalmente aquele do aparelho para exercícios abdominais que tem uma semelhança impressionante com um instrumento medieval de tortura. Esperanza havia sido uma lutadora profissional apelidada de Pequena Pocahontas, a Princesa Indígena. Com seu pequeno corpo ágil vestido apenas com um biquíni de camurça, ela foi eleita três anos seguidos a mais popular da Associação Nossas Incríveis Lutadoras (ANIL) – ou, como o prêmio era mais conhecido, A Gata Que Você Mais Gostaria de Pegar de Jeito. Apesar disso, Esperanza não perdeu a humildade.

Quando Myron terminou de falar sobre o sequestro, as primeiras palavras de Esperanza foram de incredulidade:

– Win tem mãe?

– Sim.

Pausa.

– Lá se vai minha teoria de que ele tinha nascido de um ovo satânico.

– Ha-ha.

– Ou de que tinha sido chocado num experimento muito malsucedido.

– Você não está ajudando em nada.

– Ajudar em quê? – retrucou Esperanza. – Eu gosto de Win, você sabe disso. Mas o rapaz é... como é mesmo o termo psiquiátrico oficial?... aloprado.

– Esse aloprado já salvou sua vida.

– Sim, mas você se lembra como foi.

Myron se lembrava. Um beco escuro. A chuva de balas disparadas por Win. Fragmentos de cérebro espalhando-se por toda parte feito confete. Típico de Win. Eficiente mas exagerado. Como esmagar um inseto com uma bola de demolição.

Esperanza quebrou o longo silêncio.

– Como eu já disse – começou ela suavemente –, aloprado.

Myron queria mudar de assunto.

– Algum recado?

– Um milhão, mais ou menos. Mas nada urgente. – Então ela perguntou: – Você já encontrou com ela?

– Quem?

– Madonna! – respondeu Esperanza com rispidez. – Quem mais poderia ser? A mãe de Win.

– Uma vez – disse Myron, rememorando.

Havia mais de dez anos. Ele e Win estavam jantando no Merion. Na ocasião, Win não falou com ela. Mas ela falara com ele. A lembrança fez Myron morrer de vergonha de novo.

– Você já contou essa história a Win?

– Não. Alguma sugestão?

Esperanza refletiu por um instante.

– Fale por telefone. A uma distância segura.

capítulo 3

ELES NEM PRECISARAM esperar muito.

Myron ainda estava na salinha dos Coldren com Linda quando Esperanza retornou a ligação. Bucky voltara para o Merion a fim de buscar Jack.

– O cartão do garoto foi usado ontem às 18h18 – disse Esperanza. – Ele sacou 180 dólares. Numa agência do First Philadelphia, na Porter Street, zona sul da cidade.

– Obrigado.

Informação desse tipo não é difícil de conseguir. Qualquer um com o número de uma conta pode muito bem fazer uma ligação fingindo ser o titular. E ainda que não tenha o número, qualquer indivíduo que tenha trabalhado na polícia tem os contatos, os números de acesso ou pelo menos recursos para pagar à pessoa certa. Não é preciso muito mais que isso; não com a atual onipresença da tecnologia. A tecnologia fez mais do que despersonalizar; ela escancarou a nossa vida, nos invadiu, eliminou toda e qualquer pretensão de privacidade.

Basta apertar algumas teclas para revelar tudo.

– O que foi? – perguntou Linda.

Ele contou.

– Isso não significa necessariamente o que você está pensando – disse ela. – O sequestrador talvez tenha obtido a senha do próprio Chad.

– Talvez – repetiu Myron.

– Mas você não acredita nisso, não é?

Ele deu de ombros.

– Digamos que estou meio cético.

– Por quê?

– A quantia, por exemplo. Qual é o limite de Chad?

– Quinhentos dólares por dia.

– Então por que um sequestrador iria sacar apenas 180 dólares?

Linda refletiu por um instante.

– Se ele sacasse muito, alguém poderia desconfiar.

Myron franziu a testa.

– Mas se o sequestrador fosse tão cauteloso – ponderou ele –, por que se arriscaria tanto por 180 dólares? Todo mundo sabe que os caixas eletrônicos têm câmeras de segurança. Todo mundo sabe que basta usar um computador para revelar a localização de alguém.

Ela lhe lançou um olhar sereno.

– Você acha que meu filho não está em perigo.

– Eu não disse isso. Essa história toda pode ser enganadora. Você estava certa: é mais seguro lidarmos com um sequestro verdadeiro.

– Então qual é seu próximo passo?

– Não sei bem. O caixa fica na Porter Street, na zona sul da Filadélfia. É um lugar aonde Chad costuma ir?

– Não – disse Linda devagar. – Na verdade, é um lugar aonde eu nunca imaginaria que ele fosse.

– Por quê?

– É um lugar malfrequentado. Uma das regiões mais degradadas da cidade.

Myron se levantou.

– Você tem um mapa das ruas?

– No porta-luvas.

– Ótimo. Vou pegar seu carro emprestado por um tempo.

– Aonde você vai?

– Vou dar uma passada nesse caixa.

Ela franziu a testa.

– Para quê?

– Não sei – admitiu Myron. – Como já disse, investigar não é uma coisa muito científica. Você anda por aí, aperta uns botões e espera que algo aconteça.

Linda tirou as chaves do bolso.

– Talvez os sequestradores o tenham pegado lá – disse ela. – Talvez você veja o carro dele ou alguma outra coisa.

Myron quase deu um tapa na própria testa. Um carro. Ele se esquecera de uma coisa tão básica. Um menino desaparecido no caminho da escola trazia--lhe à mente imagens de ônibus amarelos ou de uma pessoa andando com sua mochila. Como pôde deixar passar a pista de um carro?

Ele perguntou a marca e o modelo. Um Honda Accord cinza. Um carro que não chama atenção. Placa da Pensilvânia 567-AHJ. Ele ligou para Esperanza e, depois, passou a Linda o número de seu celular.

– Ligue para mim se acontecer alguma coisa.

– Está bem.

– Volto logo.

A distância não era grande. A impressão é que ele tinha se deslocado instantaneamente do esplendor do verde para o lixo do concreto – como em *Jornada nas estrelas*, quando eles atravessam um portal do tempo.

O caixa eletrônico era um *drive-through*, e seus arredores poderiam ser chamados, com muito boa vontade, de zona comercial. Câmeras por todo lado. Nada de caixas humanos. Será que um sequestrador correria esse risco? Muito improvável. Myron se perguntou onde poderia conseguir uma cópia das gravações do banco sem chamar a atenção da polícia. Win devia conhecer alguém. Instituições financeiras normalmente ansiavam por cooperar com a família Lockwood. O problema era se Win estaria disposto a colaborar.

Havia depósitos abandonados – ou pelo menos pareciam abandonados – ao longo do caminho. Ciclistas de 18 anos passaram a toda a velocidade como se tivessem saído de um velho filme de ação. Eles fizeram Myron lembrar-se da moda da Faixa do Cidadão na sua infância. Como todo mundo, seu pai comprara um aparelho de rádio. Nascido em Flatbush, no Brooklyn, ele conseguiu criar uma fábrica de roupa de baixo em Newark berrando "usuário de Faixa do Cidadão um-nove". O pai dirigia pela Hobart Gap Road entre a casa deles e o shopping de Livingston – um quilômetro e meio de distância, talvez – perguntando aos seus "bons camaradas" se havia algum sinal dos "homens". Myron sorriu ao se lembrar disso. Ah, os aparelhos de Faixa do Cidadão. Ele tinha certeza de que o pai ainda guardava o seu em algum lugar. Provavelmente junto com o cartucho, de oito faixas.

Ao lado do caixa eletrônico havia um posto de gasolina tão caído que o dono nem se dera o trabalho de lhe dar um nome. Carros enferrujados jaziam sobre blocos de concreto desmoronados. Do outro lado do posto, um motel de quinta categoria chamado Court Manor Inn saudava os clientes com um aviso em letras verdes: $19,99 A HORA.

Dica de Viagem número 83 de Myron Bolitar: Um hotel cinco estrelas não anuncia o preço por hora.

Sob a indicação do preço, impresso em letras pretas menores, lia-se: TETO ESPELHADO E QUARTOS TEMÁTICOS: PEQUENA TAXA EXTRA. Myron preferia se manter na ignorância. A última linha, novamente com letras verdes: INFORME- -SE SOBRE NOSSO CLUBE DE FIDELIDADE. Meu Deus.

Myron se perguntou se valia a pena fazer uma tentativa e resolveu que sim. Provavelmente não ia dar em nada, mas se Chad estivesse se escondendo – e mesmo que tivesse sido sequestrado –, um motel era um lugar tão bom para se enfiar quanto qualquer outro.

Ele parou no estacionamento. O Court Manor era uma típica espelunca com dois andares. As escadas externas eram de madeira podre. As paredes de cimento davam a impressão de coisa inacabada e malfeita. Blocos de concreto estavam pelo chão. Uma máquina de Pepsi desligada protegia a porta como um guarda da rainha da Inglaterra. Myron passou por ela e entrou.

Ele esperava encontrar o saguão característico dos motéis de quinta – isto é, um homem de Neandertal com barba por fazer, camiseta muito curta, mascando um palito de dentes, sentado atrás de um vidro à prova de balas e arrotando cerveja. Ou coisa do tipo. Mas não era o caso. O Court Manor Inn tinha um balcão de recepção alto, acima do qual havia uma placa de bronze onde se lia CONCIERGE. Myron teve de se segurar para não rir. Atrás do balcão, um homem bem-vestido com cara de bebê e quase 30 anos se pôs em posição de sentido. Estava de camisa passada, colarinho engomado, gravata preta com um perfeito nó Windsor. Ele sorriu para Myron.

– Boa tarde, senhor! – exclamou ele. Sua fisionomia e sua voz lembravam um apresentador de TV. – Bem-vindo ao Court Manor Inn!

– OK. – disse Myron. – Olá.

– Posso ajudá-lo em algo, senhor?

– Espero que sim.

– Ótimo! Meu nome é Stuart Lipwitz. Sou o novo gerente do Court Manor Inn. – Ele olhava para Myron com expectativa.

– Meus parabéns.

– Bem, obrigado, senhor. É muita gentileza de sua parte. Se houver algum problema, se algo no Court Manor não corresponder a suas expectativas, por favor, comunique-me imediatamente, que eu mesmo tomarei as devidas providências. – Sorriso de orelha a orelha, peito estufado. – No Court Manor, garantimos a satisfação dos clientes.

Myron ficou olhando para ele por um minuto, esperando que o sorriso ofuscante diminuísse um pouco de intensidade. Não diminuiu. Myron tirou do bolso a foto de Chad Coldren.

– Você já viu este garoto?

Lipwitz nem ao menos olhou para baixo. Ainda sorrindo, perguntou:

– Lamento, senhor, mas o senhor é da polícia?

– Não.

– Então receio que não possa ajudá-lo. Sinto muitíssimo.

– O que disse?

– Lamento, senhor, mas aqui no Court Manor Inn nos orgulhamos de nossa discrição.

– Ele não está metido em nenhuma encrenca – alegou Myron. – Não sou um detetive particular tentando pegar um marido infiel ou coisa do tipo.

O sorriso não vacilou.

– Lamento, senhor, mas aqui é o Court Manor Inn. Nossos clientes usam nossos serviços para diversas atividades e muitas vezes fazem questão do anonimato. Aqui no Court Manor devemos respeitar isso.

Myron examinou o rosto do homem procurando algum sinal de que aquilo era puro fingimento. Nada. Toda a sua pessoa brilhava como um ator numa performance artística. Myron se debruçou sobre o balcão e examinou os sapatos de Lipwitz. Dava para ver seu reflexo neles. O cabelo era penteado para trás. O brilho nos olhos parecia verdadeiro.

Myron levou algum tempo, mas finalmente viu aonde aquilo iria parar. Tirou a carteira do bolso, pegou uma nota de vinte e empurrou-a por sobre o balcão. Lipwitz olhou para a nota, mas não se mexeu.

– Para que é isso, senhor?

– É um presente – disse Myron.

Lipwitz não tocou no dinheiro.

– É só uma pequena informação – continuou Myron. Ele puxou outra nota e segurou-a no ar. – Eu tenho outra, caso você queira.

– Senhor, temos um lema aqui no Court Manor Inn: o cliente em primeiro lugar.

– Esse não é o lema das prostitutas?

– Como disse, senhor?

– Esquece.

– Eu sou o novo gerente do Court Manor Inn, senhor.

– Ouvi falar.

– Além disso, recebo 10%.

– As amigas da sua mãe devem sentir muita inveja.

O sorriso continuava firme.

– Em outras palavras, senhor, pretendo ficar aqui por muito tempo. É assim que encaro este negócio. A longo prazo. Não apenas hoje. Não apenas amanhã. Mas também no futuro. A longo prazo, entende?

– Ah – fez Myron num tom enfadonho. – Você quer dizer a longo prazo?

Lipwitz estalou os dedos.

– Exatamente. E nosso lema é: Existem muitos lugares onde você pode gastar seus dólares em adultério. Torcemos para que seja aqui.

Myron esperou um instante, depois comentou:

– Muito nobre.

– Aqui no Court Manor Inn trabalhamos duro para ganhar sua confiança, e confiança não tem preço. Quando acordo de manhã, tenho de me olhar no espelho.

– Seria o espelho do teto?

O sorriso persistia.

– Deixe-me explicar de outra maneira – disse ele. – Se um cliente sabe que o Court Manor Inn é um lugar onde pode se sentir seguro para cometer um pequeno deslize, é provável que queira voltar. – Ele se inclinou para a frente, olhos úmidos de excitação. – Entende?

Myron fez que sim.

– Fidelização.

– Exatamente.

– E boas referências também – acrescentou Myron. – Tipo: "Ei, Bob, conheço um ótimo lugar para dar uma boa trepada às escondidas."

Sempre sorrindo, o outro assentiu.

– Então o senhor entendeu.

– Tudo isso é muito bonito, Stuart, mas esse garoto tem 15 anos. Quinze anos. – Na verdade, Chad tinha 16, mas e daí? – Isso é ilegal.

O sorriso permaneceu, mas agora mostrando desapontamento com o aluno favorito.

– Sinto discordar do senhor, mas, aqui neste estado, o limite legal para se caracterizar estupro é 14 anos. Além disso, não há lei que proíba a alguém de 15 anos alugar um quarto de motel.

O sujeito estava escorregadio demais, pensou Myron. Se o garoto não tivesse estado lá, não havia razão para todo aquele palavreado. Então, vamos tornar a encarar os fatos. Lipwitz com certeza estava curtindo aquilo. Ele estava se achando o máximo. Já era hora de reagir.

– Mas a lei não admite que ele seja agredido em seu motel – alegou Myron. – A lei não admite que alguém pegue uma chave sobressalente na recepção e a use para entrar no quarto – acrescentou. O Sr. Blefe vai para a Filadélfia.

– Nós não temos chaves sobressalentes – retrucou Lipwitz.

– Bem, ele entrou de alguma forma.

O sorriso continuava impávido. E também o tom educado.

– Se fosse esse o caso, senhor, a polícia teria vindo aqui.

– É para lá que vou agora se você não cooperar.

– E você quer saber se esse jovem – Lipwitz indicou a foto – esteve aqui?

– Sim.

O sorriso tornou-se ainda mais radiante. Myron quase protegeu os olhos com as mãos.

– Mas se o senhor está falando a verdade, o garoto poderia lhe dizer se esteve aqui. O senhor não precisaria me procurar para isso, certo?

Myron ficou impassível. O Sr. Blefe acabara de ser derrotado pelo novo gerente do Court Manor Inn.

– É verdade – disse Myron, mudando de tática. – Eu já sabia que ele esteve aqui. Era só uma pergunta preliminar. Como quando a polícia pede que você diga seu nome, mesmo que já saiba. Só para colocar a bola em jogo. – O Sr. Blefe dá lugar ao Sr. Improviso.

Lipwitz pegou um pedaço de papel e se pôs a rabiscar.

– Aqui está o nome e o telefone do advogado do Court Manor Inn. Ele poderá ajudá-lo a solucionar qualquer problema que o senhor tenha.

– E aquela história de tomar as devidas providências? De garantir a satisfação dos clientes?

– Senhor. – Ele se inclinou para a frente, mantendo o contato visual. Não havia o menor sinal de impaciência na voz ou na fisionomia. – Posso falar com franqueza?

– Vá em frente.

– Eu não acredito numa palavra do que está dizendo.

– Obrigado pela franqueza.

– Não, eu é que agradeço, senhor. Volte sempre.

– Outro lema das prostitutas.

– Perdão?

– Nada. Posso ser franco também?

– Sim.

– Vou dar um soco na sua cara se não disser se viu esse menino. – O Sr. Improviso perde a calma.

A porta se abriu bruscamente. Um casal entrou agarrado aos tropeços. A mulher estava esfregando abertamente a virilha do homem.

– Precisamos de um quarto agora mesmo – exigiu o homem.

Myron voltou-se para eles e perguntou:

– Vocês trouxeram seus cartões de fidelidade?

– O quê?

Lipwitz exibia o mesmo sorriso.

– Adeus, senhor. E tenha um bom dia – disse ele a Myron. Então, renovando o sorriso, dirigiu-se ao casal abraçado. – Bem-vindos ao Court Manor Inn. Meu nome é Stuart Lipwitz. Sou o novo gerente.

Myron foi até o carro. No estacionamento, respirou fundo e olhou para trás. Toda aquela visita lhe dava uma impressão de irrealidade, como aquelas descrições de abduções alienígenas. Ele entrou no carro e ligou para o celular de Win. Ele só queria deixar um recado na caixa postal. Para sua surpresa, porém, Win atendeu.

– Articule – falou ele.

Por um instante, Myron ficou confuso.

– Sou eu – falou por fim.

Silêncio. Win odiava o óbvio. Ele reconheceria a voz de Myron. E, se não reconhecesse, o "Sou eu" seria inútil.

– Pensei que você não atendia o telefone no campo de golfe – disse Myron.

– Estou indo para casa para trocar de roupa – informou Win. – Depois vou jantar no Merion.

– Grã-fino nunca come: janta.

– Quer vir comigo? – convidou.

– Parece uma boa ideia – disse Myron.

– Espere um instante.

– O quê?

– Você está vestido adequadamente?

– Eu nunca uso roupas que não combinam. Será que vão me deixar entrar?

– Meu Deus, essa foi muito engraçada, Myron. Vou anotar. Logo que eu parar de rir. Estou rindo tanto que vou jogar meu precioso Jaguar contra um poste. Ai de mim! Ao menos vou morrer com o coração pleno de alegria.

Win.

– Temos um caso – disse Myron.

Silêncio. Win tornava as coisas tão fáceis.

– Contarei durante o jantar.

– Até lá – disse Win –, a única coisa que posso fazer para conter minha ansiedade é tomar uma dose de conhaque.

Click. Era impossível não gostar desse Win.

Myron não tinha percorrido um quilômetro quando o celular tocou. Ele atendeu.

Era Bucky.

– O sequestrador ligou de novo.

capítulo 4

– O QUE ELE DISSE? – perguntou Myron.

– Eles queriam dinheiro – respondeu Bucky.

– Quanto?

– Não sei.

Myron ficou confuso.

– Como assim? Eles não disseram?

– Acho que não.

Houve um barulho ao fundo.

– Onde você está? – indagou Myron.

– No Merion. Escute, foi Jack quem atendeu o telefone. Ele ainda está em choque.

– Jack atendeu?

– Sim.

Duplamente confuso.

– O sequestrador ligou para Jack no Merion?

– Sim. Por favor, Myron, você pode voltar para cá? Será mais fácil explicar.

– Estou indo.

Ele foi do motel decadente até uma rodovia e entrou na área verde. Os subúrbios elegantes de Filadélfia tinham relvados luxuosos, mato alto e árvores frondosas. Impressionante como ficavam perto das ruas mais pobres de Filadélfia. Como a maioria das cidades, havia uma terrível segregação ali. Myron lembrou-se do dia que foi com Win ao Veterans Stadium assistir a um jogo do Eagles alguns anos atrás. Eles passaram por um quarteirão de italianos, por um de poloneses, por outro de afro-americanos; era como se um poderoso campo de força invisível – novamente, como em *Jornada nas estrelas* – isolasse cada etnia. A Cidade do Amor Fraterno quase podia ser chamada de Pequena Iugoslávia.

Myron entrou na Armore Avenue. O Merion ficava a mais ou menos um quilômetro e meio de distância. Seus pensamentos se voltaram para Win. Como o velho amigo iria reagir quando ele mencionasse o envolvimento de sua mãe no caso?

Provavelmente não muito bem.

Em todos os anos de amizade, Myron só ouvira Win mencionar a mãe uma vez.

Foi em seu primeiro ano na Duke. Eles dividiam um quarto e tinham acabado de chegar de uma festa louca, regada a cerveja. Myron não era o que se poderia chamar de bom bebedor. Bastavam duas doses para ele tentar dar um beijo de língua numa torradeira. Ele punha isso na conta de sua família, que nunca se dera bem com álcool.

Por outro lado, Win parecia ter sido desmamado com bebidas destiladas. O álcool nunca chegava a afetá-lo demais. Mas naquela festa, excepcionalmente, o ponche carregado no álcool o fez até cambalear um pouco. Só na terceira tentativa ele conseguiu abrir a porta do dormitório.

Myron logo desabou na cama. O teto girava no sentido anti-horário numa velocidade assustadora. Ele fechou os olhos. Suas mãos agarraram-se aos lençóis, dominadas pelo terror. Seu rosto perdera a cor. Sentia uma dolorosa ânsia de vômito. Myron se perguntava quando conseguiria vomitar, rezando para que fosse logo.

Ah, o glamour das bebedeiras da faculdade.

Por um instante nenhum dos dois falou nada. Myron pensou que Win caíra no sono. Ou tinha ido embora. Sumido na noite. Talvez ele não tivesse se agarrado à cama como devia, e a força centrífuga o lançara pela janela.

Então a voz de Win rompeu a escuridão.

– Dê uma olhada nisto.

Sua mão se estendeu e deixou cair algo sobre o peito de Myron. Ele arriscou se segurar na cama com apenas uma da mãos. Por enquanto, estava indo tudo bem. Tateou à procura da tal coisa, encontrou-a, ergueu-a para poder ver. A lâmpada de um poste lá fora – os campi das universidades são sempre iluminados como árvores de Natal – clareava tanto o quarto que se poderia tirar fotos. A imagem estava granulada e desbotada, mas Myron enxergou o que parecia ser um carrão.

– É um Rolls-Royce? – perguntou Myron, que não entendia nada de carros.

– Um Bentley S3 Continental Flying Spur – corrigiu Win. – Ano 1962. Um clássico.

– É seu?

– Sim.

A cama girava em silêncio.

– Como conseguiu?

– Um homem que andava trepando com minha mãe me deu.

Fim. Depois disso, Win se fechou completamente. A muralha que ele levantou, além de impenetrável, não permitia aproximação, cercada por minas terrestres, um fosso e fios elétricos de alta voltagem. Nos quinze anos que se seguiram, ele nunca mais mencionou a mãe. Nem quando os pacotes chegavam ao dormitório todo semestre. Nem quando os pacotes chegavam ao escritório dele no aniversário. Nem mesmo quando eles a viram pessoalmente dez anos atrás.

◆ ◆ ◆

Na placa de madeira escura lia-se simplesmente MERION GOLF CLUB. Nada mais. Nada de "Apenas para sócios", nem "Somos elitistas e queremos distância de você", nem "Quem não é norte-americano usa a entrada de serviço". Não havia necessidade disso. Era básico.

O último jogo do Aberto tinha se encerrado havia pouco tempo, e quase toda a multidão já se fora. O Merion comportava apenas 17 mil espectadores num torneio – menos da metade da capacidade da maioria dos campos –, mas ainda assim era um horror para estacionar. A maior parte do público era obrigada a parar no Haverford College, ali perto. Ônibus circulares faziam continuamente o trajeto entre o Merion e o Haverford.

No alto da entrada de carros, um guarda o fez parar.

– Vim me encontrar com Windsor Lockwood – disse Myron.

Reconhecimento imediato. Movimento imediato indicando passagem livre.

Bucky correu em sua direção antes que ele estacionasse. Seu rosto parecia ainda mais arredondado, as bochechas mais estufadas.

– Onde está Jack? – perguntou Myron.

– No campo oeste.

– Onde?

– O Merion tem dois campos – explicou o velho, esticando o pescoço novamente. – O leste, que é o mais famoso, e o oeste. Durante o Aberto, o oeste é usado para treinar.

– E seu genro está lá?

– Sim.

– Treinando tacadas?

– Claro. – Bucky olhou-o, surpreso. – Sempre se faz isso depois de uma rodada. Todos os golfistas do circuito sabem disso. Você jogou basquete. Você não praticava seus lançamentos logo depois de um jogo?

– Não.

– Bem, com eu já disse, o golfe é muito especial. Os jogadores precisam repassar os lances depois de cada rodada. Mesmo que tenham jogado bem. Concentram-se em suas tacadas boas, tentam descobrir a causa das tacadas ruins. Eles recapitulam o dia.

– Ahã – fez Myron. – Então, me fale sobre o telefonema do sequestrador.

– Vou levar você até Jack – disse ele. – Por aqui.

Eles cruzaram o *fairway* número 18, depois avançaram pelo 16. Havia no ar um cheiro de grama recém-cortada e de pólen. Fora um grande ano para o pólen na Costa Leste; os alergistas da região estavam em êxtase.

Bucky sacudiu a cabeça.

– Veja só esses *roughs* – disse ele. – Assim não é possível.

Ele apontou para a grama alta. Myron não tinha ideia do que ele estava falando, por isso balançou a cabeça e continuou andando.

– A maldita associação de golfe quer ver os golfistas aos seus pés – continuou

Bucky com seu sermão. – Então eles deixam os *roughs* nesse estado. Pelo amor de Deus, é como jogar num arrozal. Aí eles aparam o green tão rente ao chão que os golfistas bem poderiam estar jogando num rinque de hóquei.

Myron manteve-se calado. Os dois continuaram andando.

– Este é um dos famosos buracos na pedreira – disse Bucky, agora um pouco mais calmo.

– Ahã.

O homem falava pelos cotovelos. As pessoas fazem isso quando estão nervosas.

– Quando os construtores do campo chegaram aos buracos 16, 17 e 18 – continuou Bucky, num estilo não muito diferente de um guia da Capela Sistina –, deram com uma pedreira. Em vez de desistir da área, seguiram em frente e incorporaram a pedreira ao percurso.

– Puxa – disse Myron em voz baixa –, eles eram muito corajosos!

Alguns tagarelam quando estão nervosos. Outros preferem usar de sarcasmo.

Eles chegaram ao *tee* e dobraram à direita, andando ao longo da sede do clube. Embora o último grupo tivesse terminado de jogar havia mais de uma hora, vários golfistas ainda davam suas tacadas. Os profissionais não só treinavam – usando uma ampla série de tacos com cabos de madeira ou ferro, longos ou não –, como aproveitavam para aperfeiçoar suas estratégias com os caddies, checar o equipamento com os patrocinadores, fazer *networking*, socializar com outros golfistas, fumar (uma quantidade surpreendente de profissionais acendia um cigarro após o outro) e até conversar com agentes.

Nos círculos do golfe, o campo de treinamento era chamado de escritório.

Myron reconheceu Greg Norman e Nick Faldo. Avistou também Tad Crispin, o novato do pedaço, o futuro Jack Nicklaus – em suma, o cliente dos sonhos. O garoto tinha 23 anos e era bonito e tranquilo, noivo de uma mulher atraente e feliz da vida. Ele ainda não tinha um agente. Myron tentou não salivar. Mas ele era tão humano quanto qualquer um. Afinal de contas, trabalhava como agente esportivo. Era preciso dar um desconto.

– Onde está Jack? – perguntou Myron.

– Nesta direção – respondeu Bucky. – Ele queria praticar sozinho.

– Como o sequestrador conseguiu entrar em contato com ele?

– Ele ligou para o telefone central do Merion e disse que era uma emergência.

– E isso funcionou?

– Sim – disse Bucky devagar. – Na verdade, quem estava ao telefone era o próprio Chad. Ele se identificou como filho de Jack.

Curioso.

– A que horas foi esse telefonema?

– Talvez uns dez minutos antes de eu ligar para você. – Bucky parou e apontou com o queixo. – Ali.

Jack Coldren era um sujeito baixinho, meio barrigudo, mas com braços parecidos com os do Popeye. Seus cabelos esvoaçavam ao vento, revelando uma calvície que avançava rapidamente. Ele golpeou a bola com um taco de madeira com uma fúria extraordinária. Para algumas pessoas, aquilo poderia parecer muito estranho. O cara acaba de receber a notícia de que o filho foi sequestrado e resolve treinar tacadas. Mas Myron entendia. Dar tacadas era como consolar-se com comida. Quanto mais Myron se sentia estressado, mais desejava encestar algumas bolas. Todos temos alguma muleta. Alguns bebem. Alguns usam drogas. Alguns gostam de dirigir por um bom tempo ou disputar um desses jogos de computador. Quando Win queria espairecer, muitas vezes assistia a videoteipes de suas próprias façanhas sexuais. Mas isso era Win.

– Quem é aquela mulher que está com ele? – perguntou Myron.

– Diane Hoffman – disse Bucky. – A caddie de Jack.

Myron sabia que não era incomum ver caddies do sexo feminino no circuito profissional masculino. Alguns jogadores chegavam a contratar a própria esposa. Economia de dinheiro.

– Ela sabe o que está acontecendo?

– Sim. Diane estava presente quando ele atendeu o telefonema de Chad. Eles são muito íntimos.

– Você já contou a Linda?

Bucky assentiu.

– Liguei para ela imediatamente. Você se importa de se apresentar a ele? Gostaria de voltar para a sede do clube para saber como Linda está.

– Sem problema.

– Como posso contatar você se acontecer alguma coisa?

– Ligue para o meu celular.

Bucky arquejou.

– Aqui no Merion celulares não são permitidos – alertou ele, como se fosse um decreto papal.

– Eu não sigo as regras – disse Myron. – É só uma ligação.

Myron aproximou-se deles. Diane Hoffman estava com os pés bem afastados um do outro, braços cruzados, rosto concentrado nos movimentos de Coldren. De sua boca pendia um cigarro quase na vertical. Ela nem ao menos olhou para Myron. Jack Coldren girou o corpo e despachou a bola, soltando toda a sua energia. A bola disparou sobre as colinas distantes.

Jack Coldren voltou-se, olhou para Myron, deu um meio sorriso, balançou a cabeça à guisa de saudação.

– Você é Myron Bolitar, certo?

– Certo.

Ele apertou a mão de Myron. Diane Hoffman continuou a observar cada movimento de seu jogador, franzindo a testa como se tivesse visto uma falha em sua técnica de apertar a mão.

– Agradeço a sua ajuda – disse ele.

Agora que se encontravam face a face – a cerca de um metro de distância –, Myron constatou a devastação no rosto do homem. O júbilo radiante ao acertar a bola no último buraco se apagara, dando lugar a algo mais pálido e doentio. Seu olhar era de surpresa e incompreensão, como se tivesse recebido um soco violento no estômago.

– Há pouco tempo você tentou voltar às quadras – prosseguiu Jack. – No New Jersey.

Myron assentiu.

– Vi você nos jornais. Decisão muito ousada, depois de todos esses anos.

Ganhando tempo. Sem saber direito como começar. Myron resolveu ajudar.

– Fale-me do telefonema.

Os olhos de Jack desviaram-se para a grande extensão do campo.

– Você tem certeza de que é seguro? – perguntou ele. – O cara me disse ao telefone para deixar a polícia fora disso. Para eu continuar agindo normalmente.

– Eu sou um agente em busca de atletas. Falar comigo é mais do que normal.

Jack refletiu um pouco e então concordou. Ele ainda não apresentara Diane Hoffman. Ela não parecia se importar. Ficou parada a três metros de distância feito uma estátua. Seus olhos permaneceram estreitados, desconfiados, a expressão de desgaste e aflição. Agora a cinza do cigarro estava incrivelmente comprida, quase desafiando a gravidade. Ela estava com um boné e uma daquelas roupas de caddies que refletem a luz.

– O presidente do clube me procurou e disse que meu filho ligara para mim querendo falar com urgência. Entrei na sede do clube e atendi o telefone.

Ele parou de repente, piscou os olhos várias vezes e começou a arquejar. Estava com uma camisa de golfe amarela apertadíssima, com gola em V. Dava para ver seu corpo se expandir sob o tecido a cada vez que ele enchia os pulmões. Myron esperou.

– Era Chad – ele finalmente conseguiu falar. – Mal ele disse "Pai", alguém arrancou o telefone da sua mão. Então falou um homem com voz grave.

– Muito grave?

– O que disse?

– A voz era muito grave?

– Sim.

– Ela pareceu estranha? Meio mecânica?

– Agora que você falou... sim, era estranha.

Distorção eletrônica, supôs Myron. Aquelas máquinas eram capazes de fazer a voz do cantor Barry White parecer a de uma menina de 4 anos. Ou vice-versa. Não era difícil conseguir uma delas. O sequestrador ou os sequestradores podiam ser de qualquer sexo. O fato de Linda e Jack Coldren mencionarem uma "voz masculina" era irrelevante.

– O que ele disse?

– Que estava com meu filho. Que se eu chamasse a polícia ou algo parecido, Chad iria pagar. Que eu seria vigiado o tempo todo.

Jack olhou em volta novamente como se estivesse frisando o que acabara de dizer. Não havia ninguém suspeito por perto. Greg Norman acenou, levantou os polegares e sorriu para eles. Bom dia, camarada.

– O que mais? – perguntou Myron.

– Ele disse que queria dinheiro.

– Quanto?

– Ele só disse que queria muito. Ele não sabia bem quanto, mas queria que eu arranjasse muito dinheiro logo. Disse que tornaria a ligar.

Myron fez uma careta.

– Mas ele não disse quanto?

– Não. Só disse que seria muito.

– E que era para arranjar logo.

– Certo.

Aquilo não fazia o menor sentido. Um sequestrador que não sabia quanto queria de resgate?

– Posso ser bem franco, Jack?

Coldren endireitou o corpo, ajeitou a camisa dentro do short. Ele era o que alguns poderiam classificar como ingênuo e de uma beleza irresistível. Seu rosto era grande e amigável, com feições suaves e fofas.

– Não me esconda nada. Quero a verdade.

– Será que isso não pode ser uma farsa?

Jack lançou um olhar rápido a Diane Hoffman. Ela fez um movimento quase imperceptível. Talvez um leve aceno de concordância. Ele se voltou para Myron.

– O que você quer dizer com isso?

– Será que Chad poderia estar por trás disso?

A brisa soprou nos cabelos de Jack, fazendo com que caíssem sobre os olhos. Ele os afastou com os dedos. Alguma coisa transpareceu em seu rosto. Reflexão, talvez? Ao contrário de Linda Coldren, a ideia não o pusera na defensiva. Ele estava estudando a possibilidade, ou talvez apenas agarrando-se a uma alternativa de que seu filho estava em segurança.

– Havia duas vozes diferentes – respondeu Coldren. – No telefone.

– Poderia ser um aparelho para distorcer vozes. – Myron explicou do que se tratava.

Mais reflexão. O rosto de Jack se crispou.

– Realmente não sei.

– Você imagina Chad fazendo uma coisa dessas?

– Não. Mas quem consegue imaginar o filho de alguém fazendo isso? Estou tentando ser objetivo, por mais que seja difícil. Se eu acho que meu filho poderia fazer alguma coisa desse tipo? Claro que não. Mas, insisto, eu não seria o primeiro pai a se enganar sobre o filho... Será que estou enganado?

Faz sentido, pensou Myron.

– Chad já fugiu alguma vez?

– Não.

– Há algum problema na família? Algo que pudesse levá-lo a fazer uma coisa como essa?

– Como simular o próprio sequestro?

– Não precisa ser algo tão grave. Talvez algo que você ou sua esposa fizeram e que o tenha irritado.

– Não – respondeu ele, a voz de repente distante. – Não consigo me lembrar de nada. – Ele levantou a vista. Agora o sol já declinava no horizonte, não estava tão forte, mas Jack ainda olhava para Myron estreitando os olhos, a mão sobre a testa protegendo a vista. A postura lembrou a Myron a fotografia que ele vira na casa. – Você tem uma teoria, não é, Myron?

– Ainda muito vaga.

– Mesmo assim eu gostaria de ouvi-la.

– Quanto você anseia ganhar este torneio, Jack?

Coldren deu um meio sorriso.

– Você foi um atleta, Myron. Sabe a resposta.

– Sim. Eu sei.

– Então, em que está pensando?

– Seu filho é um atleta. Com certeza ele também sabe.

– Sim – concordou Jack. E completou: – Ainda estou esperando sua explicação.

– Se alguém quisesse prejudicar você, qual seria a melhor maneira de atrapalhar suas chances de ganhar o Aberto?

Nos olhos de Jack agora se via novamente o olhar aflito. Ele recuou um passo.

– É apenas uma teoria – acrescentou Myron rapidamente. – Não estou dizendo que seu filho está fazendo isso...

– Mas precisamos examinar todas as possibilidades – completou Jack.

– Sim.

Jack se recompôs depois de um tempo.

– Mesmo que você esteja certo, esse alguém pode não ser necessariamente Chad. Outra pessoa poderia fazer isso para me prejudicar. – Ele, lançou mais um olhar para Diane. Ainda com os olhos nela, acrescentou: – Não seria a primeira vez.

– Como assim?

Jack não respondeu logo. Desviou o olhar dos dois e, apertando os olhos, voltou-os para o lugar onde estivera atirando as bolas. Não havia nada para ver. Ele estava de costas para Myron.

– Você deve saber que perdi o Aberto muitos anos atrás.

– Sim.

Ele não deu continuidade.

– Aconteceu alguma coisa naquela ocasião? – perguntou Myron.

– Talvez – disse Jack devagar. – Já não sei mais. A questão é a seguinte: pode ser que alguém queira me prejudicar. Não necessariamente meu filho.

– Talvez – concordou Myron.

Não comentou que descartara aquela possibilidade porque Chad tinha desaparecido antes de Jack assumir a liderança. Não valia a pena discutir naquele momento.

Jack voltou-se novamente para Myron.

– Bucky falou sobre um cartão de banco – disse ele.

– O cartão de seu filho foi usado na noite passada. Na Porter Street.

Algo perpassou o rosto de Jack, mas não por muito tempo. Não mais que um segundo, e em seguida desapareceu.

– Na Porter Street? – repetiu ele.

– Sim. Num caixa eletrônico do First Philadelphia da Porter Street, na zona sul de Filadélfia.

Silêncio.

– Você conhece essa parte da cidade?

– Não.

Jack olhou a caddie, que permanecia imóvel feito uma estátua. Braços cruzados. Pés bem separados um do outro. A cinza do cigarro finalmente se fora.

– Tem certeza?

– Claro que sim.

– Eu fui lá hoje.

O rosto do outro continuou impassível.

– Descobriu alguma coisa?

– Não.

Silêncio.

Jack fez um aceno para trás.

– Você se importa se eu treinar mais umas tacadas enquanto conversamos?

– De modo algum.

Ele calçou a luva.

– Você acha que devo jogar amanhã?

– Você é quem decide. O sequestrador disse para agir normalmente. Se você não jogar, com certeza vai despertar suspeitas.

Jack se inclinou para pôr uma bola no *tee*.

– Posso perguntar uma coisa, Myron?

– Claro.

– Quando você jogava basquete, a vitória era muito importante para você?

Pergunta estranha.

– Sim.

Jack concordou, como se já esperasse essa resposta.

– Você ganhou o campeonato universitário nacional uma vez, não foi?

– Sim.

Coldren balançou a cabeça.

– Deve ter sido o máximo.

Myron não respondeu.

Jack pegou um taco e flexionou os dedos em torno do cabo, postando-se junto à bola. Novamente girou o corpo e liberou a energia. Myron observou a bola levantar voo. Por um instante, ninguém disse nada. Simplesmente ficaram contemplando ao longe os últimos raios de sol tingirem o céu de púrpura.

Quando Jack finalmente falou, sua voz estava rouca.

– Você quer ouvir uma coisa horrível?

Myron aproximou-se dele. Os olhos de Jack estavam úmidos.

– Eu ainda me preocupo em ganhar este torneio.

Ele olhou para Myron. A dor em seu rosto era tão evidente que por pouco o agente não o abraçou. Era como se ele visse a imagem do passado daquele homem em seus olhos, os anos de aflição, pensando como teria sido e por fim tendo a chance de se redimir, mas vendo essa chance de repente ser arrancada de suas mãos.

– Que tipo de homem ainda se preocupa em vencer numa situação como esta? – perguntou Jack.

Myron não disse nada. Ele não sabia o que responder. Ou talvez temesse saber.

capítulo 5

A SEDE DO MERION ERA UMA CASA de fazenda ampliada, branca, com venezianas pretas. A única cor que se destacava era a dos toldos verdes que sombreavam a famosa varanda dos fundos, mas mesmo eles se perdiam em meio ao verde que tomava o campo de golfe. Por ser um dos clubes mais restritos do país, era de esperar algo mais imponente, e mesmo assim aquela simplicidade parecia dizer "Nós somos o Merion. Não precisamos de mais do que isso".

Myron passou pela loja dos profissionais. Sacos de golfe enfileiravam-se numa prateleira de metal. Os armários dos homens ficavam à direita. Numa placa de bronze lia-se que o Merion fora declarado patrimônio histórico. Um quadro de avisos listava os handicaps dos sócios. Myron procurou o nome de Win. Três handicaps. Myron não entendia muito de golfe, mas sabia que aquilo era uma marca importante.

A lendária varanda externa tinha piso de pedra e cerca de vinte mesas. Dali, não apenas se contemplava o primeiro *tee*: a impressão que se tinha era de estar suspenso bem acima dele. Os sócios observavam, com olhos treinados de senadores romanos no Coliseu, os golfistas fazerem seus lançamentos. Poderosos homens de negócios e grandes figuras públicas muitas vezes sucumbiam àquele centenário exame minucioso. Nem mesmo os profissionais ficavam imunes – o restaurante funcionava durante o Aberto. Jack Nicklaus, Arnold Palmer, Ben Hogan, Bobby Jones e Sam Snead – todos eles tiveram que suportar o barulho incômodo do restaurante, o desagradável retinir de copos e talheres que contrastavam com o público silencioso e seus aplausos moderados.

A varanda estava apinhada de sócios. A maioria era de homens – idosos, corados e bem-nutridos. Vestiam blazers azuis ou verdes, com diferentes brasões. As gravatas, muitas delas listradas, eram de cores berrantes. As mulheres usavam chapéus brancos ou amarelos de aba larga. Chapéus de aba larga. E Win estava preocupado com a "adequação" de Myron.

Myron avistou Win sozinho numa mesa de canto com seis cadeiras. Sua expressão era ao mesmo tempo glacial e serena, o corpo completamente relaxado. Um leão montês esperando pacientemente por sua presa. O cabelo louro e o visual aristocrático pareciam ser os trunfos de Win. Em muitos aspectos, sim; porém em outros, muitos mais, eles o rotulavam. Toda a sua aparência cheirava a arrogância, berço de ouro e elitismo. A maioria das pessoas não reagia bem a isso. Quando elas olhavam para Win, espumavam de raiva. Win já estava acostumado. Ele não ligava para pessoas que julgavam apenas pela aparência. Elas muitas vezes se surpreendiam.

Myron cumprimentou o velho amigo e se sentou.

– Gostaria de tomar um drinque? – disse Win.

– Claro.

– Se você pedir um achocolatado, eu dou um soco no seu olho direito.

– Olho direito – repetiu Myron balançando a cabeça. – Que específico.

Um garçom que devia ter 100 anos apareceu na frente deles. Estava de paletó e calça verdes – verde, imaginou Myron, para que mesmo os serviçais se misturassem ao famoso ambiente. A coisa não funcionava, porém. O velho garçom parecia o avô do Charada.

– Henry – disse Win –, vou querer um chá gelado.

Myron sentiu-se tentado a pedir uma cerveja, mas mudou de ideia.

– Vou querer o mesmo.

– Muito bem, Sr. Lockwood.

Henry foi embora. Win olhou para Myron.

– Conte-me.

– Trata-se de um sequestro – disse Myron.

Win arqueou uma sobrancelha.

– O filho de um golfista está desaparecido. Os pais receberam dois telefonemas. – Myron falou rapidamente sobre eles. Win ouviu em silêncio.

Quando Myron terminou, Win disse:

– Você deixou uma coisa de fora.

– O quê?

– O nome do jogador.

Myron manteve a voz firme.

– Jack Coldren.

Embora o rosto de Win continuasse impassível, Myron sentiu um frio na barriga.

– Então você falou com Linda.

– Sim.

– E você sabe que eu e ela somos parentes.

– Sim.

– Então deve ter percebido que não vou ajudar.

– Não.

Win recostou-se na cadeira e uniu as pontas dos dedos.

– Então agora está percebendo.

– O garoto talvez esteja em sério perigo. Temos que ajudar.

– Não. Eu não.

– Você quer que eu desista do caso?

– O que você faz é problema seu.

– Você quer que eu desista do caso? – repetiu Myron.

Os chás gelados chegaram. Win tomou um pequeno gole, desviou o olhar e bateu no queixo com o indicador. O sinal para encerrar o assunto. Myron sabia que não devia insistir.

– Bem, para quem são as outras cadeiras? – perguntou Myron.

– Estou trabalhando num projeto de vulto.

– Um novo cliente?

– Para mim, é quase certo. Para você, uma possibilidade muito remota.

– Quem?

– Tad Crispin.

Myron ficou de queixo caído.

– Vamos jantar com Tad Crispin?

– E também com seu velho amigo Norman Zuckerman e sua última conquista, ingênua mas atraente.

Norm Zuckerman era o proprietário da Zoom, uma das maiores empresas de tênis e artigos esportivos do país. Era também uma das pessoas de quem Myron mais gostava.

– Como você chegou a Crispin? Ouvi dizer que ele cuidava dos próprios negócios.

– E é verdade – disse Win. – Mas ainda assim ele quer um consultor financeiro. – Win nem bem chegara aos 35 anos e já era uma lenda em Wall Street. Procurar Win fazia sentido. – Na verdade, Crispin é um jovem muito perspicaz. Infelizmente, acredita que todos os agentes são ladrões e que têm os princípios de uma prostituta na política.

– Ele disse isso? Prostituta na política?

– Não, eu mesmo que inventei. – Win sorriu. – Muito bom, não?

Myron balançou a cabeça.

– Não.

– Enfim, o pessoal da Zoom o segue como cachorros sem dono. Eles estão lançando uma linha inteira de tacos e roupas usando a imagem do jovem Sr. Crispin.

Tad Crispin estava em segundo lugar no torneio, bem atrás de Jack Coldren.

Myron se perguntou se a Zoom estaria satisfeita diante da possibilidade de Coldren levar vantagem sobre Tad. Não muito, pensou.

– E então? O que você acha do bom desempenho de Jack Coldren? – perguntou Myron. – Está surpreso?

Win deu de ombros.

– Ganhar sempre foi muito importante para Jack.

– Você o conhece há muito tempo?

Olhar neutro.

– Sim.

– Você já o conhecia quando ele perdeu aqui?

– Sim.

Myron calculou os anos. Win devia estar no ensino fundamental.

– Jack Coldren insinuou que alguém tentou minar as suas chances de vitória.

Win fez um ruído de desdém.

– Bobagem – disse ele.

– Bobagem?

– Você não lembra o que aconteceu?

– Não.

– Coldren afirma que seu caddie lhe deu o taco errado no décimo sexto buraco. Ele pediu um taco de ferro número seis, e o caddie teria dado um de número oito. Sua tacada foi fraca. Mais especificamente, em um dos bunkers da pedreira. Ele nunca se recuperou do trauma.

– O caddie admitiu o erro?

– Pelo que sei, ele nunca tocou no assunto.

– O que Jack fez?

– Demitiu-o.

Myron refletiu sobre aquele boato.

– Onde anda o caddie agora?

– Não tenho a mínima ideia – disse Win. – Ele já não era novo na época, e se passaram mais de vinte anos.

– Você lembra o nome dele?

– Não. E essa conversa está oficialmente encerrada.

Antes que Myron tivesse tempo de perguntar por que, seus olhos foram cobertos por duas mãos.

– Adivinhe quem é? – disse uma voz cantarolante familiar. – Vou dar umas dicas: sou inteligente, bonito e muito talentoso.

– Puxa! – exclamou Myron. – Antes dessas dicas, eu iria pensar que era Norm Zuckerman.

– E com as dicas?

Myron deu de ombros.

– Se você acrescentasse "adorado por mulheres de todas as idades", eu ia achar que era eu.

Norman Zuckerman riu com gosto. Ele inclinou-se e deu um grande e sonoro beijo no rosto de Myron.

– Como vai você, seu doidão?

– Bem, Norm. E você?

– Estou como o diabo gosta.

Zuckerman cumprimentou Win com um sonoro "olá" e um entusiástico aperto de mãos. As pessoas que estavam no restaurante olharam incomodadas. Os olhares não acalmaram Norm Zuckerman. Uma espingarda para elefantes não acalmaria Norm Zuckerman. Myron gostava do cara. Com certeza, boa parte de seu comportamento era pura encenação. Mas era uma encenação genuína. O entusiasmo de Norm por tudo que estava a sua volta era contagiante. Ele era pura energia; o tipo de pessoa que faz com que nos sentíssemos um nada.

Zuckerman trouxe à frente uma jovem.

– Deixem-me apresentar Esme Fong – disse ele. – Ela é uma de minhas vice-presidentes de marketing. Encarregada da nova linha de golfe. E brilhante. Esta mulher é absolutamente brilhante.

A mocinha ingênua e atraente. Pouco menos de 25 anos, calculou Myron. Esme Fong era asiática, talvez com um leve traço caucasiano, miúda e com olhos amendoados. O cabelo era comprido e sedoso, preto com mechas castanho-avermelhadas. Vestia terninho com saia bege e meias brancas. Esme cumprimentou com um gesto de cabeça e aproximou-se. Ela assumiu a expressão séria de uma jovem atraente que teme não ser levada a sério porque é uma jovem atraente. Esme estendeu a mão.

– Prazer em conhecê-lo, Sr. Bolitar – disse ela vivamente. – Sr. Lockwood.

– O aperto de mão dela não é vigoroso? – perguntou Zuckerman. Então, voltou-se para ela: – Por que tanto "senhor" para lá, "senhor" para cá? Estes são Myron e Win. Eles são praticamente da família! Tudo bem, Win não é muito judeu para ser da família. Quer dizer, o pessoal dele veio no *Mayflower*, enquanto boa parte de meus parentes veio fugida dos pogroms do czar num cargueiro. Mas está claro que somos uma família, não é, Win?

– Claro como água – disse Win.

– Pode sentar, Esme. Estou ficando nervoso com toda essa sua seriedade. Tente sorrir, está bem? – Zuckerman fez uma demonstração, apontando para seu próprio sorriso. Voltou-se então para Myron e fez um gesto largo com as mãos. – Seja franco, Myron. Que tal minha aparência?

Zuckerman tinha mais de 60 anos. Sua costumeira roupa berrante, combinada a sua personalidade, dificilmente chamava atenção perto do que Myron vira naquele dia. A pele dele era escura e áspera, os olhos mergulhados em fundas olheiras; seus traços proeminentes enquadravam-se no estereótipo semita; a barba e o cabelo eram compridos demais e um tanto desgrenhados.

– Você está parecendo um hippie – disse Myron.

– Justamente a aparência que eu desejava – afirmou Zuckerman. – Estilo retrô. Atitude. Hoje em dia é assim.

– Não tem muito a ver com a aparência de Crispin – retrucou Myron.

– Estou falando do mundo real, não de golfe. Golfistas não sabem nada de atitude. Os judeus ortodoxos são mais abertos a mudanças do que os golfistas. Você sabe o que os golfistas querem ser? A mesma coisa que queriam desde o alvorecer do marketing esportivo: o ídolo Arnold Palmer. É isso que eles querem. Eles queriam ser Palmer, depois Nicklaus, depois Watson... os bons rapazes de sempre. – Ele apontou o polegar para Esme Fong. – Foi Esme quem acertou o contrato com Crispin. Ele é o protegido dela.

Myron olhou para ela.

– Lance de mestre – disse ele.

– Obrigada – agradeceu ela.

– Vamos ver até onde vai esse lance – continuou Zuckerman. – A Zoom está entrando no golfe em grande estilo. Imenso. Tremendo. Gigantesco.

– Enorme – disse Myron.

– Monstruoso – acrescentou Win.

– Colossal.

– Titânico.

– Brobdingnaguiano – disse Win, sorrindo.

– Uau! – exclamou Myron. – *As viagens de Gulliver!* Essa foi boa!

Zuckerman balançou a cabeça.

– Vocês são mais engraçados que os Três Patetas sem o Curly. De qualquer forma, é uma supercampanha. Esme está cuidando dela para mim. Linhas masculina e feminina. Não apenas conseguimos Crispin, mas Esme arrebanhou também a golfista número um do mundo.

– Linda Coldren? – perguntou Myron.

– Opa! – Zuckerman bateu palmas. – O jogador de basquete hebreu entende também de golfe! A propósito, Myron, como um membro dessa tribo tem um nome desses, *Bolitar*?

– É uma longa história – respondeu Myron.

– Ótimo. Eu não estava interessado, para dizer a verdade. Só quis ser gentil. Onde eu estava mesmo? – Zuckerman cruzou as pernas, recostou-se na cadeira, sorriu e olhou em volta. – Ei, você aí – disse ele com um breve aceno. – Você está com uma boa aparência.

Irritado, o homem na outra mesa bufou e desviou o olhar.

Zuckerman deu de ombros.

– Até parece que ele nunca viu um judeu.

– Provavelmente não viu mesmo – disse Win.

Zuckerman tornou a olhar para o homem de rosto avermelhado.

– Olhe! – exclamou Zuckerman, apontando para a própria cabeça. – Não tenho chifres!

Até Win sorriu.

Zuckerman voltou a atenção novamente para Myron.

– Diga-me uma coisa, então: você está tentando agenciar Crispin?

– Eu nem o conheço ainda – disse Myron.

Zuckerman levou a mão ao peito, fingindo surpresa.

– Bem, Myron, trata-se de uma estranha coincidência. Você aqui quando vamos sentar à mesa com ele... mas quais são suas chances? Espere. – Zuckerman parou de falar e pôs a mão no ouvido. – Acho que estou ouvindo a música de *Além da imaginação*.

– Ha-ha – fez Myron.

– Ah, relaxe, Myron. Estou provocando você. Acalme-se! Mas deixe-me ser franco por um segundo, está bem? Acho que Crispin não precisa de você, Myron. Não é nada contra você, mas o rapaz assinou um contrato comigo. Sem agentes. Sem advogados. Ele mesmo cuidou de tudo sozinho.

– E foi roubado – acrescentou Win.

Zuckerman pôs a mão no peito.

– Assim você me ofende, Win.

– Crispin me falou das cifras. Myron faria um negócio muito mais vantajoso para Crispin.

– Com o devido respeito por todos os seus séculos de aristocracia, você não sabe o que está falando. O rapaz deixou um pouco de dinheiro para mim no caixa, só isso. Agora é crime um homem obter algum lucro? Myron é um tubarão! Ele arranca minhas roupas quando conversamos. Ele sai de meu escritório e não me deixa nem com a cueca. Não sobra nem a mobília. Nem ao menos sobra o escritório. Eu monto um belo escritório, Myron chega e eu termino pelado em algum sopão.

Myron olhou para Win.

– Comovente.

– Ele me parte o coração – completou Win.

Myron voltou a atenção para Esme Fong.

– Está satisfeita com o desempenho de Crispin?

– Claro – disse ela depressa. – É sua estreia na liga principal, e ele está em segundo lugar.

Zuckerman pôs a mão no braço dela.

– Guarde essa conversa para os debiloides da mídia. Esses dois caras são da família.

Esme Fong mexeu-se na cadeira e limpou a garganta.

– Linda Coldren ganhou o Aberto dos Estados Unidos algumas semanas atrás – disse ela. – Estamos divulgando dois anúncios na televisão, no rádio e nos jornais e revistas. Ambos estarão em todos os lugares. É uma nova linha, completamente nova para os entusiastas do golfe. Naturalmente, se conseguíssemos introduzir a nova linha da Zoom com dois ganhadores do Aberto, seria de grande valia.

Norm apontou para ela novamente.

– Ela não é o máximo? *De grande valia.* Bela expressão. E bem vaga. Ouça, Myron, você lê a seção de esportes, não é?

– Claro.

– Quantos artigos você viu sobre Crispin antes do começo do torneio?

– Muitos.

– Quanta visibilidade ele teve nos últimos dois dias?

– Não muita.

– Melhor dizer nenhuma. Só se fala em Jack Coldren. Daqui a dois dias esse pobre filho da puta será um homem milagroso de proporções messiânicas ou o mais lamentável perdedor da história do mundo. Pense nisso por um segundo. A vida inteira de um homem, o passado e o futuro, será decidida em algumas tacadas. Pensando bem, é uma loucura. E você sabe o que é pior?

Myron negou com a cabeça.

– Torço feito um condenado para que ele perca! Sinto-me como um grande filho da puta, mas é verdade. Meu garoto vem e ganha, e espere para ver como Esme vai usar isso. O brilhante jogo do novato Tad Crispin arrasa o veterano. O jovem suportou a pressão como Palmer e Nicklaus juntos. Você sabe o que isso significará para o lançamento da nossa linha? – Zuckerman olhou para Win e apontou. – Meu Deus, eu gostaria de me parecer com você. Olhem só para ele! Como é bonito!

Win não pôde deixar de rir. Muitos homens voltaram-se e olharam. Zuckerman acenou amistosamente para eles.

– Da próxima vez que eu vier aqui – disse ele a Win –, estarei com um solidéu.

Win riu mais ainda. Myron tentou se lembrar da última vez que vira Win rir com tanto gosto. Fora muito tempo antes. Zuckerman tinha esse efeito sobre as pessoas.

Esme Fong consultou o relógio e se levantou.

– Só parei para dar um alô – explicou ela. – Agora tenho que ir mesmo.

Os três homens ficaram de pé. Zuckerman deu uma beijoca em sua bochecha.

– Tenha cuidado, Esme, está bem? Nos vemos amanhã de manhã.

– Sim, Norm. – Ela sorriu recatadamente para Myron e Win e abaixou a cabeça envergonhada. – Prazer em conhecê-los, Myron, Win.

Esme foi embora. Os três se sentaram. Win uniu as pontas dos dedos.

– Quantos anos ela tem? – perguntou Win.

– Vinte e cinco. Ela é membro da fraternidade Phi Beta Kappa de Yale. O que significa que é uma das melhores alunas da universidade.

– Notável.

– Nem sonhe com isso, Win.

Win negou com a cabeça. Ele não faria nada. Ela estava envolvida no negócio. Difícil de desembaraçar. Quando se tratava do sexo oposto, Win gostava de um desfecho rápido e definitivo.

– Eu a roubei daqueles filhos da puta da Nike – disse Zuckerman. – Ela era do alto escalão do departamento de basquete. Não me entenda mal. Ela ganhava a maior grana, mas ficou esperta. É como eu disse a ela: a vida é mais do que apenas dinheiro. Entendem?

Myron teve de se conter para não revirar os olhos.

– Ela trabalha feito uma condenada. Sempre controlando tudo. Na verdade, agora ela está indo para a casa de Linda Coldren. Elas vão tomar um chá ou participar de alguma atividade de mulherzinha.

Myron e Win trocaram um olhar.

– Ela está indo para a casa de Linda Coldren? – perguntou Myron.

– Sim, por quê?

– Quando ela ligou para Linda Coldren?

– Como assim?

– Esse encontro foi marcado há muito tempo?

– Ora, eu tenho cara de secretária?

– Esquece.

– Já esqueci.

– Posso sair um instante para fazer uma ligação?

– E eu lá sou sua mãe? – Zuckerman fez um movimento como se o enxotasse. – Vai lá.

Myron pensou em usar o celular, mas resolveu não aborrecer os deuses do Merion. Ele achou uma cabine telefônica no vestíbulo da sala dos armários masculinos e ligou para a casa dos Coldren. Usou a linha de Chad. Linda atendeu.

– Alô?

– Só para confirmar – disse Myron. – Alguma novidade?

– Não – respondeu Linda.

– Você sabe que Esme Fong está indo para aí?

– Eu não quis cancelar. Eu não queria fazer nada que chamasse a atenção.

– Tudo bem com você, então?

– Sim.

Myron viu Tad Crispin andando em direção à mesa de Win.

– Você conseguiu falar com o pessoal da escola?

– Não, não tinha ninguém lá. O que vamos fazer agora?

– Não sei. Mandei colocar um identificador de chamadas em seu telefone. Se o sequestrador ligar novamente, descobriremos o número dele.

– O que mais?

– Vou tentar falar com Matthew Squires. Ver o que ele pode me dizer.

– Já falei com Matthew – disse Linda, impaciente. – Ele não sabe de nada. O que mais?

– Eu poderia informar à polícia. Discretamente. Eu não posso fazer muita coisa por conta própria.

– Não – negou ela firmemente. – Nada de polícia. Quanto a isso, Jack e eu seremos inflexíveis.

– Tenho amigos no FBI...

– Não.

Ele se lembrou de sua conversa com Win.

– Quando Jack perdeu no Merion, quem era o caddie dele?

Ela hesitou.

– Por que você quer saber isso?

– Ouvi dizer que Jack culpou o caddie por sua derrota.

– Em parte, sim.

– E que ele o demitiu.

– E daí?

– Eu perguntei sobre inimigos. Como o caddie reagiu ao que aconteceu?

– Você está falando de uma coisa que aconteceu há mais de vinte anos – disse

Linda. – Mesmo que ele tenha alimentado um profundo rancor contra Jack, por que iria esperar tanto tempo?

– Desde aquela época, esta é a primeira vez que o Aberto é disputado no Merion. Talvez isso tenha despertado uma raiva adormecida. Não sei. Acho difícil que isso tenha acontecido, mas vale a pena checar.

Ele ouviu alguém falando ao fundo, no outro lado da linha. Era a voz de Jack. Ela pediu que Myron esperasse um instante.

Pouco depois, Jack pegou o telefone. Sem maiores preâmbulos, perguntou:

– Você acha que existe uma relação entre o que aconteceu comigo há 23 anos e o desaparecimento de Chad?

– Não sei – admitiu Myron.

– Mas você acha... – insistiu Jack.

– Eu não sei o que acho – interrompeu Myron. – Estou apenas tentando checar todas as possibilidades.

Houve um silêncio opressivo.

– O nome dele é Lloyd Rennart – revelou Jack.

– Você sabe onde ele mora?

– Não. Nunca mais o vi desde que acabou o Aberto.

– No dia em que você o demitiu.

– Sim.

– Você nunca mais esbarrou com ele? No clube, num torneio ou em algum outro lugar?

– Não – disse Jack devagar. – Nunca.

– Onde Rennart morava naquela época?

– Em Wayne. A cidade vizinha.

– Que idade ele tem agora?

– Sessenta e oito – respondeu ele, sem hesitação.

– Antes do incidente, vocês eram muito próximos?

Quando finalmente saiu, a voz de Jack estava muito baixa.

– Eu achava que sim. Não num nível pessoal. Não saíamos nem nada. Não conheci sua família e nunca fui à casa dele ou coisa assim. Mas no campo de golfe... – Ele fez uma pausa. – Eu achava que éramos muito próximos.

Silêncio.

– Por que ele faria isso? – perguntou Myron. – Que motivos teria ele para fazer você perder?

Myron ouviu-o suspirar. Quando tornou a falar, sua voz estava rouca e titubeante.

– Há 23 anos anseio por essa resposta.

capítulo 6

MYRON DEU O NOME DE LLOYD RENNART para Esperanza. Provavelmente não daria muito trabalho. A tecnologia mais uma vez simplificaria as coisas. Havia um catálogo telefônico virtual de todo o país acessível para qualquer um. Se Lloyd Rennart ainda estivesse no mundo dos vivos, seria uma tarefa rápida. Se não estivesse, bem, havia sites para esses casos também.

– Você contou a Win? – perguntou Esperanza.

– Sim.

– Como ele reagiu?

– Ele não quer ajudar.

– Nenhuma surpresa.

– Pois é.

– Você não trabalha bem sozinho, Myron.

– Eu me viro. Você está ansiosa pela formatura?

Esperanza estudou durante seis anos no curso noturno da Faculdade de Direito da Universidade de Nova York. A colação de grau seria na segunda-feira.

– Eu não devo ir.

– Por que não?

– Não sou muito chegada a cerimônias.

A única parente de Esperanza, sua mãe, morrera meses atrás. Myron desconfiou que a decisão de Esperanza tinha mais a ver com a morte da mãe do que com o fato de não ser "muito chegada a cerimônias".

– Bem, eu estarei lá – disse Myron. – Bem no meio da primeira fila. Quero ver tudo.

Silêncio.

– Essa é a parte em que eu contenho as lágrimas porque alguém se importa comigo?

Myron sacudiu a cabeça.

– Esqueça o que eu disse.

– Não, é sério, quero entender. Devo soluçar feito uma desesperada ou só fungar um pouquinho?

– Você é tão sabichona.

– Só quando você me trata com condescendência.

– Não estou sendo condescendente. Eu me importo com você. Se isso a incomoda, me processe.

– Enfim.

– Algum recado?

– Mais ou menos um milhão, mas nada de que eu não possa dar conta até segunda – disse ela. – Ah, uma coisa.

– O quê?

– A vaca me convidou para almoçar.

A "vaca" era Jessica, o amor da vida de Myron. Para dizer o mínimo, Esperanza não gostava dela. Muitos achavam que aquilo tinha algo a ver com ciúme, uma espécie de atração latente entre Esperanza e Myron. Negativo. Antes de mais nada, porque Esperanza gostava, bem, de flexibilidade em sua vida amorosa. Ela namorara por algum tempo um cara chamado Max, depois uma mulher chamada Lucy, depois outra mulher chamada Hester.

– Quantas vezes já pedi para não chamá-la assim? – reclamou Myron.

– Mais ou menos um milhão.

– E você vai no almoço?

– Provavelmente. Bom, vai ser de graça. Ainda que eu tenha que olhar para a cara dela.

Eles desligaram. Myron sorriu, um pouco surpreso. Embora Jessica não fosse antipática com Esperanza, um almoço para abrandar aquela guerra fria pessoal não era uma coisa que Myron esperasse. Talvez por estar morando com Myron, Jess julgou ter chegado a hora de hastear a bandeira branca. Myron ligou para Jessica.

A secretária eletrônica atendeu. Ele ouviu a voz dela. Ao ouvir o bipe, ele disse:

– Jess? Atenda.

Ela atendeu.

– Meu Deus, eu queria que você estivesse aqui agora mesmo.

Jessica sabia como iniciar uma conversa.

– Sério? – Ele podia imaginá-la largada no sofá, o fio do telefone enrolado nos dedos. – Por quê?

– Daqui a pouco vou fazer uma pausa de dez minutos.

– Tudo isso?

– Sim.

– Quer dizer que você toparia umas preliminares demoradas?

Ela riu.

– Está disposto a isso, garotão?

– Vou estar. Se você não parar de falar sobre isso.

– Nós podemos mudar de assunto.

Myron se mudara para o loft de Jessica no Soho havia poucos meses. Para a maioria das pessoas, isso seria uma mudança e tanto – mudar-se do subúrbio de Nova Jersey para uma região estilosa de Nova York, passar a morar com uma mulher que você ama, etc. –, mas, para Myron, era como se fosse a puberdade. Ele passara a vida inteira morando com a mãe e o pai, no típico distrito suburbano de Livingston. A vida inteira. Até os 6 anos, no quarto de cima, à direita. Dos 6 aos 13, no quarto de cima, à esquerda. Dos 13 aos 30 e poucos, no porão.

Depois disso, sair da barra da saia da mãe se tornava tão difícil quanto sair de uma prisão de segurança máxima.

– Soube que você convidou Esperanza para almoçar – disse ele.

– Sim.

– Por quê?

– Nenhum motivo especial.

– Nenhum motivo?

– Ela parece legal. Quero almoçar com ela. Pare de ser xereta.

– Naturalmente, você sabe que ela a detesta.

– Eu consigo lidar com isso. Bem, como vai o torneio de golfe?

– Muito estranho.

– Como assim?

– É uma história longa demais para contar agora, minha flor. Posso ligar para você depois?

– Claro – disse ela. – Você falou "minha flor"?

Depois de desligar, Myron franziu a testa. Alguma coisa estava errada. Ele e Jessica nunca estiveram tão próximos, seu relacionamento nunca estivera tão firme. Passar a morar juntos tinha sido uma decisão acertada, e nos últimos tempos muitos de seus fantasmas tinham sido exorcizados. Eles se amavam, atentos às necessidades e sentimentos um do outro, e quase nunca brigavam.

Então por que Myron sentia como se estivessem à beira do abismo?

Ele afastou aqueles pensamentos. Tudo aquilo era fruto de sua imaginação fértil. O simples fato de um navio navegar em águas calmas, concluiu, não significa que se encontra em rota de colisão com um iceberg.

Uau, que profundo!

Quando ele voltou à mesa, Tad Crispin também tomava um chá gelado. Win fez as apresentações. Crispin estava vestido de amarelo. Tudo era amarelo. Até os sapatos de golfe. Myron esforçou-se para não fazer uma careta.

Como se lesse seus pensamentos, Zuckerman disse:

– Esta não é nossa linha.

– Bom saber disso.

Crispin se levantou.

– Muito prazer, senhor.

Myron brindou-o com um largo sorriso.

– É uma grande honra conhecê-lo, Tad. – Sua voz transbordava a sinceridade de um, digamos, vendedor de shopping. Os dois trocaram um aperto de mão. Myron continuou sorrindo. Crispin começou a desconfiar.

Zuckerman inclinou-se para Win, apontando para Myron.

– Ele é sempre tão afável?

Win assentiu.

– Você devia ver como ele trata as damas.

Todos se sentaram.

– Não posso demorar muito – afirmou Crispin.

– Sem problemas, Tad. Você está cansado e precisa se concentrar para amanhã. Vá em frente, durma um pouco – disse Zuckerman, repetindo o gesto de enxotar.

Crispin deu um meio sorriso e olhou para Win.

– Quero que minha conta seja sua.

– As contas não são "minhas" – corrigiu Win. – Eu apenas faço consultoria.

– Há alguma diferença?

– Toda a diferença. Você tem o controle de seu dinheiro o tempo todo. Eu vou fazer recomendações diretamente a você. A mais ninguém. Nós vamos discuti--las, e a decisão final cabe a você. Não vou comprar nem vender nem negociar nada sem que você esteja totalmente a par do que se passa.

Crispin balançou a cabeça.

– Isso me parece bom.

– Imaginei que sim. Pelo visto, você pretende cuidar de perto de seu dinheiro.

– Sim.

– Entendo – disse Win com um aceno de cabeça. – Você leu sobre muitos atletas que se aposentaram falidos. Explorados por investidores inescrupulosos e pessoas do tipo.

– Sim.

– E minha função será ajudá-lo a maximizar seus ganhos, certo?

Crispin inclinou-se um pouco para a frente.

– Certo.

– Muito bem, então. Minha tarefa será ajudá-lo a otimizar suas oportunidades de investimento *depois* que você ganhar o dinheiro. Mas eu não estaria cuidando plenamente de seus interesses se não lhe dissesse também como ganhar mais.

Crispin estreitou os olhos.

– Não sei se estou entendendo bem.

Zuckerman alertou:

– Win.

Win ignorou-o.

– Como seu consultor financeiro, eu seria negligente se não fizesse a seguinte recomendação: você precisa de um bom agente.

O olhar de Crispin desviou-se para Myron, que continuou impassível, olhando diretamente para ele. Crispin se voltou para Win.

– Sei que você trabalha com o Sr. Bolitar.

– Sim e não. Se você decidir usar os serviços dele, não vou ganhar um tostão a mais. Bem, isso não é exatamente a verdade. Se você resolver usar os serviços de Myron, vai ganhar mais dinheiro e, consequentemente, eu terei mais dinheiro seu para investir. Pensando dessa forma, vou ganhar mais.

– Obrigado, mas não estou interessado.

– Você é que sabe. Mas deixe-me explicar um pouco mais o que quero dizer com sim e não. Eu administro ativos no valor aproximado de quatrocentos milhões de dólares. Os clientes de Myron representam menos de 3% desse total. Não sou empregado da MB Representações Esportivas. Myron Bolitar não é empregado da Lock-Horne Seguros e Investimentos. Não somos sócios. Não investi em sua empresa nem ele na minha. Myron nunca soube nem procurou se informar nem quis discutir a situação financeira de nenhum de meus clientes. Trabalhamos totalmente separados. Exceto por um aspecto.

Todos os olhos estavam voltados para Win. Myron, que tinha fama de tagarela, agora estava calado.

– Sou o consultor financeiro de todos os seus clientes – disse Win. – Sabe por quê?

Crispin sacudiu a cabeça.

– Porque Myron insiste nisso.

Crispin pareceu confuso.

– Não estou entendendo. Se ele não ganha nada com isso...

– Eu não disse isso. Ele ganha muito com isso.

– Mas você disse...

– Ele também foi atleta, você sabia?

– Ouvi falar.

– Ele sabe o que acontece com os atletas. Como são passados para trás. Como esbanjam dinheiro e nunca se conformam que suas carreiras possam acabar num piscar de olhos. Por isso ele insiste... insiste, veja bem... que o atleta não cuide das próprias finanças. Já o vi recusar clientes por causa disso. Ele insiste para que eu cuide deles. Por quê? Pela mesma razão que você me procurou. Ele sabe que sou o melhor. Sem nenhuma modéstia, mas essa é a verdade. Myron insiste que nos encontremos pelo menos uma vez a cada trimestre. Não apenas telefonemas. Não apenas faxes, e-mails ou cartas. Ele insiste que eu examine cada detalhe da conta pessoalmente.

Win recostou-se na cadeira e juntou as pontas dos dedos. Como ele adorava fazer aquilo. Era um gesto que combinava muito com ele, dava um ar de sabedoria.

– Myron Bolitar é meu melhor amigo. Sei que ele daria a vida por mim, e eu por ele. Mas se algum dia ele soubesse que eu não estava fazendo o melhor pelo cliente, não iria querer que eu continuasse, sem pestanejar.

– Belo discurso, Win – disse Zuckerman. – Me atinge diretamente aqui. – Ele apontou para o próprio estômago.

Win lançou-lhe um olhar duro. Zuckerman parou de sorrir.

– Eu mesmo fiz o negócio com o Sr. Zuckerman – alegou Crispin. – Poderia fazer outros perfeitamente.

– Não quero comentar sobre o negócio da Zoom – retomou Win. – Mas vou dizer uma coisa. Você é um jovem brilhante. Um homem brilhante conhece não só a própria força, mas, o que é igualmente importante, conhece sua fraqueza. Eu, por exemplo, não sei como negociar um contrato de endosso. Posso conhecer o básico, mas não é a minha área. Não sou um encanador. Se um cano arrebentar em minha casa, não vou saber consertá-lo. Você é um golfista. Você é um dos maiores talentos que conheci na vida. Você deve concentrar-se nisso.

Tad Crispin tomou um gole de chá gelado e cruzou as pernas, apoiando o tornozelo no joelho. Até as meias eram amarelas.

– Você está jogando pesado para vender seu amigo – disse ele.

– Errado – retrucou Win. – Eu mataria por meu amigo, mas do ponto de vista financeiro não lhe devo nada. Você, por outro lado, é meu cliente, por isso tenho uma grande responsabilidade por suas finanças. Trocando em miúdos, você me pediu que incrementasse seus ganhos. Vou sugerir várias fontes de investimento. Mas essa é a melhor recomendação que posso fazer.

Crispin voltou-se para Myron, olhou-o de alto a baixo, examinando-o abertamente. Por pouco Myron não mostrou os dentes para que ele também pudesse examinar.

– Ele faz com que você pareça ser incrivelmente bom – disse Crispin a Myron.

– Eu sou bom – respondeu Myron. – Mas não quero que ele dê uma impressão errada para você. Não sou tão generoso quanto Win fez parecer. Não insisto que meus clientes o procurem porque sou um cara sensacional. Eu sei que se ele for consultor dos meus clientes, será um ótimo negócio para mim. Ele aumenta o valor dos meus serviços. Ele ajuda a manter meus clientes satisfeitos. É o que eu ganho com isso. Sim, eu insisto que meus clientes se envolvam profundamente nas decisões financeiras, mas faço isso tanto para me proteger quanto para protegê-los.

– Como assim?

– Obviamente, você já ouviu falar de investidores e agentes que roubam atletas.

– Sim.

– Você sabe por que isso é tão frequente?

Crispin deu de ombros.

– Imagino que por ganância.

Myron balançou a cabeça, nem concordando nem discordando.

– O principal responsável é a apatia. Os atletas evitam se envolver. Deixam-se vencer pela preguiça. Convencem-se de que é mais fácil confiar cegamente em seu agente, e isso não é bom. Deixemos que o agente pague as contas, dizem eles. Deixemos que ele invista o dinheiro. Esse tipo de coisa. Mas isso nunca acontece na MB Representações Esportivas. Não porque eu fique de olho. Não porque Win fique de olho. Porque o atleta está de olho.

– Eu já estou de olho – disse Crispin.

– É verdade que você está de olho em seu dinheiro. Mas duvido que esteja atento a todo o resto.

Crispin refletiu por um instante.

– Gostei dessa conversa – falou por fim –, mas eu consigo me virar sozinho.

Myron apontou para a cabeça de Crispin.

– Quanto você está ganhando por esse boné? – perguntou ele.

– O quê?

– Você está usando o boné sem logotipo – explicou Myron. – Para um jogador de seu calibre, isso significa uma perda de pelo menos 250 mil dólares.

Silêncio.

– Mas eu vou trabalhar com a Zoom – retrucou Crispin.

– Eles negociaram direitos relativos à propaganda em bonés?

Ele pensou um pouco.

– Acho que não.

– A parte da frente do boné vale 250 mil dólares. Podemos também vender as laterais, se você quiser. Elas valem menos. Talvez tenhamos um total de quatrocentos mil. Já a camisa é outra história.

– Espera aí – interveio Zuckerman. – Ele vai usar camisetas da Zoom.

– Ótimo, Norm – disse Myron. – Mas ele pode usar logotipos. Um no peito, um em cada manga.

– Logotipos?

– De qualquer coisa. Da Coca-Cola, quem sabe. Da IBM, de um banco qualquer.

– Logotipos na minha camisa?

– Sim. E o que você bebe quando está aqui?

– O que eu bebo? Durante o jogo?

– Claro. Com certeza posso lhe conseguir um bom dinheiro com a Powerade ou uma das empresas que vendem refrigerante. Que tal água Poland Spring? Essas bebidas devem ser muito boas. Tem também o saco de golfe. Você pode fazer um bom negócio com seu saco de golfe.

– Não estou entendendo.

– Você é um outdoor, Tad. Você aparece na televisão. É visto por muitos fãs. Seu boné, sua camisa, seu saco de golfe... em todos esses lugares é possível anunciar.

– Agora, espere um pouco – interrompeu Zuckerman. – Ele não pode simplesmente...

Um celular começou a tocar, mas não passou do primeiro toque. O dedo de Myron tirou o som com uma rapidez de dar inveja a um pistoleiro de faroeste. Reflexos rápidos. De vez em quando eles se manifestavam.

Mesmo assim, o breve som despertou a ira dos sócios do clube que estavam próximos. Myron olhou em volta. Muitas pessoas o estavam fuzilando com os olhos, inclusive Win.

– Saia correndo por trás da sede do clube – disse Win com precisão. – Não deixe que ninguém o veja.

Myron fez um cumprimento irreverente e saiu correndo como se estivesse muito apertado. Quando chegou a uma área segura perto do estacionamento, atendeu o telefone.

– Alô.

– Ah, meu Deus... – Era Linda Coldren. O tom de voz dela lhe deu um frio na espinha.

– Qual o problema?

– Ele ligou novamente.

– Você tem a gravação?

– Sim.

– Vou aí agora mesmo...

– Não! – gritou ela. – Ele está vigiando a casa.

– Você o viu?

– Não, mas... Não venha para cá. Por favor.

– De onde você está ligando?

– Da linha de fax do porão. Meu Deus, Myron, você precisava ouvir o que ele disse.

– O número apareceu no identificador de chamadas?

– Sim.

– Passe-o para mim.

Ela passou. Myron tirou uma caneta da carteira e anotou o número num recibo velho.

– Você está sozinha?

– Jack está aqui perto de mim.

– Há mais alguém aí? Esme Fong, por exemplo?

– Ela está lá em cima, na sala de estar.

– Tudo bem. Preciso ouvir o telefonema.

– Só um instante. Jack está ligando a máquina agora. Vou pôr o fone próximo ao alto-falante para você poder ouvir.

capítulo 7

O GRAVADOR FOI LIGADO. Primeiro, Myron ouviu o telefone tocando. O som era surpreendentemente claro. Então, ouviu a voz de Jack:

– Alô?

– Quem é a piranha chinesa?

A voz era muito grave, muito ameaçadora e, sem sombra de dúvida, distorcida eletronicamente. Masculina ou feminina, jovem ou velha, poderia ser qualquer coisa.

– Não sei o que...

– Você está tentando foder comigo, seu filho da puta idiota? Vou começar a lhe mandar a porra do seu pirralho aos pedacinhos.

Jack Coldren suplicou:

– Por favor...

– Eu falei para não entrarem em contato com ninguém.

– Nós não entramos.

– Então me diga quem é a piranha chinesa que acabou de entrar na sua casa.

Silêncio.

– Pensa que somos otários, Jack?

– Claro que não.

– Então quem é ela, porra?

– O nome dela é Esme Fong – disse Coldren rapidamente. – Ela trabalha para uma empresa de roupas. Ela veio aqui apenas para fazer um contrato de endosso com minha mulher, só isso.

– Mentira.

– É verdade, juro!

– Não sei não, Jack...

– Eu não mentiria para você.

– Bem, Jack, vamos apurar isso. Isso vai lhe custar caro.

– O que você quer dizer com isso?

– Cem mil dólares. Digamos que é sua punição.

– Punição por quê?

– Não se preocupe com isso, porra! Você quer seu filho vivo? Agora vai custar cem mil. Isso em...

– Espere um pouco. – Jack limpou a garganta, tentando recuperar o controle.

– Jack?

– Sim?

– Se você me interromper novamente vou pôr o pinto de seu filho num torno. Silêncio.

– Prepare o dinheiro, Jack. Cem mil. Vou ligar de novo e dizer o que tem de fazer, está entendendo?

– Sim.

– Não vá fazer merda, Jack. Eu gosto de torturar as pessoas.

O breve silêncio foi quebrado violentamente por um súbito grito agudo, um grito que dava nos nervos e fazia arrepiar os cabelos. Myron apertou o fone com mais força.

O telefone desligou. Em seguida, um sinal de discar. Depois, mais nada.

Linda afastou o aparelho do alto-falante.

– O que vamos fazer?

– Chamem o FBI.

– Você está louco?

– Acho que é o melhor a fazer.

Jack disse algo ao fundo. Linda voltou à linha.

– De jeito nenhum. Nós só queremos pagar o resgate e ter nosso filho de volta.

Não adiantava discutir com eles.

– Não façam nada. Ligo para vocês o mais rápido que puder.

Myron desligou e digitou o número de Lisa, da Companhia Telefônica de Nova York. Ela era o contato deles desde a época em que Win trabalhara para o governo.

61

– Um identificador de chamadas apontou um número em Filadélfia – informou ele. – Você pode achar um endereço para mim?

– Sem problema – respondeu Lisa.

Ele deu o número. Quem vê televisão demais pode achar que esse procedimento é demorado, mas é instantâneo. Praticamente em todo lugar, qualquer operador pode inserir o número em seu computador ou usar um desses catálogos reversos. Na verdade, você nem precisa de um operador. CDs com programas de computador e sites fazem a mesma tarefa.

– É um telefone público – disse ela.

Não era uma boa notícia, mas já era de esperar.

– Você sabe onde fica?

– No shopping Grand Mercado em Bala-Cynwyd.

– Um shopping?

– Sim.

– Tem certeza?

– É o que está registrado aqui.

– Em que parte do shopping?

– Não tenho ideia. Você acha que eles informam "entre a Sears e a Victoria's Secret?"

Aquilo não fazia sentido. Um shopping? O sequestrador arrastara Chad Coldren para um shopping e o fizera gritar ao telefone?

– Obrigado, Lisa.

Ele desligou e voltou para a varanda. Win estava de pé, logo atrás dele, os braços cruzados e o corpo, como sempre, completamente relaxado.

– O sequestrador ligou – disse Myron.

– Eu ouvi.

– Você poderia me ajudar a rastreá-lo.

– Não.

– Isso não tem nada a ver com sua mãe, Win.

O rosto de Win manteve-se impassível, mas seu olhar parecia diferente.

– Vamos com calma – foi só o que ele disse.

Myron meneou a cabeça.

– Tenho de ir. Por favor, peça desculpas por mim.

– Você veio aqui para conseguir novos clientes. Antes você disse que concordara em ajudar os Coldren na esperança de agenciá-los.

– E daí?

– Você está extremamente perto de agenciar a figura de maior destaque do golfe. A razão manda que você fique.

– Não posso.

Win descruzou os braços e desdenhou.

– Você pode me fazer um favor? Dizer se estou perdendo tempo ou não.

Win se manteve imóvel.

– Lembra que falei que Chad usou o cartão no caixa eletrônico?

– Sim.

– Consiga para mim a gravação. Assim vou saber se esse caso todo não passa de uma farsa de Chad.

Win se voltou para a varanda.

– Nos vemos mais tarde, em casa.

capítulo 8

MYRON ESTACIONOU NO SHOPPING e consultou o relógio. Sete e quarenta e cinco. Fora um longo dia, e ainda era relativamente cedo. Ele entrou por uma loja e logo localizou um daqueles mapas do local. Os telefones públicos estavam indicados por pontos azuis. Onze ao todo. Dois na entrada sul do piso inferior. Dois na entrada norte do piso superior. Sete na praça de alimentação.

Nos Estados Unidos, os shoppings são os grandes denominadores comuns geográficos. Em meio a lojas de departamentos brilhantes e debaixo de tetos com iluminação em excesso, o Kansas assemelha-se à Califórnia, Nova Jersey se iguala a Nevada. Difícil encontrar algo mais americano. Por dentro, alguns de seus estabelecimentos podem ser diferentes, mas não muito. As mesmas casas de artigos esportivos, de roupas, de calçados; galerias de arte expondo pintores de grande aceitação popular; lojas que vendem reproduções de peças de museus; sem contar uma ou duas de discos. Tudo isso num estilo neoclássico cromado, com chafarizes cafonas, excesso de mármore e de esculturas, postos de informação sem ninguém para atender e samambaias de plástico.

Na frente de uma loja de pianos e órgãos elétricos, se via um empregado trajando chapéu e roupa de marinheiro malcortada. Ele tocava "Muskrat Love" num órgão, música que ficou famosa na voz da dupla Captain & Tenille. Myron se sentiu tentado a perguntar onde estava seu parceiro, mas se conteve. Órgãos em shoppings. Quem vai ao shopping para comprar um órgão?

Ele passou rapidamente por lojas em cujas vitrines se liam "Exclusivo", "Preços imbatíveis", "Qualidade superior" ou banalidades do tipo. Em seguida, lojas de roupa com nomes quase iguais. Todas empregavam um monte de adolescentes magricelas e entediados que punham os produtos nas prateleiras com o entusiasmo de um eunuco numa orgia.

Havia uma multidão de jovens dando um rolé. Correndo o risco de parecer um racista ao inverso, todos os rapazes brancos pareciam iguais. Bermudões. Camisetas brancas. Tênis de cano alto pretos de cem dólares com cadarços desamarrados. Bonés de beisebol enterrados na cabeça, caprichosamente recurvados, cobrindo o cabelo à escovinha. Magricelas. Membros compridos. Pálidos como um retrato de Goya, mesmo no verão. Postura desleixada. Olhos que nunca olhavam diretamente para outro ser humano. Olhar embaraçado, traindo um pouco de medo.

Ele passou por um salão de beleza. Havia duas clientes sentadas perto de uma vitrine – uma fazendo permanente, a outra descolorindo os cabelos. Quem podia gostar de ficar exposto assim?

Ele pegou a escada rolante junto a um jardim de plástico para chegar à joia do shopping: a praça de alimentação. Estava quase vazia àquela hora, pois o pessoal que viera jantar tinha ido embora há muito tempo. As praças de alimentação eram o último posto avançado das etnias. Comida italiana, chinesa, japonesa, mexicana, do Oriente Médio (ou da Grécia), petiscos, frango frito ou assado, fast-food tipo McDonald´s (onde se concentrava o maior número de pessoas), *frozen yogurt*, depois algumas lojas bizarras – criadas por gente que sonhava abrir franquias em todo o país.

Myron verificou os números dos sete telefones. Todos tinham sido apagados. Nenhuma surpresa, pois os aparelhos eram constantemente vandalizados. E também não era um problema. Ele pegou o celular e ligou para o número que ficara registrado. Um telefone começou a tocar imediatamente.

Bingo.

O telefone mais à direita. Myron atendeu para se certificar.

– Alô? – Ele ouviu o alô em seu celular. Então falou para si mesmo no celular: – Olá, Myron, que bom ouvi-lo. – Resolveu parar com aquilo. Ainda era cedo para bancar o pateta.

Ele desligou e olhou em volta. Um grupo de garotas de shopping ocupava uma mesa não muito longe dali. Elas formavam um círculo fechado como coiotes protegendo-se na época do acasalamento.

De todos os estabelecimentos, o de almôndegas é que tinha a melhor visão dos telefones. Myron se aproximou. Dois homens trabalhavam do outro lado do balcão. Ambos tinham peles e cabelos escuros e bigodes à la Saddam Hussein. Num dos crachás se lia Mustafá. No outro, Achmed.

– Qual de vocês dois é Sven?

Ninguém sorriu.

Myron perguntou sobre o telefone. Mustafá e Achmed não se mostraram nada prestativos. Mustafá respondeu asperamente que trabalhava para se sustentar e não vigiava telefones. Achmed fez um gesto e xingou-o numa língua estrangeira.

– Não entendo muito de línguas – disse Myron. – Mas isso não me parece sueco.

Olhares fuzilantes.

– Agora tchau. Vou falar do serviço a todos os meus amigos.

Myron voltou-se para a mesa das garotas. Todas se apressaram em abaixar a vista, como ratos fugindo da luz de uma lanterna. Ele avançou em sua direção. Os olhos delas iam de um lado para outro, de uma forma que pretendia ser furtiva. Ele ouviu um vozerio baixo de "Oh, meu Deus! Oh, meu Deus! Oh, meu Deus! Ele está vindo para cá!"

Myron parou bem na frente da mesa. Havia quatro garotas. Ou talvez cinco ou seis. Difícil dizer. Elas pareciam ser uma só coisa, numa mistura nebulosa e indistinta de cabelos, batom preto, unhas compridas, brincos, piercings de nariz, fumaça de cigarro, camisas bem justas, umbigos à mostra e bolas de chicletes.

A garota sentada no meio levantou a vista primeiro. Seu cabelo era cheio e armado para o alto, lembrando o de Elsa Lanchester em *A noiva de Frankenstein* e ela exibia o que parecia uma coleira de cachorro no pescoço. Os outros rostos a imitaram.

– Tipo... oi – disse Elsa.

Myron tentou dar seu sorriso mais amável e irresistível, estilo Harrison Ford.

– Vocês se importam se eu fizer algumas perguntas?

Todas se entreolharam. Algumas deram risadinhas. Myron sentiu o rosto corar, embora não soubesse bem por quê. Elas se cutucaram. Nenhuma respondeu. Myron continuou.

– Há quanto tempo vocês estão sentadas aqui?

– Isso é, tipo, uma dessas pesquisas de shopping?

– Não.

– Ótimo. Elas são tão sem-noção, saca?

– Ahã.

– É tipo, sai de perto de mim, mauricinho, saca?

Myron fez "Ahã" novamente.

– Você lembra há quanto tempo está aqui?

– Não. Amber, você sabe?

– Tipo, fomos à Gap às quatro.

– Certo, a Gap. Liquidação.

– Superliquidação. Amei aquela blusa que você comprou, Trish.

– É, tipo, o máximo, não é, Mindy?

– Com certeza. Super.

Myron continuou:

– Agora são quase oito horas. Vocês estavam aqui na última hora?

– Tipo, olá, tem alguém em casa? Pelo menos isso.

– Isso aqui é, tipo, o nosso lugar, saca?

– Ninguém mais, tipo, senta aqui.

– Menos aquela vez em que os idiotas tentaram baixar na nossa mesa.

– Mas, tipo, nem se aproximem, OK?

Elas pararam e olharam para Myron. Ele imaginou que a resposta tinha sido sim, então seguiu em frente.

– Vocês viram alguém usar aquele telefone público?

– Você é, tipo, um policial ou alguma coisa assim?

– Por aí.

– Não tem como.

– Tem, sim.

– Ele é muito gato pra ser um policial.

– Ah, claro, os policiais da TV nem são gatos.

– Isso é, tipo, TV, sua burra. Aqui é a vida real. Policiais não são gatos na vida real.

– Ah, claro, Brad não é muito gato? Você, tipo, gosta dele, lembra?

– Isso aí. E ele não é policial. Ele, tipo, aluga uniformes.

– Mas ele é demais.

– Com certeza.

– Supergostoso.

– Ele gosta da Shari.

– Eca! Shari?

– Eu, tipo, detesto ela, saca?

– Eu também. Tipo, ela só faz compras em loja de vagabunda ou o quê?

– Com certeza.

– É, tipo, "Oi, Disque-Doença, aqui quem fala é a Shari".

Risadinhas.

Myron estava precisando de um intérprete.

– Não sou policial – falou ele.

– Bem que eu disse.

– Mas parece.

– Mas – prosseguiu Myron – estou tratando de um caso muito importante. Questão de vida ou morte. Preciso saber se vocês se lembram de alguém ter usado aquele telefone, o que está mais à direita, 45 minutos atrás.

– Sim! – A garota chamada Amber empurrou a cadeira para trás. – Afastem-se, porque vou vomitar dias e dias!

– Tipo, parecia o Crusty, aquele palhaço de *Os Simpsons*.

– Ele era, tipo, tão nojento!

– Nojento demais.

– Com certeza!

– Ele, tipo, piscou para Amber!

– Imagina!

– Totalmente eca!

– Tipo, deu vontade de vomitar.

– Aposto como essa piranha da Shari deu uma chupada nele.

– No mínimo.

Risadinhas.

– Você viram alguém? – insistiu Myron.

– Um cara nojento.

– Totalmente grosseiro.

– Ele era tipo, ei, algum dia você já lavou o cabelo?

– Tipo, ei, você compra desodorante num posto de gasolina?

Mais risadinhas.

– Vocês podem descrevê-lo? – continuou Myron.

– Jeans tipo "Atenção, comprado num brechó".

– Botas de trabalho. Mas não de marca.

– Ele era, tipo, metido a skinhead, saca?

Myron repetiu:

– Metido a skinhead?

– Tipo, cabeça raspada. Barba nojenta. Tatuagem daquele troço no braço.

– Daquele troço? – perguntou Myron.

– Aquela tatuagem. – Ela meio que desenhou no ar com o dedo. – Parece uma cruz esquisita tipo dos tempos antigos.

– Você quer dizer uma suástica? – indagou Myron.

– Tipo, sei lá. Tenho cara de especialista em história?

– Tipo, quantos anos ele tinha? –Tipo. Ele dissera *tipo*. Se ficasse ali por mais tempo, acabaria colocando um piercing. Precisava cair fora.

– Velho.

– Meio vovô.

– Tipo, no mínimo vinte.

– Altura? – perguntou Myron. – Peso?

– Um metro e oitenta.

– É, tipo um metro e oitenta.

– Tipo esqueleto.

– Muito.

– Tipo, totalmente sem bunda.

– Nenhuma.

– Tinha alguém com ele? – perguntou Myron.

– Até parece.

– Ele?

– De jeito nenhum.

– Quem iria ficar com um nojento daquele?

– Ele ficou sozinho no telefone por uma meia hora.

– Ele gostou de Mindy.

– Não gostou nada!

– Esperem um pouco – disse Myron. – Ele ficou ali por meia hora?

– Não foi tanto tempo assim.

– Pareceu muito tempo.

– Talvez quinze minutos. Amber, tipo, sempre exagera.

– Tipo, foda-se, Trish, tá? Foda-se, só isso.

– Mais alguma coisa? – perguntou Myron.

– Bipe.

– Isso, bipe. Como se alguém algum dia fosse chamar aquele nojento.

– Encostou o bipe no telefone também.

Provavelmente não era um bipe. Provavelmente um pequeno toca-fitas. Isso explicaria o grito. Ou um aparelho de distorção de voz. Eles também podem ter esse formato.

Ele agradeceu às garotas e distribuiu cartões de visitas com o número de seu celular. Uma delas chegou a ler o cartão. Ela fez uma careta.

– Tipo, seu nome é mesmo Myron?

– Sim.

Todas pararam e olharam para ele.

– Eu sei – disse Myron. – Tipo, super*out*.

Quando voltava para o carro, um pensamento incômodo tornou a aparecer. O sequestrador mencionara uma "piranha chinesa" durante a ligação. De algum modo, ele soubera da chegada de Esme Fong. A questão era: como?

Havia duas possibilidades. Primeira: eles instalaram uma escuta na casa.

Improvável. Se a residência dos Coldren estivesse com escuta ou sob algum tipo de vigilância eletrônica, o sequestrador também saberia do envolvimento de Myron.

Segunda: um deles estava vigiando a casa.

Isso parecia mais lógico. Myron refletiu um pouco. Se alguém estava vigiando a casa há apenas uma hora mais ou menos, era possível que ainda continuasse por lá, escondido atrás de uma moita, trepado numa árvore ou coisa assim. Se Myron conseguisse localizar a pessoa sem dar na vista, poderia segui-la até onde estava Chad Coldren.

Valia a pena arriscar?

Tipo, com certeza.

capítulo 9

DEZ HORAS.

Myron recorreu novamente ao nome de Win e deixou o carro no estacionamento do Merion. Procurou o Jaguar de Win, mas ele não estava lá. Verificou se havia guardas. Nenhum. Todos estavam na entrada da frente, o que simplificava as coisas.

Ele passou rapidamente por cima da corda branca usada para separar a área do público e começou a cruzar o campo de golfe. Agora estava escuro, mas as luzes das casas do outro lado iluminavam o bastante. Apesar de toda a sua fama, o campo era bem pequeno. Do estacionamento até a Golf House Road, atravessando dois *fairways*, eram menos de cem metros.

Myron avançava com dificuldade. A umidade pairava pesadamente no ar. A camisa começou a grudar na sua pele. Os grilos eram incessantes, em grande número, e sua cantoria, monótona como um CD de Mariah Carey, embora não tão rascante. A relva pinicava os tornozelos nus de Myron.

Apesar de sua natural aversão ao golfe, Myron sentia um certo temor, como se estivesse profanando um terreno sagrado. Fantasmas habitavam a noite, da mesma forma que habitavam lugares lendários. Myron se lembrou do dia em que se encontrou sozinho no centro do estádio Boston Garden. Foi uma semana depois de ele ser selecionado pelo Celtics para a primeira rodada das eliminatórias da NBA. Naquele mesmo dia, Clip Arnstein, o célebre gerente-geral, o apresentara à imprensa. Myron se divertiu muito. Todos estavam sorridentes e achavam que Myron ia ser o novo ídolo. Naquela noite, quando ele ficou sozinho nas famosas dependências do Garden, as bandeiras do campeonato que pendiam das vigas pareciam tremular, apesar de não haver nem sinal de brisa, chamando-o e sussurrando-lhe histórias do passado e promessas para o futuro.

Myron nunca chegou a disputar uma partida naquela quadra.

Ele diminuiu o passo quando chegou à Golf House Road, passou por cima da corda branca e se escondeu atrás de uma árvore. Aquilo não ia ser fácil. Não teria sido fácil para sua presa também. Naquele tipo de bairro, qualquer coisa era considerada suspeita. Como um carro estranho estacionado na vizinhança, por exemplo. Foi por isso que Myron deixou o carro no estacionamento do Merion. Será que o sequestrador tinha feito o mesmo? Ou estacionara o carro na rua? Ou alguém o trouxera até ali e fora embora?

Agachado, ele disparou para trás de outra árvore. Ele devia estar parecendo um idiota – um cara com mais de 1,90m e quase 100 quilos se escondendo entre arbustos.

Mas que alternativa ele tinha?

Não podia simplesmente ir andando pela rua. O sequestrador poderia vê-lo. O plano era surpreender o sequestrador antes de ser surpreendido. Como fazer isso? Ele não tinha a mínima ideia. A melhor estratégia que conseguiu bolar foi rondar a casa dos Coldren, aproximando-se aos poucos, procurando, bem, alguma coisa.

Ele examinou as redondezas – sem saber ao certo para quê. Algum lugar que pudesse ser usado pelo sequestrador como posto de observação. Um esconderijo seguro, talvez, ou um lugar alto de onde um homem de binóculo pudesse vigiar a casa. Nada. Noite absolutamente quieta e sem brisa.

Ele deu a volta no quarteirão, passando de um arbusto para outro.

Enquanto continuava a girar em espiral cada vez mais perto da residência dos Coldren, Myron imaginou que havia uma boa chance de ser surpreendido, em vez de surpreender. Procurou esconder-se melhor, camuflar-se na noite, confundir-se com o ambiente e tornar-se invisível.

Myron Bolitar, Guerreiro Ninja Mutante.

Luzes cintilavam nas amplas casas de seixos rolados e venezianas escuras. Todas eram imponentes, vistosas e com certo ar de conforto protetor que exigia distância. Casas sólidas, como a de Prático, de *Os três porquinhos*. Casas orgulhosas de si mesmas.

Agora ele estava bem próximo da casa dos Coldren. Nada ainda – nem mesmo um carro parado na rua. O suor cobria seu corpo como calda sobre uma pilha de panquecas. Meu Deus, como queria tomar um banho. Ele se agachou e observou a casa.

E agora?

Espere. Fique de olho em qualquer tipo de movimento. Vigilância não era o forte de Myron. Win normalmente cuidava desse tipo de coisa; ele tinha controle do próprio corpo e paciência. Myron já estava ficando inquieto. Queria ter trazido uma revista, algo para ler.

Os três minutos de monotonia foram interrompidos quando a porta se abriu. Myron ergueu o corpo. Esme Fong e Linda Coldren apareceram à porta e se despediram. Esme apertou com vigor a mão de Linda e dirigiu-se ao seu carro. Linda fechou a porta de entrada. Esme deu partida no carro e foi embora.

Vigilância, uma emoção a cada segundo.

Myron se ajeitou atrás de um arbusto. Um sem-fim deles se espalhava por ali. Para onde quer que olhasse, havia arbustos de vários tamanhos, formas e finalidades. Com certeza esses ricos de sangue azul adoram esse tipo de planta, concluiu Myron. Ele se perguntou se havia algum no *Mayflower*.

Ele já sentia cãibras nas pernas de tanto ficar agachado. Esticou uma, depois outra. Seu joelho machucado, o que acabara com sua carreira no basquete, começou a latejar. Não aguentava mais. Seu corpo estava quente, grudento e dolorido. Hora de dar o fora dali.

Então ele ouviu um som.

Parecia vir da porta dos fundos. Myron suspirou, se pôs de pé ouvindo as articulações estalarem e deu a volta. Mais uma vez encontrou um arbusto que veio a calhar, escondeu-se atrás dele e ficou espiando.

Jack Coldren estava no quintal com sua caddie, Diane Hoffman. Jack estava com um taco nas mãos, mas não o estava usando. Conversava com Diane Hoffman. Acaloradamente. Diane respondia no mesmo tom. Nenhum dos dois parecia muito contente. Myron não conseguia ouvi-los, mas ambos gesticulavam feito loucos.

Uma discussão. Uma discussão acirrada.

Humm.

Naturalmente, devia haver uma explicação inocente. Caddies e jogadores discutem o tempo todo, imaginou Myron. Lembrou-se de ter lido que Seve Ballesteros, o ex-menino prodígio espanhol, vivia brigando com seu caddie. Acaba acontecendo. É comum um caddie e um profissional terem uma pequena divergência, principalmente durante um torneio tão tenso como aquele Aberto dos Estados Unidos.

Mas o timing era muito curioso.

Vamos pensar um pouco. Um homem recebe um terrível telefonema de um sequestrador. Ele ouve o grito do filho, aparentemente por medo ou por dor. Então, algumas horas depois, lá está ele em seu quintal discutindo o próprio desempenho com sua caddie.

Aquilo fazia sentido?

Myron resolveu aproximar-se, mas não havia um caminho reto. Mais arbustos, postados como bonecos num treino de futebol americano. Ele tinha que avançar para a lateral da casa e dar a volta por trás deles. Deslocou-se rapidamente para a esquerda e arriscou outra olhada. A discussão continuava. Diane avançou um passo em direção a Jack.

Então ela o esbofeteou.

O som cortou a noite. Myron estacou. Diane gritou algo. Myron escutou ela xingá-lo de *filho da puta*, e nada mais. Diane jogou o cigarro aos pés de Jack e saiu pisando duro. Jack olhou para o chão, sacudiu a cabeça devagar e voltou para dentro de casa.

Ora, ora, pensou Myron. Deve ter sido algum problema com a maneira de recuar o taco.

Myron continuou atrás do arbusto. Ele ouviu darem a partida num carro na estradinha de acesso. Diane, pensou ele. Por um instante ele se perguntou se ela tinha alguma participação naquela história. Sem dúvida, ela estivera na casa. Seria ela o misterioso espião? Ele se recostou e considerou essa possibilidade. Nem bem tinha começado a refletir, Myron avistou o homem.

Ou pelo menos imaginou que fosse um homem. Do lugar onde ele estava agachado, era difícil saber ao certo. Myron não conseguia acreditar no que via. Ele tinha se enganado redondamente. O criminoso não estava escondido entre os arbustos coisa nenhuma. Myron observou em silêncio alguém vestido de preto descendo de uma janela do pavimento superior. Mais especificamente – se não falhava a memória – da janela do quarto de Chad.

Myron se abaixou. E agora? Ele precisava de um plano. Sim, um plano. Boa ideia. Mas que plano? Ele iria agarrar o sujeito? Não. Melhor segui-lo. Talvez ele o levasse até Chad. Isso seria ótimo.

Myron deu mais uma espiada. A figura de preto desceu por uma treliça branca entremeada de hera, pulou quando ainda estava um pouco longe do chão e disparou a correr.

Ótimo.

Myron a seguiu, tentando se manter o mais longe possível. Porém a pessoa corria, e isso tornava ainda mais difícil segui-la sem fazer barulho. Myron continuou a distância; não queria correr o risco de ser visto. Além disso, havia uma grande chance de que o indivíduo tivesse vindo de carro ou que alguém viesse pegá-lo. Aquelas ruas quase não tinham trânsito. Myron com certeza ouviria o barulho do motor.

E então? O que Myron iria fazer quando o criminoso entrasse no carro? Correr para pegar o seu? Não, não iria dar certo. Seguir o carro a pé? Hum... não, sem chance. Então o que exatamente ele iria fazer?

Boa pergunta.

Ele queria que Win estivesse ali.

A pessoa continuava correndo. E correndo. Myron começou a ofegar. Meu Deus, quem ele estava perseguindo afinal de contas? Um maratonista? Depois de percorrer mais de 400 metros, o criminoso dobrou subitamente à direita e sumiu de vista. A guinada foi tão súbita que por um instante Myron se perguntou se tinha sido visto. Impossível. Ele estava longe demais, e sua presa nem ao menos tinha olhado por cima do ombro.

Myron tentou acelerar um pouco, mas a rua era de cascalho. Não tinha como correr em silêncio. Mas ele precisava ganhar terreno. Passou então a correr na ponta dos pés, parecendo um bailarino com diarreia. Torceu para que ninguém o visse.

Ele chegou à Green Acres Road, onde o outro tinha dobrado, e olhou em frente. *Green Acres* era o nome de um antigo programa de TV de tema rural. Ele começou a ouvir a trilha sonora em sua cabeça. O ator Eddie Albert dirigia um trator. Eva Gabor abria caixas numa mansão em Manhattan. Sam Drucker acenava atrás do balcão de sua mercearia. O Sr. Haney puxava os suspensórios com ambos os polegares. O porco Arnold roncava.

A umidade estava fazendo Myron delirar.

Myron virou à direita e olhou adiante.

Nada.

Green Acres era uma rua curta, sem saída, com umas cinco casas. Casas sensacionais, ou pelo menos era o que parecia. Enormes sebes enfileiravam-se de ambos os lados da rua. Portões trancados – desses que abrem por controle remoto ou por um painel eletrônico – bloqueavam a passagem para as entradas de carro. Myron parou e contemplou a rua.

Então, onde estava o nosso rapaz?

Sentiu o pulso acelerar. Nem sinal dele. A única rota de fuga era através da mata entre duas casas. Ele deve ter ido por ali, calculou Myron – isto é, se ele estava tentando fugir e não, digamos, esconder-se entre os arbustos. Talvez ele tivesse visto Myron. Devia estar esperando para atacar quando Myron passasse por perto.

Não eram pensamentos muito tranquilizadores.

E agora?

Ele sentiu o suor do lábio. A boca estava terrivelmente seca. Ele quase podia ouvir o suor escorrendo.

Aguente firme, Myron, disse ele consigo mesmo. Ele tinha mais de 1,90 metro e quase 100 quilos. Um armário. Além disso, era faixa preta de tae kwon do e lutador experiente. Poderia se defender muito bem.

A menos que o cara estivesse armado.

Vamos encarar a realidade: habilidade em artes marciais e experiência ajudavam, mas não tornavam ninguém à prova de balas. Nem mesmo Win. É claro que Win não fora estúpido o bastante para se meter naquela enrascada. Myron só andava armado quando julgava ser absolutamente necessário. Já Win sempre carregava duas armas de fogo e uma arma branca.

Que fazer, então?

Ele olhou para os lados, mas não havia lugar algum que pudesse servir de esconderijo. As sebes eram impenetráveis. Restava apenas a mata no fim da rua, porém ela parecia densa e ameaçadora, e não havia iluminação ali.

Será que devia ir até lá?

Não. Na melhor das hipóteses, seria inútil. Ele não tinha ideia da extensão da mata, em que direção seguir, nada. A probabilidade de encontrar o criminoso era bastante remota. A maior esperança de Myron era que o sujeito estivesse apenas se escondendo por um tempo, à espera de que ele desse o fora.

Dar o fora. Aquilo tinha todo o jeito de uma boa estratégia.

Myron voltou ao início da Green Acres, dobrou à esquerda, andou uns 200 metros e postou-se atrás de outro arbusto. Ele e os arbustos já eram velhos conhecidos. Aquele se chamava Frank.

Esperou durante uma hora. Ninguém apareceu.

Ótimo.

Por fim ele se levantou, deu um adeusinho a Frank e foi em direção ao carro. O criminoso devia ter fugido pela mata. Isso significava que tinha planejado uma rota de fuga ou, o mais provável, que conhecia aquele trecho muito bem. Logo, podia ser Chad Coldren. Ou, então, os sequestradores sabiam o que estavam fazendo. Assim, havia uma grande chance de que soubessem do envolvimento de Myron e da desobediência dos Coldren.

Myron torcia para que tudo aquilo não passasse de uma farsa. Se não fosse, ele imaginava quais seriam as consequências. Como os sequestradores reagiriam ao que ele fizera. Myron lembrava-se agora do último telefonema e do grito arrepiante de Chad Coldren.

capítulo 10

"*Enquanto isso, na Mansão Wayne...*"

A voz em off da série do Batman sempre vinha à mente de Myron quando ele chegava aos portões de aço da propriedade dos Lockwood. Na verdade, a residência da família de Win se parecia muito pouco com a casa de Bruce Wayne, embora tivesse a mesma aura. Uma enorme entrada de carros serpeava até uma imponente mansão no alto da colina. Havia uma grande extensão de gramado, milimetricamente aparado num comprimento ideal, como os cabelos de um político em ano de eleição. Havia também jardins luxuosos, colinas, uma piscina, um pequeno lago, uma quadra de tênis, cavalariças e uma pista de equitação com obstáculos.

Myron e Win estavam instalados na casa de hóspedes – ou, como o pai de Win gostava de chamar, "a cabana".

Vigas aparentes, piso de madeira de lei, lareira, cozinha nova com uma grande bancada no centro, salão de bilhar – sem contar os cinco quartos e quatro banheiros. Isso que era cabana.

Myron tentou entender o que estava acontecendo, mas só encontrou paradoxos. O motivo, por exemplo. Por um lado, fazia sentido sequestrar Chad para tirar Jack do campeonato. Mas Chad já estava desaparecido *antes* do torneio, o que significava que o sequestrador era prudente demais ou profético demais. Por outro lado, o sequestrador tinha pedido cem mil dólares, o que podia indicar um simples caso de extorsão. Cem mil era uma bela quantia – um pouco baixa para um sequestro, mas nada mal por alguns dias de trabalho.

Mas se a questão era apenas dinheiro, o timing fora incrível. Por que nesta exata época do ano? Por que logo na única vez, nos últimos 23 anos, em que o Aberto dos Estados Unidos estava sendo disputado no Merion – a única vez, em quase um quarto de século, em que Jack Coldren tinha uma chance de se redimir de seu maior fracasso?

Era coincidência demais.

Isso o levava de volta à hipótese da farsa. Chad desaparece antes do torneio para fundir a cabeça do pai. Como o plano não funciona – pelo contrário, o pai começa a ganhar –, ele resolve jogar pesado e forja o próprio sequestro. Avançando um pouco mais nesse raciocínio, dava para imaginar o próprio Chad esgueirando-se pela janela do seu quarto. Quem melhor que ele? Chad conhecia a região. Ele provavelmente sabia como atravessar aquela mata. Ou talvez estivesse escondido na casa de algum amigo que morava na Green Acres.

A coisa se encaixava. Fazia sentido.

Tudo isso supondo, é claro, que Chad não gostava do pai. Havia alguma prova disso? Myron achava que sim. Chad tinha 16 anos, uma idade complicada. Isso não queria dizer nada, mas valia a pena ter em mente. Além do mais, Jack era um pai ausente, e isso era muito mais relevante. Nenhum atleta fica tanto tempo longe de casa como o golfista. Nem jogadores de basquete, futebol americano, beisebol, hóquei. Os únicos que chegavam perto eram os tenistas. Nos dois esportes, os torneios acontecem durante quase todo o ano e não existe isso de jogar em casa. Com sorte, você tem uma partida em sua cidade uma vez por ano.

Por fim, talvez o aspecto mais significativo de todos: Chad esteve desaparecido por *dois* dias sem provocar nenhuma reação. Esqueça o discurso de Linda Coldren sobre filhos responsáveis e educação liberal. A única explicação racional para sua indiferença era aquilo já ter acontecido ou, pelo menos, não ser inesperado.

Mas também havia problemas com a hipótese do falso sequestro.

Por exemplo, como o Sr. SuperGrunge do shopping se encaixava nessa história?

Que papel teria o Crusty Nazista nisso tudo? Será que Chad tinha um cúmplice? Era possível, mas isso não combinava muito com a ideia de vingança. Se Chad de fato estivesse por trás disso, Myron duvidava que o futuro golfista fosse juntar forças com um sujeito "metido a skinhead", com tatuagem de suástica e tudo.

E como ficava Myron em meio a essas especulações?

Confuso.

Quando Myron parou o carro diante da casa de hóspedes, sentiu um aperto no coração. O Jaguar de Win estava lá, mas também um Chevy Nova verde.

Meu Deus.

Myron saiu do carro devagar. Verificou a placa do Nova. Desconhecida. Como ele imaginava. Engoliu em seco e se afastou.

Abriu a porta da cabana e deleitou-se com o frescor do ar-condicionado. As luzes estavam apagadas. Por um instante ele se deixou ficar no vestíbulo, olhos fechados, o ar frio provocando-lhe arrepios. Um enorme relógio de pêndulo tiquetaqueava.

Myron abriu os olhos e acendeu uma luz.

– Boa noite.

Ele se voltou para a direita. Win estava sentado numa cadeira de couro de encosto alto ao lado da lareira, um copo de conhaque na mão.

– Você está sentado no escuro? – perguntou Myron.

– Sim.

Myron franziu o cenho.

– Um pouco teatral demais, não acha?

Win acendeu uma luminária ao seu lado. Seu rosto estava levemente avermelhado por causa do conhaque.

– Quer me acompanhar?

– Claro. Volto já.

Myron pegou na geladeira um achocolatado, sentou-se no sofá diante do amigo, sacudiu a embalagem e a abriu. Eles beberam em silêncio por um bom tempo. O relógio continuava seu tique-taque. Sombras serpeavam pelo piso. Pena que era verão. Aquele era o tipo de cenário que pedia um fogo crepitante na lareira e talvez ventos uivantes. Um ar-condicionado não criava a mesma atmosfera.

Myron já estava à vontade quando ouviu uma descarga no banheiro. Ele lançou um olhar interrogativo a Win.

– Não estou sozinho – disse Win.

– Ah. – Myron se ajeitou no sofá. – Uma mulher?

– Esse seu talento... sempre me surpreendendo.

– Alguém que eu conheça?

Win negou.

– Nem eu mesmo a conheço.

A regra. Myron lançou um olhar duro ao amigo.

– Quer falar sobre isso?

– Não.

– Se quiser, estou às ordens.

– Sim, eu sei. – Win rodou o drinque no copo, tomou tudo de uma só vez e estendeu a mão para o decanter. Sua voz estava ligeiramente pastosa. Myron tentou se lembrar da última vez que vira Win – vegetariano, mestre de várias artes marciais, praticante de meditação transcendental, sempre tão à vontade e em sintonia com seu meio – beber tanto.

Tinha sido há muito tempo.

– Tenho uma pergunta sobre golfe para você – disse Myron.

Win fez um aceno para que ele continuasse.

– Você acha que Jack Coldren pode manter a liderança?

Win se serviu de mais conhaque.

– Jack vai ganhar – respondeu ele.

– Você parece ter muita certeza.

– Tenho mesmo.

– Por quê?

Win levou o copo à boca e olhou por cima da borda.

– Eu vi os olhos dele.

Myron fez uma careta.

– Como assim?

– Agora ele o resgatou. Aquele olhar.

– Você está brincando, não é?

– Talvez esteja. Mas deixe-me perguntar uma coisa.

– Vá em frente.

– O que diferencia os grandes atletas dos muito bons? O lendário do medíocre? Em suma, o que faz de alguém um vencedor?

– Talento. Treino. Habilidade.

Win negou com um leve movimento de cabeça.

– Você sabe muito bem que não é isso.

– Sei?

– Sim. Muitos têm talento. Muitos treinam. A arte de criar um vencedor é mais que isso.

– O tal olhar?

– Sim.

Myron se retraiu.

– Você não vai começar a cantar "Eye of the Tiger", vai?

Win inclinou a cabeça.

– Quem cantava essa música?

O velho jogo de sempre. Win sabia a resposta, claro.

– Em *Rocky II,* certo?

– *Rocky III* – corrigiu Win.

– Aquele com Mr. T?

Win assentiu.

– Que fazia o papel de... – instigou ele.

– Clubber Lang.

– Muito bem. Agora, quem cantava a música?

– Não me lembro.

– O nome do grupo era Survivor. O que é irônico, quando se pensa que eles desapareceram tão rápido, não é?

– Ahã. Então, qual é esse grande divisor de águas, Win? O que faz de alguém um vencedor?

Win rodou de novo o conhaque e tomou outro gole.

– A gana.

– Gana?

– Apetite.

– Ahã.

– A resposta não é surpreendente. Olhe em fotos os olhos de qualquer grande jogador, como Michael Jordan e John McEnroe. Olhe para Linda Coldren. – Ele parou. – Olhe no espelho.

– No espelho? Eu tenho isso?

– Quando você estava na quadra – disse Win devagar –, seu olhar era quase insano.

Eles ficaram em silêncio. Myron tomou um gole do achocolatado. O alumínio frio dava uma sensação agradável.

– Você fala como se essa história toda de "gana" não tivesse a ver com você.

– E não tem.

– Conversa fiada.

– Eu sou um bom golfista. Ou melhor: eu sou um golfista muito bom. Treinei bastante quando era jovem. Cheguei até a ganhar minha cota de torneios. Mas nunca desejei o bastante para passar para o nível seguinte.

– Eu já o vi no ringue – retrucou Myron. – Em torneios de artes marciais. Você me parecia cheio de "gana".

– Isso é muito diferente.

– Como assim?

– Não considero os torneios de artes marciais como uma competição esportiva em que o vencedor leva para casa um troféu cafona e fica se gabando a colegas e amigos. Também não vejo como uma competição que levará a uma espécie de emoção vazia que os inseguros tomam por glória. Para mim, lutar não é um esporte. É algo que tem a ver com sobrevivência. Se eu perdesse ali – ele apontou para um ringue imaginário –, poderia perder na vida real. – Win olhou para o nada. – Mas... – Ele não terminou a frase.

– Mas... – repetiu Myron.

– Mas talvez você tenha tocado num ponto.

– Ahn?

Win uniu as pontas dos dedos.

– Veja: para mim, lutar é uma questão de vida e morte. É assim que encaro. Mas os atletas de quem falamos vão um pouco além. Toda competição, mesmo a mais banal, é vista por eles como uma questão de vida ou morte... e perder é morrer.

Myron fez que sim. Ele não concordava, mas queria que Win continuasse falando.

– Tem uma coisa que eu não entendo – disse Myron. – Se Jack tem uma "gana" especial, por que nunca ganhou um torneio profissional?

– Ele a perdeu.

– A gana?

– Sim.

– Quando?

– Vinte e três anos atrás.

– No Aberto?

– Sim – repetiu Win. – Normalmente ela vai se extinguindo aos poucos. Os atletas vão se cansando ou então ganham o bastante para saciar a chama que arde em suas entranhas. Mas esse não foi o caso de Jack. Seu fogo foi apagado de uma só vez por uma rajada de vento. No décimo sexto buraco. A bola aterrissou na pedreira. Seu olhar nunca mais foi o mesmo.

– Até agora – acrescentou Myron.

– Até agora – concordou Win. – Demorou 23 anos, mas ele conseguiu reacender a chama.

Os dois beberam. Win, aos poucos. Myron, avidamente. O chocolate descia pela garganta com um frescor agradável.

– Há quanto tempo você conhece Jack? – perguntou Myron.

– Eu o conheci quando tinha 6 anos. Ele tinha 15.

– Naquela época ele tinha a tal gana?

Win sorriu olhando para o teto.

– Ele preferiria arrancar o próprio rim com uma colher a perder para alguém no campo de golfe. – Ele abaixou os olhos para Myron. – Jack Coldren tinha a tal gana? Ele era a gana em pessoa.

– Parece que você o admirava.

– Sim.

– Não admira mais?

– Não.

– O que o fez mudar?

– Fiquei adulto.

– Uau. – Myron tomou mais um gole do achocolatado. – Essa é profunda.

Win deu uma risada.

– Você não entenderia.

– Experimente.

Win depositou o copo de conhaque e inclinou-se para a frente devagar.

– Por que ganhar é tão bom?

– O quê?

– As pessoas adoram um vencedor. Elas o contemplam. Elas o admiram, ou melhor, veneram. Usam termos como *herói, coragem* e *perseverança* para descrevê-lo. Elas querem ficar perto dele, tocá-lo. Querem ser iguais a ele.

Win abriu os braços.

– Mas por quê? O que queremos imitar no vencedor? Sua habilidade para fechar os olhos para tudo menos para a busca de um engrandecimento vazio? Sua obsessão egocêntrica de usar um pedaço de metal pendurado ao pescoço? Sua disposição de sacrificar qualquer coisa, inclusive pessoas, para levar a melhor sobre outro ser humano num trecho de grama artificial para ganhar uma estatueta de mau gosto? – Ele olhou para Myron, a costumeira serenidade subitamente perdida. – Por que nós aplaudimos esse egoísmo, esse narcisismo?

– Competitividade não é uma coisa ruim, Win. Você está falando de casos extremos.

– Mas são os extremistas que admiramos mais. Por sua natureza, o que você chama de "competitividade" leva ao extremismo e destrói tudo no caminho.

– Você está sendo simplista, Win.

– E é simples, meu amigo.

Os dois se recostaram. Myron dirigiu o olhar para as vigas aparentes. Depois de algum tempo, disse:

– Você está enganado.

– Como assim?

Myron se perguntou como podia explicar aquilo.

– Quando eu jogava basquete – começou ele –, quero dizer, quando entrei nisso para valer e atingi os níveis de que você está falando... eu mal pensava no placar. Eu mal pensava no meu adversário ou em vencer alguém. Eu estava sozinho. Numa zona especial. Isso vai parecer estúpido, mas chegar ao meu auge era uma coisa quase zen.

Win balançou a cabeça em sinal de aprovação.

– E quando você se sentiu assim?

– O quê?

– Quando você se sentiu mais, para usar a palavra que você usou, *zen?*

– Não estou entendendo.

– Isso acontecia durante os treinos? Não. Acontecia num jogo sem muita importância ou quando seu time tinha uma vantagem de trinta pontos? Não. O que o levava a esse nirvana, meu amigo, era a competição. O desejo, a necessidade pura e simples, de derrotar um adversário de alto nível.

Myron abriu a boca para contestar, mas desistiu. O cansaço estava começando a dominá-lo.

– Não sei direito se tenho uma resposta para isso – disse ele. – No fim das contas, eu gosto de ganhar. Não sei por quê. Gosto de sorvete, e também não sei por quê.

Win franziu a testa.

– Comparação impressionante – disse ele sem rodeios.

– Puxa, está tarde.

Myron ouviu um carro parar na frente da casa. Uma jovem loura entrou na sala e sorriu. Win retribuiu o sorriso. Ela se inclinou e o beijou. Aquilo não era problema para Win. Ele nunca era grosseiro com as mulheres. Não era do tipo que as punha para fora de casa. Para ele, não era problema elas passarem a noite em sua casa, se isso as satisfizesse. Algumas poderiam confundir isso com bondade ou gentileza. Mas estariam enganadas. Win as deixava ficar porque não significavam nada para ele. Elas nunca conseguiriam chegar até ele. Nunca poderiam tocá-lo de verdade.

– É meu táxi – disse a loura.

Win deu um sorriso inexpressivo.

– Eu me diverti – afirmou ela.

Ele nem piscou.

– Você pode me encontrar por meio de Amanda, se quiser... – Ela olhou para Myron, depois de novo para Win. – Bem, você já sabe.

– Sim – disse Win. – Eu sei.

A jovem deu um sorriso sem graça e foi embora.

Myron observou aquilo, sem querer trair sua perturbação. Uma prostituta! Meu Deus, era uma prostituta! Ele sabia que Win recorrera a elas no passado – em meados da década de oitenta, ele encomendava comida chinesa e prostitutas asiáticas para o que chamava de "Noite chinesa" –, mas continuar com aquilo hoje, e nessa idade?

Então Myron se lembrou do Chevy Nova e sentiu um frio na espinha.

Ele se voltou para o amigo. Eles se entreolharam. Nenhum dos dois disse nada.

– Dando uma de moralista – comentou Win. – Que ótimo!

– Eu não disse nada.

– De fato. – Win se levantou.

– Para onde você vai?

– Vou sair.

O coração de Myron disparou.

– Importa-se que eu o acompanhe?

– Sim.

– Você vai sair com que carro?

Win não se deu o trabalho de responder.

– Boa noite, Myron.

A mente de Myron ficou a mil, em busca de uma saída, mas ele sabia que não iria adiantar. Win ia sair. Não havia como detê-lo.

Win parou à porta e voltou-se para ele.

– Uma pergunta, se me permite.

Myron fez que sim, sem conseguir falar.

– Foi Linda Coldren quem falou com você primeiro? – perguntou Win.

– Não – disse Myron.

– Então quem foi?

– Seu tio Bucky.

Win arqueou uma sobrancelha.

– E quem sugeriu nossos nomes a Bucky?

Myron sustentou o olhar de Win, mas não conseguiu se impedir de tremer. Win balançou a cabeça e voltou-se novamente para a porta.

– Win?

– Vá dormir, Myron.

capítulo 11

MYRON NÃO FOI DORMIR. Ele nem se deu o trabalho de tentar.

Sentou-se na cadeira de Win e tentou ler, mas sua mente não registrava as palavras. Estava exausto. Recostou-se no couro aconchegante e esperou. Passaram-se horas. Imagens desconexas de Win em ação forçaram a passagem para dentro de sua mente, banhadas num tom vermelho-escuro. Myron fechou os olhos e tentou se livrar delas.

Às 3h30 da manhã, ele ouviu um carro parar. O motor foi desligado. Houve um barulho de chave na porta, e ela se abriu. Win entrou e olhou para Myron sem o menor sinal de emoção.

– Boa noite – disse Win.

Ele saiu da sala. Myron ouviu a porta do quarto se fechar e soltou um suspiro contido. Ótimo, pensou ele. Pôs-se de pé com dificuldade e dirigiu-se ao seu quarto. Enfiou-se debaixo dos lençóis, mas o sono não vinha. Um medo sombrio e opaco pesava no estômago. Mal ele entrara no estado de sono profundo, a porta do quarto se abriu.

– Você ainda está dormindo? – perguntou uma voz familiar.

Myron conseguiu abrir os olhos. Ele estava acostumado com Esperanza Diaz irrompendo em seu escritório sem bater, mas não enquanto ele estava dormindo.

– Que horas são? – resmungou ele.

– Seis e meia.

– Da manhã?

Esperanza lançou um daqueles seus olhares, daqueles que as equipes que construíam estradas gostariam de contratar para destruir grandes formações rochosas. Com um dedo, ela colocou umas poucas mechas de cabelos negros atrás da orelha. Sua pele morena e brilhante fazia pensar num cruzeiro no Mediterrâneo banhado pela lua, águas claras, blusas de camponesas de mangas bufantes e olivais.

– Como você chegou aqui? – perguntou ele.

– De trem.

Myron ainda estava zonzo.

– Então, o que você fez? Pegou um táxi?

– Você é um agente de viagens? Sim, peguei um táxi.

– Só estava perguntando.

– O idiota do motorista me perguntou o endereço três vezes. Imagino que não está acostumado a trazer hispânicos para este pedaço.

Myron deu de ombros.

– Deve ter pensado que você era uma empregada – disse ele.

– Com *estes* sapatos? – Ela levantou o pé para que ele visse.

– Muito bonitos. – Myron ajeitou-se na cama, o corpo ainda implorando pelo sono. – Sem querer insistir, mas o que exatamente você está fazendo aqui?

– Consegui algumas informações sobre o antigo caddie.

– Lloyd Rennart?

Esperanza fez que sim.

– Ele morreu.

– Ah. – Morto. Fim da linha. Não que tenha havido exatamente um começo para Myron. – Você podia simplesmente ter ligado.

– Só que tem mais.

– É?

– As circunstâncias de sua morte são... – ela parou e mordeu o lábio inferior – nebulosas.

Myron ergueu um pouco o corpo.

– Nebulosas?

– Ao que parece, Lloyd Rennart suicidou-se oito meses atrás.

– Como?

– Essa é a parte nebulosa. Lloyd e sua mulher estavam de férias numa cordilheira no Peru. Ele acordou certa manhã, escreveu um bilhete e pulou de um penhasco.

– Você está brincando.

– Não. Ainda não consegui muitos detalhes. O *Philadelphia Daily News* deu apenas uma pequena matéria sobre o caso. – Ela deu um meio sorriso. – Mas o artigo diz que o corpo ainda não foi encontrado.

Myron estava começando a acordar em ritmo acelerado.

– O quê?

– Pelo visto, Lloyd Rennart mergulhou num precipício a que não se tem acesso. A esta altura, o corpo já pode ter sido localizado, mas não consegui achar nenhum artigo posterior sobre o caso. Nenhum dos jornais locais publicou um obituário.

Myron ficou indeciso. Nada de corpo. As perguntas que fervilhavam em sua mente eram óbvias: Será que Lloyd Rennart ainda estava vivo? Será que simulou a própria morte para tramar sua vingança? Tudo isso parecia meio forçado, mas nunca se sabe. Se fosse verdade, por que ele teria esperado 23 anos? OK, o Aberto dos Estados Unidos estava de volta ao Merion. OK, isso podia fazer com que velhas feridas reabrissem. Mesmo assim...

– Estranho – disse ele, levantando os olhos para Esperanza. – Você poderia ter me dito tudo isso por telefone. Não precisava vir até aqui.

– Qual é o problema, hein? – disse ela secamente. – Eu queria passar o fim de semana fora da cidade. Pensei que seria divertido assistir ao Aberto. Isso o incomoda?

– Eu só estava perguntando.

– Às vezes você é muito xereta.

– Tudo bem, tudo bem. – Ele levantou as mãos como se estivesse se rendendo. – Esqueça.

– Já esqueci. Você pode me informar o que está acontecendo?

Myron contou do Crusty Nazista e da fuga do criminoso de preto.

Quando ele terminou, Esperanza balançou a cabeça.

– Meu Deus! – exclamou ela. – Sem Win, você está perdido.

Srta. Levantadora de Moral.

– Por falar em Win – disse Myron –, não fale com ele desse caso.

– Por quê?

– Ele está reagindo muito mal.

Ela o estudou.

– Mal como?

– Ele saiu para uma daquelas incursões noturnas.

Silêncio.

– Eu achava que ele tinha parado com isso – disse ela.

– Eu também.

– Tem certeza?

– Havia um Chevy parado aí na entrada. Win saiu com ele ontem à noite e só voltou às 3h30 da manhã.

Silêncio. Win reunira um monte de Chevys velhos, sem registro. Carros descartáveis, como ele chamava. Impossíveis de rastrear.

Esperanza falou com voz branda.

– Você não pode ter tudo, Myron.

– Do que está falando?

– Você não pode pedir a Win para fazê-lo quando convém, depois ficar irritado quando ele faz por conta própria.

– Eu nunca peço para ele bancar o justiceiro.

– Sim, você pede. Você o envolve em violência. Quando convém, você o atiça. Como se ele fosse uma espécie de arma.

– Não é assim.

– É, sim. É exatamente assim. Quando Win faz essas incursões noturnas, ele não ataca inocentes, certo?

Myron refletiu um pouco.

– Não – respondeu ele.

– Então, qual é o problema? Ele está simplesmente atacando culpados de outro tipo. Nesse caso, ele é quem escolhe o culpado, e não você.

Myron balançou a cabeça.

– Não é a mesma coisa.

– Porque você é quem julga?

– Eu não o mando machucar pessoas. Eu peço para vigiar pessoas ou me dar cobertura.

– Não vejo qual a diferença...

– Você sabe o que ele faz nessas incursões, Esperanza? Ele se enfia nos piores lugares no meio da noite. Ex-agentes do FBI dizem onde encontrar traficantes de drogas, pedófilos ou gangues de rua – becos, edifícios abandonados, o que for – e ele vai perambular nesses infernos nos quais nenhum policial ousaria pôr o pé.

– Parece Batman – retrucou Esperanza.

– Você não acha que é errado?

– Ah, eu acho errado – respondeu ela com firmeza. – Mas não tenho muita certeza de que você acha.

– O que quer dizer com isso?

– Pense um pouco sobre o que, na verdade, o incomoda tanto – disse ela.

Eles ouviram passos. Win colocou a cabeça para dentro, sorrindo como um apresentador de TV.

– Bom dia a todos – disse com uma alegria um tanto exagerada. Ele deu uma beijoca na bochecha de Esperanza. Estava em trajes de golfe clássicos, embora discretos. Camisa polo lisa. Boné de golfe de uma cor só. Calça azul-celeste com pregas.

– Você vai ficar conosco, Esperanza? – perguntou ele em seu tom mais solícito.

Esperanza olhou para ele, olhou para Myron e fez que sim.

– Maravilha. Você pode usar o quarto no fim do corredor à esquerda. – Win voltou-se para Myron: – Adivinhe?

– Sou todo ouvidos, Sr. Felizardo – disse Myron.

– Crispin ainda quer conversar com você. Parece que sua saída ontem à noite impressionou-o um pouco. – Grande sorriso, mãos abertas. – A abordagem do pretendente relutante. Algum dia vou tentar esse truque.

– Tad Crispin? – perguntou Esperanza. – O próprio?

– Ele mesmo – respondeu Win.

Ela lançou a Myron um olhar de aprovação.

– Uau.

– De fato – disse Win. – Bom, tenho que ir agora. Vejo vocês no Merion. Vou passar quase o dia inteiro na tenda dos Lock-Horne. – De novo o amplo sorriso. – Até mais.

Win já ia sair, mas parou e estalou os dedos.

– Quase ia me esquecendo. – Ele jogou uma fita de vídeo para Myron. – Talvez isso o faça poupar tempo.

A fita aterrissou na cama.

– Isso é...?

– A fita do sistema de vigilância do First Philadelphia – disse Win. – Gravação de 18h18 na quinta-feira. Como foi solicitado. – Mais um sorriso, mais um aceno. – Tenham um ótimo dia.

Ele se afastou, sob o olhar de Esperanza.

– "Tenham um ótimo dia"? – repetiu ela.

Myron deu de ombros.

– Quem era essa pessoa, afinal? – perguntou ela.

– Um apresentador de *game show* – respondeu Myron. – Vamos lá. Vamos descer para ver isto aqui.

capítulo 12

LINDA COLDREN ABRIU a porta antes que Myron batesse.

– O que é isso? – perguntou ela.

O rosto de Linda estava tenso, o que acentuava suas maçãs do rosto, já pronunciadas. Ela estava com um olhar vazio, perdido. Não tinha dormido. A pressão estava ficando insuportável. A preocupação. A falta de informações. Ela era forte e tentava suportar. Mas o desaparecimento do filho começava a minar as defesas implacavelmente.

Myron mostrou a fita.

– Você tem um videocassete? – perguntou.

Como se estivesse entorpecida, Linda conduziu-o à mesma televisão a que estava assistindo quando ele a viu pela primeira vez. Jack surgiu de um quarto dos fundos, o saco de golfe a tiracolo. Ele também parecia abatido. Havia grandes bolsas sob seus olhos. Jack tentou forçar um sorriso de boas-vindas, que não resistiu muito tempo.

– Olá, Myron.

– Olá, Jack.

– O que está havendo?

Myron colocou a fita no videocassete.

– Vocês conhecem alguém que mora na Green Acres? – perguntou ele.

Jack e Linda se entreolharam.

– Por que quer saber isso? – perguntou Linda.

– Porque na noite passada eu vigiei a casa de vocês e vi uma pessoa saindo de uma janela.

– Uma janela? – A pergunta era de Jack. – Que janela?

– A do filho de vocês.

Silêncio.

Então Linda perguntou:

– O que isso tem a ver com a Green Acres?

– Eu segui essa pessoa. Ela entrou na Green Acres e desapareceu dentro de uma casa ou na mata.

Linda abaixou a cabeça. Jack deu um passo à frente e falou:

– Os Squires moram na Green Acres – disse ele. – Matthew, o melhor amigo de Chad.

Myron meneou a cabeça. Aquilo não o surpreendia. Ele ligou a televisão.

– Essa é a fita da vigilância do First Philadelphia.

– Como conseguiu isso? – perguntou Jack.

– Não importa.

A porta da frente se abriu e Bucky entrou. O velho, de calça xadrez e blusa amarela e verde, juntou-se a eles com o costumeiro tique do pescoço.

– O que está acontecendo? – indagou.

Ninguém respondeu.

– Eu disse...

– Olhe para a tela, pai – interrompeu Linda.

– Ah – disse Bucky baixo, aproximando-se mais.

Myron colocou no canal 3 e apertou o botão PLAY. Todos fitavam a tela. Myron já tinha visto a fita. Por isso, ficou olhando o rosto deles, observando as reações.

Na televisão, apareceu uma imagem em preto e branco. A entrada que levava ao caixa eletrônico. A visão era do alto e um pouco distorcida, um efeito olho de peixe para captar o máximo possível. Não havia som. Myron posicionara a fita no momento crucial. Quase imediatamente apareceu um carro. A câmera pegava o lado do motorista.

– É o carro de Chad – anunciou Jack.

Totalmente absortos e em silêncio, eles viram a janela do carro ser abaixada. O ângulo era um pouco estranho – acima do carro e do ponto de vista da máquina –, mas não havia dúvida: quem estava ao volante era Chad. Ele se debruçou para fora da janela, inseriu o cartão no caixa e apertou os botões como um estenógrafo experiente.

O sorriso de Chad era luminoso e feliz.

Quando os dedos terminaram sua breve rumba, Chad recuou o corpo para esperar. Ele virou as costas para a câmera em direção ao banco do carona. Alguém estava sentado ao lado dele. Myron continuava esperando uma reação. Linda, Jack e Bucky estreitaram os olhos, tentando identificar um rosto, mas era impossível. Quando Chad finalmente tornou a se voltar para a câmera, estava rindo. Ele pegou o dinheiro e o cartão, se recostou de novo, fechou a janela e foi embora.

Myron desligou o vídeo e esperou. O silêncio dominou a sala. Linda levantou a cabeça devagar. Ela procurou manter-se impassível, mas seu queixo tremia de tanta tensão.

– Havia outra pessoa no carro – disse Linda. – Talvez estivesse apontando uma arma para Chad ou...

– Pare com isso! – gritou Jack. – Olhe para a cara dele, Linda! Pelo amor de Deus, você viu como ele estava rindo!

– Eu conheço meu filho. Ele não faria isso.

– Você não o conhece – retrucou Jack. – Admita, Linda. Nenhum de nós dois o conhece.

– As aparências enganam – insistiu Linda, falando mais para si mesma do que para qualquer outra pessoa na sala.

– Sério? – Jack apontou para a televisão, o rosto avermelhando-se. – Então como você explica o que acabamos de ver? Hein? Ele estava rindo, Linda. Ele estava se divertindo como nunca, à nossa custa. – Ele parou, como se estivesse se debatendo com alguma coisa. – À minha custa – corrigiu-se ele.

Linda lançou-lhe um olhar demorado.

– Vá jogar, Jack.

– É exatamente o que vou fazer.

Ele levantou o saco de golfe. Seus olhos cruzaram com os de Bucky, que continuava calado. Uma lágrima deslizou pelo rosto do velho. Jack desviou o olhar e dirigiu-se à porta.

Myron o chamou:

– Jack?

Coldren parou.

– Pode ser que as coisas não sejam como parecem – disse Myron.

Jack arqueou as sobrancelhas.

– Como assim?

– Rastreei o telefonema que você recebeu na noite passada – explicou Myron. – A ligação veio do telefone de um shopping. – Ele contou brevemente a eles sobre a visita ao Grand Mercado e o Crusty. A expressão no rosto de Linda oscilava entre esperança, angústia e, principalmente, perplexidade. Myron a entendia. Ela queria que o filho estivesse em segurança. Ao mesmo tempo, porém, não queria que aquilo fosse alguma piada cruel. Situação complicada.

– Ele está em apuros – disse Linda logo que Myron terminou de falar. – Aí está a prova.

– Isso não prova nada – retrucou Jack exasperado. – Meninos ricos também vão para o shopping e se vestem como punks. Deve ser algum amigo de Chad.

Linda tornou a lançar-lhe um olhar duro. Novamente ela falou, num tom calculado:

– Vá jogar, Jack.

Jack abriu a boca para responder, mas desistiu. Balançou a cabeça, ajeitou a alça do saco de golfe no ombro e saiu. Bucky atravessou a sala, tentou abraçar a filha, mas ela se retesou. Linda se afastou e se pôs a examinar o rosto de Myron.

– Você também acha que ele está simulando – afirmou ela.

– A explicação de Jack faz sentido.

– Quer dizer que você vai parar de investigar?

– Não sei.

Ela endireitou as costas.

– Continue a investigar e eu prometo assinar um contrato com você.

– Linda...

– É principalmente por isso que você está aqui, não é? Você quer me agenciar. Bem, eis a proposta. Você continua comigo e eu assino o que você quiser. Mesmo que seja só uma farsa. Um negócio da china, não? Assinar contrato com a golfista número 1 do ranking mundial?

– Sim – admitiu Myron. – Um grande negócio.

– Então... – Ela estendeu a mão. – Negócio fechado?

Myron manteve a mão ao lado do corpo.

– Deixe-me perguntar uma coisa.

– O quê?

– Por que você tem tanta certeza de que não é uma farsa, Linda?

– Você acha que estou sendo ingênua?

– Na verdade, não. Eu só quero saber o que a faz ter tanta certeza.

Ela abaixou a mão e virou as costas para ele.

– Pai?

Bucky pareceu acordar de um transe.

– Ahn?

– O senhor se importaria de nos deixar a sós por um minuto?

– Ah –Bucky esticou o pescoço duas vezes. Ainda bem que ele não era uma girafa. – Certo, bem... Eu pretendia ir mesmo para o Merion.

– Vá na frente, pai. Eu encontro você lá.

Quando ficaram sozinhos, Linda começou a andar pela sala. Myron mais uma vez ficava impressionada com aquela mulher – a combinação paradoxal de beleza, força e, agora, fragilidade. Os braços fortes e bronzeados, o pescoço longo e esguio. Traços duros, mas doces olhos azuis. Linda tinha os seus contrastes e uma beleza peculiar.

– Não sou muito boa em – Linda fazia aspas no ar com os dedos – "intuição feminina" nem acredito nessa baboseira de que "a mãe sabe melhor do que ninguém sobre o filho". Mas sei que meu filho está em perigo. Ele não iria desaparecer assim sem mais nem menos. Independentemente das aparências, não foi isso que aconteceu.

Myron continuou calado.

– Não gosto de pedir ajuda. Não faz meu estilo depender de outra pessoa. Mas nesta situação... estou apavorada. Nunca senti tanto medo em toda a minha vida. É desgastante demais. É sufocante. Meu filho está em perigo e não posso fazer nada para ajudá-lo. Você quer uma prova de que não é uma farsa. Não posso provar. Eu simplesmente sei. E estou pedindo por favor que me ajude.

Myron não sabia ao certo como responder. As palavras dela vinham do coração, sem fatos nem provas. Nem por isso seu sofrimento era menos real.

– Vou dar uma espiada na casa de Matthew – disse ele finalmente. – Vamos ver o que acontece depois disso.

capítulo 13

À LUZ DO DIA, A GREEN ACRES era ainda mais imponente. Em ambos os lados da rua enfileiravam-se sebes com mais de três metros de altura e tão grossas que não dava para Myron saber o tamanho. Ele estacionou o carro na frente de um portão de ferro batido, aproximou-se de um interfone, apertou um botão e esperou. Havia várias câmeras. Algumas eram fixas, outras moviam-se devagar de um lado para outro, zumbindo. Myron avistou detectores de movimento, arame farpado, dobermanns.

Uma fortaleza e tanto, pensou ele.

Uma voz tão impenetrável quanto as sebes surgiu do interfone:

– Em que posso ajudá-lo?

– Bom dia – disse Myron, exibindo um sorriso amistoso, mas não tão artificial, para a câmera mais próxima. Ele se sentia num filme de espionagem. – Quero falar com Matthew Squires.

Pausa.

– Seu nome, senhor?

– Myron Bolitar.

– O jovem Squires o aguarda?

– Não – respondeu ele. *Jovem* Squires?

– O senhor não marcou hora?

Marcar hora com um rapaz de 16 anos? Quem é esse garoto?

– Não, receio que não.

– Posso lhe perguntar o objetivo dessa visita?

– Falar com Matthew Squires – respondeu o Sr. Vago.

– Receio que não vá ser possível agora.

– Você pode lhe informar que tem a ver com Chad Coldren?

Mais uma pausa. Câmeras giraram. Myron olhou em volta. Todas as lentes o miravam do alto como alienígenas hostis ou monitores de colégio.

– Qual a relação com o jovem Coldren? – perguntou a voz.

Myron estreitou os olhos, encarando uma das câmeras.

– Posso saber com quem estou falando?

Nenhuma resposta.

Myron esperou um pouco e disse:

– Você devia dizer "Eu sou o grande e poderoso Oz".

– Sinto muito, senhor. Ninguém pode entrar sem ter hora marcada. Tenha um bom dia.

– Espere um pouco. Alô, alô? – Myron apertou o botão novamente. Nenhuma resposta. Ele pressionou o botão por um bom tempo. Nada. Ele olhou para a câmera e exibiu seu sorriso mais amistoso e afável. O sorriso de um apresentador de telejornal. Tentou um breve aceno. Nada. Deu um pequeno passo atrás e sacudiu os braços. Nada.

Ele permaneceu ali por mais um minuto. Aquilo era muito estranho. Um garoto de 16 anos com tanta proteção? Aquilo não estava cheirando bem. Apertou o botão mais uma vez. Como ninguém respondeu, ele pôs um polegar em cada ouvido, balançou as mãos e mostrou a língua.

Na dúvida, aja como uma pessoa madura.

Já no carro, Myron pegou o telefone e ligou para seu amigo, o xerife Jake Courter.

– Escritório do xerife.

– Oi, Jake. Aqui é Myron.

– Merda. Eu sabia que não devia ter vindo trabalhar no sábado.

– Ai, fiquei magoado. Falando sério, Jake, eles ainda chamam você de o comediante da polícia?

Suspiro profundo.

– O que você quer, Myron? Vim aqui só para trabalhar um pouco na papelada.

– Não há descanso para aqueles que lutam em prol da paz e da justiça para o homem de bem.

– Certo. Esta semana tive de sair 12 vezes para atender a chamados. Adivinhe quantos eram de alarmes que dispararam sem motivo?

– Treze.

– Errou por pouco.

Por mais de vinte anos, Jake trabalhara como policial nas piores cidades do país. Ele odiava aquilo e ansiava por uma vida mais tranquila. Então Jake, um negro corpulento, se demitiu da corporação e mudou-se para a pitoresca (leia-se:

de população quase toda branca) cidade de Reston, Nova Jersey. Procurando um emprego fácil, fez concurso para xerife. Reston era uma cidade universitária (leia-se: de esquerda), então Jake pôs em jogo sua – como ele chamou – "negritude" e ganhou fácil. O sentimento de culpa dos brancos, disse Jake a Myron. O melhor cabo eleitoral por estas bandas.

– Sente falta da agitação da cidade grande? – perguntou Myron.

– Tanto quanto de ter herpes – retrucou Jake. – Tudo bem, Myron, você já jogou seu charme. Agora sou como um brinquedinho em suas mãos. O que você quer?

– Estou em Filadélfia para o Aberto dos Estados Unidos.

– Golfe, não é?

– Sim, golfe. E queria saber se você já ouviu falar de um cara chamado Squires.

Pausa.

– Ah, merda.

– O quê?

– Em que você se meteu agora?

– Em nada. É só que ele tem um sistema de segurança bizarro em volta da casa...

– O que você anda fazendo perto da casa dele?

– Nada.

– Certo. Imagino que você só estava passando por lá.

– Mais ou menos isso.

– Nada disso. – Jake suspirou. – Ah, dane-se, não tenho mais nada com isso. Squires. Reginald Squires, vulgo Azulão.

Myron fez uma careta.

– Azulão?

– Ora, todos os gângsteres precisam de um apelido. Squires é conhecido como Azulão. Azul de sangue azul.

– Esses gângsteres... – disse Myron. – Pena que eles não usem sua criatividade no marketing, de forma honesta.

– Marketing honesto. Belo paradoxo. Enfim, Squires herdou uma porrada de grana, teve berço de ouro, educação de primeira e o diabo a quatro.

– Então o que ele está fazendo com más companhias?

– Quer uma resposta curta e grossa? O filho da puta é um psicopata. Diverte-se maltratando as pessoas. Tipo Win.

– Win não se diverte maltratando as pessoas.

– Se você diz...

– Quando Win fere uma pessoa, tem um motivo. Evitar que repita o mal que fez ou puni-la, ou coisa do tipo.

– Tudo bem. Estamos meio nervosinhos hoje, não é, Myron?

– Foi um longo dia.

– Ainda são nove da manhã.

– Quem faz o tempo senão nós mesmos?

– Quem disse isso?

– Ninguém. Acabei de inventar.

– Você devia pensar na ideia de escrever mensagens para cartões.

– Então, em que Squires está metido, Jake?

– Quer ouvir uma coisa engraçada? Não tenho certeza. Ninguém tem. Drogas e prostituição. Uma merda dessas. Mas de alto nível. Nada muito organizado nem nada. É mais como se ele brincasse com isso, entendeu? Como se ele se envolvesse com qualquer coisa que o excite, e depois jogasse tudo para o alto.

– E quanto a sequestros?

Breve pausa.

– Ah, merda, você se meteu em alguma enrascada de novo, não é?

– Eu só perguntei se Squires faz sequestros.

– Ah. Certo. Uma questão hipotética. Tipo "Se um urso caga na floresta e não tem ninguém perto, ainda assim fede?"

– Exatamente. Será que sequestro fede o bastante para interessar a ele?

– E eu sei lá? O cara é um canalha de marca maior, não há dúvida. Ele se mistura com toda essa porcariada esnobe: as festas maçantes, a comida de merda, as piadas que não são nem um pouco engraçadas, as conversas com as mesmas pessoas chatas sobre as mesmas porcarias chatas e fúteis...

– Parece que você tem grande admiração por eles.

– É só meu ponto de vista, meu amigo. Eles têm tudo, certo? Quando se vê de fora. Dinheiro, mansões, clubes extravagantes. Mas eles são chatos demais... merda, se fosse eu, me matava. Isso me faz pensar se Squires também sente isso, entendeu?

– Ah-rã – disse Myron. – E quem mete medo aqui é Win, não é?

Jake riu.

– *Touché*. Mas, para responder a sua pergunta, não sei se Squires iria se meter em sequestros. Mas não me surpreenderia.

Myron agradeceu, desligou e olhou para cima. Pelo menos uma dúzia de câmeras estavam alinhadas no alto das sebes como sentinelas minúsculas.

E agora?

Pelo que sabia, não era impossível que Chad estivesse gargalhando enquanto o observava por meio de uma daquelas câmeras. Aquilo tudo podia ser um mero exercício de futilidade. Naturalmente, Linda Coldren prometera-lhe um contrato.

Por mais que não quisesse admitir para si mesmo, a ideia não era de todo desagradável. Ele considerou a possibilidade e abriu um sorriso. Se ele pudesse assinar também com Tad Crispin...

Ei, Myron, um menino pode estar correndo sério risco.

Ou, o que era mais provável, um pirralho mimado ou adolescente negligenciado – você escolhe – estava matando aula e se divertindo à custa dos pais.

Então a questão continuava: e agora?

Ele voltou seus pensamentos para a gravação de Chad no caixa eletrônico. Ele não entrara em detalhes com os Coldren, mas aquilo o incomodava. Por que naquele lugar? Por que naquele caixa? Se o garoto estava fugindo ou se escondendo, tinha que pegar dinheiro. Ótimo, isso fazia sentido.

Mas por que logo na Porter Street?

Por que não num banco mais perto de casa? E o que Chad estava fazendo naquele lugar? Ali não havia nada. O único serviço nas redondezas para o qual precisaria de dinheiro era o Court Manor Inn. Myron lembrou a atitude de Stuart Lipwitz e refletiu.

Ele deu a partida no carro. Podia ser uma pista. Merecia uma boa investigação.

Stuart Lipwitz tinha deixado bem claro que não iria abrir o bico. Porém, Myron achava que tinha o instrumento adequado para fazê-lo mudar de ideia.

capítulo 14

– Sᴏʀʀɪᴀ!

O homem não sorriu. Tratou de dar marcha a ré e deu o fora. Myron deu de ombros e abaixou a câmera. Estava pendurada no pescoço e batia-lhe de leve contra o peito. Outro carro se aproximou. Myron levantou a câmera novamente.

– Sorria! – repetiu ele.

Outro homem. Outro que se recusou a sorrir. O cara conseguiu se abaixar antes de dar marcha a ré.

– Fobia de câmera – Myron gritou para ele. – É bom ver isso atualmente, quando tudo está tomado por paparazzi.

Não demorou muito. Myron ficara na calçada diante do Court Manor Inn por menos de cinco minutos quando avistou Stuart Lipwitz correndo em sua direção. O grande Stu todo paramentado: casaca cinza, gravata larga, um broche em forma de chave na lapela. Casaca cinza num motel de alta rotatividade. Como um maître numa lanchonete.

– Você aí – gritou Lipwitz.

– Olá, Stu.

Dessa vez não houve sorriso.

– Aqui é propriedade privada – disse Lipwitz um pouco ofegante. – Tenho de lhe pedir para se retirar imediatamente.

– Lamento discordar de você, Stu, mas estou num lugar público. Tenho todo o direito de permanecer aqui.

Lipwitz gaguejou, depois de agitar os braços, deixou-os cair, frustrado. Com aquela casaca, seus movimentos fizeram Myron se lembrar de um morcego.

– Mas você não pode ficar aí e tirar fotos de minha clientela – choramingou Lipwitz.

– "Clientela" – repetiu Myron. – É um novo eufemismo para *putanheiro*?

– Vou chamar a polícia.

– Ai... Pare de me meter medo.

– Você está atrapalhando meus negócios.

– E você está atrapalhando o meu.

Lipwitz pôs as mãos nos quadris, tentando parecer ameaçador.

– É a última vez que vou lhe pedir com educação. Retire-se deste local.

– Isso não foi nada educado.

– Perdão?

– Você disse que era a última vez que ia me pedir com educação – explicou Myron. – Depois você disse "Retire-se deste local". Você não disse *por favor*. Você não disse "Faça a gentileza de retirar-se deste local". Onde é que está a educação?

– Entendo – falou Lipwitz. Gotas de suor pontilhavam seu rosto. Estava quente, e afinal de contas o homem estava de casaca. – Por favor, faça a gentileza de deixar este local.

– Não. Mas até que enfim mostrou que cumpre a palavra.

Lipwitz respirou fundo várias vezes.

– Você quer saber daquele garoto, não é? O da fotografia.

– É isso aí.

– E se eu disser se ele esteve aqui, você vai embora?

– Por mais que me doa deixar um lugar tão fantástico, eu iria embora daqui.

– Isso, senhor, é chantagem.

Myron o fitou.

– Eu poderia dizer "*Chantagem* é uma palavra tão feia", mas seria muito cliché. Então, em vez disso, eu digo "Sim".

– Mas – Lipwitz começou a gaguejar – isso é contra a lei!

– Diferente de, digamos, prostituição, tráfico de drogas ou qualquer outra atividade delicada que se desenvolva neste pulgueiro?

Lipwitz arregalou os olhos.

– Pulgueiro? Isto aqui é o Court Manor Inn, senhor. Somos um respeitável...

– Chega, Stu. Tenho que tirar fotos. – Outro carro parou. Um Volvo cinza. Um belo carro de família. Um homem de uns 50 anos impecavelmente vestido com um terno. A jovem no banco do carona devia ter comprado suas roupas – como as meninas do shopping lhe ensinaram – numa loja de vagabunda.

Myron sorriu e debruçou-se na janela.

– Olá, senhor, curtindo as férias com sua filha?

O homem exibiu o clássico olhar de cervo ofuscado pelos faróis de um carro. A jovem prostituta deu um grito estridente e caiu na gargalhada.

– Ei, Mel, ele acha que sou sua filha! – Ela tornou a gritar.

Myron levantou a câmera. Lipwitz tentou interceptá-lo, mas Myron afastou-o com a mão livre.

– É Dia de Suvenir no Court Manor – disse Myron. – Se você quiser, posso pôr a foto numa caneca. Ou quem sabe uma placa decorativa?

O homem deu marcha a ré. Em poucos segundos, o carro tinha sumido.

O rosto de Lipwitz ficou vermelho. Ele cerrou os punhos. Myron olhou para ele.

– Agora, Stuart...

– Tenho amigos poderosos.

– Ooooh. Estou com medo novamente.

– Ótimo. Continue assim. – Stuart deu meia-volta e disparou a correr pela entrada de veículos. Myron sorriu. O garoto era um osso duro de roer, mais do que ele imaginara, mas ele não pretendia passar o dia inteiro ali. Porém tinha de reconhecer: não havia outras pistas e, além disso, brincar com Stu era muito divertido.

Myron esperou outros clientes, perguntando-se o que Stu tramava agora. Alguma maluquice, sem dúvida. Dez minutos depois, um Audi amarelo-canário parou e dele desceu um homem negro, um pouco mais baixo que Myron, mas que parecia um armário. Seu peito poderia servir de parede num jogo de squash, e suas pernas pareciam troncos de sequoia. Ele deslizava ao se mover; não tinha o andar pesadão que se associa a caras musculosos.

Myron não gostou daquilo.

O negro estava de óculos escuros, camisa havaiana vermelha e short jeans. O que mais chamava atenção era o cabelo: alisados e partidos de lado, como Nat King Cole em fotografias antigas.

Myron apontou para o alto da cabeça do homem.

– É difícil fazer isso?

– O quê? Você fala do cabelo?

Myron fez que sim.

– Mantê-lo alisado desse jeito.

– Não, na verdade, não. Uma vez por semana vou a um cara chamado Ray. Numa barbearia à moda antiga. Daquelas que ainda têm aquela placa de barbeiro na porta. – Seu sorriso era quase nostálgico. – Ray cuida dele pra mim. Além disso, me barbeia muito bem. Com toalhas quentes e tudo o mais. – Ele deu um tapinha no rosto para enfatizar.

– A pele parece macia – disse Myron.

– Puxa, obrigado. Muita gentileza sua. Acho relaxante, sabe? Fazerem uma coisa só pra mim. Acho que é importante. Para aliviar o estresse.

Myron assentiu.

– Entendo o que quer dizer.

– Talvez eu dê o número do Ray. Você pode dar um pulo lá e conferir.

– Ray – repetiu Myron. – Eu ia gostar disso.

O negro se aproximou mais.

– Parece que temos um probleminha aqui, Sr. Bolitar.

– Como você sabe meu nome?

Ele deu de ombros. Myron sentiu que, por trás dos óculos escuros, o homem o examinava. Myron fazia o mesmo. Ambos procuravam ser sutis. Os dois sabiam exatamente o que o outro estava fazendo.

– Eu realmente gostaria muito que o senhor se fosse – disse ele muito gentilmente.

– Receio não poder fazer isso – objetou Myron. – Ainda que você tenha pedido com toda a educação.

O negro balançou a cabeça, mantendo distância.

– Vamos ver se chegamos a um acordo, OK?

– OK.

– Tenho um trabalho a fazer aqui, Myron. Você faz ideia do que estou falando, não?

– Claro que sim.

– E você também.

– Correto.

O homem tirou os óculos escuros e colocou-os no bolso da camisa.

– Ouça, sei que você não vai dar trégua. E você sabe que eu também não. Se a situação piorar, não sei quem vai levar a melhor.

– Eu – disse Myron. – O bem sempre triunfa sobre o mal.

O homem sorriu.

– Não por estas bandas.

– Ponto para você.

– Não sei também se vale a pena tirar a prova. Acho que nós dois já passamos da fase de provar que somos "machões".

Myron fez que sim.

– Somos muito maduros.

– Certo.

– Então parece que chegamos a um impasse.

– Acho que sim. Naturalmente, eu poderia sacar uma arma e atirar em você.

Myron balançou a cabeça.

– A coisa não é tão simples. Geraria muita dor de cabeça.

– Sim. Eu sabia que você não ia cair nessa conversa, mas não custava tentar. Nunca se sabe.

– Você é um profissional – concordou Myron. – Se nem ao menos tentasse, você ia se sentir displicente. E eu iria me sentir diminuído.

– Que bom que você compreende.

– Por falar nisso, você não é qualificado demais para lidar com esse tipo de problema?

– Não vou dizer que discordo. – O homem aproximou-se de Myron, que sentiu os próprios músculos se retesarem e um frisson percorrer seu corpo.

– Você parece ser um cara que sabe ficar de bico calado – disse o homem.

Myron ficou calado, confirmando o que o outro dissera.

– Sabe o garoto da foto? Ele esteve aqui.

– Quando?

O homem balançou a cabeça.

– É só o que vou dizer. Estou sendo muito generoso. Você queria saber se o garoto esteve aqui. A resposta é sim.

– Muita gentileza sua.

– Estou apenas tentando simplificar as coisas. Ouça, nós dois sabemos que Lipwitz é um imbecil. Age como se isto aqui fosse um hotel de luxo. Mas as pessoas que vêm aqui não querem isso. Querem passar despercebidas. Elas nem querem olhar para si mesmas, entende?

Myron fez que sim.

– Eu dei um presente para você. O garoto da foto esteve aqui.

– Ele ainda está aí?

– Você está forçando a barra, Myron.

– Diga-me apenas isso.

– Não. Ele só ficou uma noite. – Ele abriu os braços. – Agora me diga uma coisa, Myron. Estou sendo legal com você?

– Muito.

Ele balançou a cabeça.

– Então, é a sua vez.

– Imagino que você não possa me dizer para quem trabalha.

O homem fez uma careta.

– Prazer em conhecê-lo, Myron.

– Igualmente.

Eles trocaram um aperto de mão. Myron entrou em seu carro e foi embora. Estava quase chegando ao Merion quando o celular tocou. Ele atendeu.

– É, tipo, o Myron?

Uma das garotas do shopping.

– Olá. Sim. Na verdade, aqui é o Myron, não *tipo* Myron.

– Ahn?

– Esquece. Quais as novidades?

– Sabe o nojento que você estava, tipo, procurando na noite passada?

– Sim.

– Ele está, tipo, no shopping.

– Em que lugar do shopping?

– Na praça de alimentação. Ele está na fila do McDonald's.

Myron fez meia-volta com o carro e pisou no acelerador.

capítulo 15

O CRUSTY NAZISTA AINDA estava lá.

Sentado sozinho numa mesa de canto, comia um hambúrguer como se ele o tivesse ofendido. As garotas tinham razão: o cara era nojento. O rosto queria passar uma imagem punk, de durão, barba por fazer, mas uma deficiência de testosterona fazia com que se aproximasse muito mais de um judeu ortodoxo adolescente mal-educado. Usava um boné de beisebol preto com uma caveira e ossos cruzados. Ele arregaçara as mangas da camisa rasgada para exibir os braços leitosos e magricelas, num dos quais se via a tatuagem de uma suástica. Myron balançou a cabeça. Suástica. O garoto era velho demais para ser tão sem noção.

O cara deu outra mordida rancorosa, agora claramente furioso com o hambúrguer. As meninas do shopping estavam lá, apontando para o sujeito como se

Myron não fosse reconhecer a pessoa de quem tinham falado. Myron fez sinal para que elas parassem, pondo o dedo sobre os lábios. Elas obedeceram, enveredando numa conversa alta demais, indiferente demais, lançando em sua direção olhares exageradamente furtivos que davam na vista. Myron desviou o olhar.

O Crusty Nazista terminou o hambúrguer e se pôs de pé. Um bom timing. Como tinham dito, era magricela. As meninas tinham razão – o garoto não tinha bunda. Nada de nada. A cada um ou dois passos, ele parava para suspender a calça, e Myron não sabia dizer se era por ela ser superlarga ou só devido à falta de bunda. Myron desconfiava que era um pouco de cada.

Ele o seguiu até ficarem sob o sol escaldante. Myron quase sentiu saudade do onipresente ar refrigerado do shopping. Crusty entrou gingando no estacionamento. Rumo ao seu carro, não havia dúvida. Myron guinou à direita, preparando-se para segui-lo. Entrou em seu Ford Taurus (leia-se: "Isca de Sereias") e deu partida.

Ele atravessou o estacionamento devagar e avistou Crusty dirigindo-se à última fileira de carros. Só havia dois veículos lá. Um era um Cadillac Seville prata. O outro era uma picape com aqueles pneus gigantescos, um adesivo da bandeira sulista e as palavras MAU ATÉ OS OSSOS pintadas na lateral. Valendo-se de seus anos de investigação, Myron deduziu que o carro de Crusty provavelmente era a picape. E, de fato, ele abriu a porta e subiu no carro. Impressionante. Às vezes o talento dedutivo de Myron beirava a vidência. Talvez ele devesse criar uma linha telefônica para consultas mediúnicas.

Seguir a picape não chegava a ser um desafio. O veículo chamava a atenção como as roupas de um golfista num monastério, e Crusty não era de meter o pé no acelerador. Eles rodaram por cerca de meia hora. Myron não podia imaginar para onde estavam indo, mas adiante ele avistou o Veterans Stadium. Lá ele assistira a muitos jogos do Eagles em companhia de Win, que sempre tinha assentos na altura da linha central, na seção inferior das arquibancadas. Por ser um estádio antigo, os camarotes do Vet ficavam bem no alto; Win não ligava para eles. Preferia juntar-se às massas. Louvável.

Uns três quarteirões antes do estádio, Crusty pegou uma rua lateral, estacionou e saiu correndo. Myron se perguntou de novo se devia chamar Win para dar cobertura, mas não ia adiantar. Win estava no Merion, provavelmente com o telefone desligado. Mais uma vez refletiu sobre a noite anterior e sobre as acusações de Esperanza nesta manhã. Talvez ela tivesse razão. Talvez ele fosse responsável, ao menos em parte, pelo que Win fazia. Mas a questão não era essa, ele percebeu agora. A verdade, aquela que também assustava Esperanza, era muito mais evidente.

Talvez Myron estivesse pouco ligando.

Você lê os jornais, assiste aos noticiários e vê o que Myron viu. Então sua humanidade, sua crença fundamental no ser humano faz com que você pareça uma Poliana, o que é terrível. Era isso o que o corroía por dentro – não o fato de sentir repulsa pelo que Win fazia, mas o fato de que aquilo não o incomodava tanto.

Win tinha uma maneira estranha de ver o mundo em preto e branco. Nos últimos tempos, Myron percebeu que suas próprias áreas cinzentas se tornavam cada vez mais negras. E não gostava nada daquilo. Ele não gostava da mudança que a experiência – ver a crueldade entre os homens – estava lhe impondo. Tentava preservar seus antigos valores, mas a corda ia ficando cada vez mais escorregadia. Por que ele ainda os preservava? Porque realmente acreditava neles ou porque gostava mais de si mesmo como alguém que acreditava neles?

Ele já não sabia.

Ele devia ter trazido uma arma. Idiota. Estava apenas seguindo um grunge. Naturalmente, mesmo um grunge poderia lhe dar um tiro e matá-lo. Mas que alternativa ele tinha? Chamar a polícia? Bem, aquilo ia parecer um pouco exagerado, considerando-se as informações de que dispunha. Voltar mais tarde com uma arma? Àquela altura, Crusty já teria sumido – talvez com Chad.

Ele tinha que seguir em frente. Só precisava ter muito cuidado.

Myron não sabia ao certo o que fazer. Parou o carro no fim do quarteirão e saiu. A rua era apinhada de residências baixas de tijolos, umas iguais às outras. Em outros tempos, devia ter sido uma região agradável, mas agora parecia um homem que parou de tomar banho depois de perder o emprego. O ambiente dava a impressão de ter vivido um momento de abundância e, depois, de decadência, como um jardim que ninguém mais se dava o trabalho de cuidar.

Crusty entrou num beco. Myron o seguiu. Montes de sacos de lixo. Muitas escadas de incêndio enferrujadas. Quatro pernas despontando de dentro de um refrigerador. Myron ouviu roncos. No fim do beco, Crusty dobrou à direita. Myron o seguiu devagar. Crusty entrou por uma porta corta-fogo no que parecia um edifício abandonado. Não havia maçaneta nem nada, mas a porta estava entreaberta. Myron empurrou-a com a mão e a abriu.

Logo que cruzou a soleira bolorenta, ouviu um grito primal. Crusty. Bem na frente dele. Alguma coisa se movia em direção ao seu rosto. Seus reflexos rápidos o salvaram. Myron conseguiu esquivar-se de forma que a barra de ferro atingiu apenas seu ombro. Uma dor terrível irradiou por seu braço. Myron se jogou no chão de cimento, rolou por ele e se levantou.

Agora eram três. Todos armados com pés de cabra ou chaves de roda. Todos de cabeça raspada e com tatuagens de suásticas. Eles pareciam continuações fracassadas do mesmo filme de horror. *Crusty Nazista* era o original. Crusty II – à esquerda dele – exibia um sorriso idiota. Crusty III – à sua direita – parecia um pouco mais assustado. O elo fraco, pensou Myron.

– Estão trocando pneu? – perguntou Myron.

Crusty bateu a alavanca de pneu na mão para impressionar.

– Vou afundar sua cara.

Myron ergueu as mãos e fingiu que estava tremendo de medo.

– Por que você estava me seguindo, bundão?

– Eu?

– Sim, você. Por que estava me seguindo, porra?

– Quem disse que eu estou seguindo você?

Por um instante, Crusty ficou confuso.

– Você acha que sou babaca ou alguma coisa do tipo, caralho?

– Não, acho que você é o Mr. Universo.

– Mr. o quê?

Crusty II se intromenteu:

– Ele só está querendo foder com você, cara.

– É – concordou Crusty III. – Foder com você.

Os olhos úmidos de Crusty se esbugalharam.

– Ah, é? É isso que está querendo, seu babaca? Foder comigo, hã? É isso que está querendo? Foder comigo?

Myron olhou para ele.

– Será que podemos passar para a fala seguinte?

– Vamos botar pra foder com ele – disse Crusty II.

Myron sabia que nenhum dos três devia ter experiência em luta, mas sabia também que três homens armados sempre derrotam um desarmado. Eles também estavam tensos demais, olhos vidrados, e não paravam de fungar e de esfregar o nariz.

Em poucas palavras: cheios de coca, cheirados, chapados. Você decide.

A melhor chance de Myron era confundi-los e atacar. O que era arriscado. Era preciso provocá-los, desnorteá-los ainda mais. Mas ao mesmo tempo era preciso ter controle, para saber quando moderar. Um equilíbrio delicado que exigia de Myron Bolitar, o rei da corda bamba, uma performance lá no alto, acima da multidão, sem rede de segurança.

Mais uma vez Crusty perguntou:

– Por que você estava me seguindo, bundão?

– Acho que é porque estou caidinho por você. Ainda que você não tenha bunda.

Crusty II começou a falar com voz estridente:

– Ah, cara, ah, cara, vamos botar pra foder em cima dele. Vamos foder com ele bonito.

Myron tentou lançar um olhar durão. Alguns confundiam essa performace com prisão de ventre, mas seu desempenho estava melhorando. Questão de treino.

– Eu não faria isso se estivesse no seu lugar.

– Ah, não? – disse Crusty. – Me diga só um motivo pra gente não foder com você. Me diga só um motivo para eu não quebrar, uma por uma, todas as suas costelas. – Ele levantou a alavanca de pneu, para o caso de Myron achar que ele estava sendo sutil demais.

– Você me perguntou antes se eu achava que você era babaca – disse Myron.

– Sim, e daí?

– E você pensa que eu sou babaca? Você acha que alguém que quisesse machucar você seria imbecil o bastante para segui-lo até aqui, sabendo o que estava por vir?

Isso fez os três hesitarem.

– Eu segui você – continuou Myron – para fazer um teste.

– Do que está falando, porra?

– Eu trabalho para um pessoal. Não revelamos nomes. – Principalmente, pensou Myron, porque ele não sabia do que estava falando. – Digamos apenas que eles estão num negócio que vocês frequentam.

– Frequentamos? – Esfregou de novo o nariz.

– Frequentam – repetiu Myron. – Visitam com frequência, vão diversas vezes a algum lugar. Frequentam.

– O quê?

Meu Deus.

– Meu patrão precisa de alguém para controlar um certo território. Um cara novo. Um cara que queira ganhar 10% sobre as vendas e ter pó à vontade para cheirar.

Olhos alucinados.

Crusty II voltou-se para Crusty Nazista.

– Ouviu isso, cara?

– Sim, ouvi.

– Merda, a gente não ganha nenhuma comissão do Eddie – continuou Crusty II. – O filho da puta é um pé de chinelo. – Ele apontou para Myron com a alavanca de pneu. – Esse aí, cara, olha como ele é velho. Deve trabalhar para um cara cheio da grana.

– Só pode – acrescentou Crusty III.

Crusty estreitou os olhos, hesitante.

– Como você ficou sabendo de nós?

Myron deu de ombros.

– As notícias correm – disse ele. Invente, invente.

– Quer dizer que você estava me seguindo só para fazer uma porra de um teste?

– Certo.

– Foi até o shopping e resolveu me seguir?

– É por aí.

Crusty Nazista sorriu, olhou para Crusty III e para Crusty II e segurou a alavanca com mais força. Algo errado.

– Então por que você apareceu perguntando por mim ontem à noite, hein? Por que você queria saber de um telefonema que eu dei?

O-ou.

Crusty se aproximou, olhos incandescentes.

Myron levantou a mão.

– A resposta é simples.

Todos hesitaram. Myron aproveitou-se disso. Seu pé moveu-se como um pistom e atingiu em cheio o joelho do desprevenido Crusty III, que caiu. Myron já estava correndo.

– Peguem o filho da puta!

Eles o perseguiram, mas Myron já jogara o ombro contra a porta corta-fogo. O lado "machão" dele, como seu amigo do Court Manor dissera, queria enfrentá-los, mas ele sabia que seria imprudente. Os outros estavam armados. Ele não.

No fim do beco, Myron estava com uma vantagem de apenas dez metros. Ele se perguntava se teria tempo de abrir a porta do carro e entrar. Mas não havia alternativa. Tinha que tentar.

Agarrou a maçaneta e abriu a porta. Quando estava entrando, uma alavanca de carro lhe atingiu o ombro. Foi uma dor terrível. Ele seguiu em frente, fechando a porta. Uma mão a agarrou, oferecendo resistência. Myron se jogou para trás para fechar com mais força.

A janela explodiu.

Estilhaços de vidro atingiram seu rosto. Myron meteu o pé pela janela sem vidro e atingiu uma cara. A mão que agarrava a porta afrouxou a pressão. Ele já estava com a chave na ignição. Ele a girou quando a janela do outro lado explodiu. Crusty se enfiou no carro, olhos ardentes de fúria.

– Filho da puta, você vai morrer!

A alavanca quase atingiu seu rosto. Myron a interceptou e sentiu um golpe na base da nuca. Ele ficou meio entorpecido, mas mesmo assim engatou a ré e saiu em disparada, cantando pneus. Crusty tentou pular dentro do carro pela janela quebrada. Myron deu-lhe uma cotovelada no nariz e ele se soltou, caindo pesadamente no asfalto, mas se pôs de pé imediatamente. Esse é o problema de enfrentar drogados. Muitas vezes não sentem dor.

Os três correram para a picape, mas Myron já estava longe. A batalha tinha acabado. Por enquanto.

capítulo 16

MYRON PROCUROU INFORMAÇÕES sobre o número da placa da picape, mas de nada adiantou. A validade da licença vencera havia quatro anos. Crusty devia tê-la tirado de um carro num lixão ou coisa assim. Nada incomum. Mesmo os ladrões pés de chinelo sabiam que não deviam usar suas placas quando cometiam um crime rastreável.

Ele deu meia-volta e retornou ao edifício para buscar pistas. Seringas com a ponta torta, garrafas quebradas e sacos de biscoito vazios estavam espalhados pelo chão. Havia também uma lata de lixo vazia. Myron balançou a cabeça. Traficar drogas já era ruim o bastante, e ainda sujavam tudo?

Ele continuou a olhar em volta. O edifício estava abandonado e, em algumas partes, com marcas de incêndio. Não havia ninguém ali. Nem pistas.

OK, o que significava tudo aquilo? Será que os três drogados eram os sequestradores? Myron não conseguia imaginar isso. Drogados arrombam casas, pulam sobre pessoas em becos, atacam com barras de ferro. Em geral, drogados não planejam sequestros complexos.

Por outro lado, o que esse sequestro tinha de complexo? Nas duas vezes em que ligou, o sequestrador nem sabia quanto queria de resgate. Aquilo não era meio estranho? Será que tudo não passava do trabalho de alguns drogados despreparados e grosseiros?

Myron entrou no carro e foi para a casa de Win. Win tinha muitos veículos. Myron podia trocar o seu por um sem janelas quebradas. As sequelas pareciam estar se abrandando. Uma contusão ou duas, mas nada quebrado. Nenhum dos golpes tinha acertado em cheio, exceto os que atingiram as janelas do carro.

Ele examinou várias possibilidades e finalmente conseguiu chegar a uma hipótese bastante convincente. Digamos que por alguma razão Chad Coldren resolveu dar um pulo no Court Manor Inn. Talvez para passar algum tempo com uma garota. Talvez para comprar drogas. Talvez porque apreciasse o serviço. Não importa. Como mostrou a câmera do banco, Chad pegou um pouco de dinheiro no caixa local, depois foi passar a noite no motel. Ou uma hora. O tempo não interessa.

Uma vez no Court Manor Inn, algo deu errado. Apesar das negativas de Stu Lipwitz, o Court Manor é um estabelecimento suspeito, frequentado por gente suspeita. Não seria difícil meter-se em confusão num ambiente daqueles. Talvez Chad tivesse tentado comprar drogas de Crusty ou testemunhado um crime. Talvez tivesse apenas falado demais, e alguns delinquentes notaram que ele era endinheirado. Não importa. As órbitas da vida de Chad Coldren e da gangue de Crusty se cruzaram. O resultado disso foi o sequestro.

As coisas pareciam fazer sentido.

A palavra-chave era *pareciam*.

A caminho do Merion, Myron começou a esvaziar o cenário que havia montado, com vários furos na história. Em primeiro lugar, o timing. Myron estava convencido de que o sequestro estava relacionado ao retorno de Jack ao Aberto no Merion. Porém, na hipótese que levantara, a persistente questão do timing tinha que ser descartada como mera coincidência. Tudo bem, talvez Myron pudesse se conformar com isso. Mas aí cabia perguntar: como, por exemplo, Crusty, estando no shopping, tomou conhecimento da presença de Esme Fong na casa dos Coldren? Como o sujeito que saiu pela janela e desapareceu na Green Acres – alguém que Myron tinha certeza de que era Matthew Squires ou Chad Coldren – se encaixava nisso tudo? O superprotegido Matthew Squires estaria associado aos Crusty? Ou era mera coincidência o fato de o homem da janela ter desaparecido na Green Acres?

Aquele cenário murchava de forma espetacular.

Quando Myron chegou ao Merion, Jack estava no décimo quarto buraco. Seu adversário naquele dia era ninguém menos que Tad Crispin. O que não era de surpreender. Era comum que o primeiro e o segundo colocados encerrassem o dia disputando entre si.

Jack ainda estava jogando bem, embora sem dar espetáculo. Ele perdera apenas uma tacada de sua vantagem, mantendo ainda oito à frente de Tad Crispin, uma liderança confortável. Myron avançou com dificuldade em direção ao décimo quarto green. Tudo era insuportavelmente verde. A relva e as árvores, é claro, mas também tendas, toldos, placares, torres de televisão e palanques – tudo era de um verde exuberante, para fundir-se ao pitoresco ambiente natural, exceto, claro, os outdoors dos patrocinadores, que atraíam o olhar com a sutileza das placas dos hotéis de Las Vegas. Mas os patrocinadores pagavam o salário de Myron. Reclamar é um pouco hipócrita.

– Myron, querido, vem sentar a bundinha aqui.

Norm Zuckerman acenava para que ele se aproximasse. Esme Fong estava ao seu lado.

– Aqui – disse ele.

– Olá, Norm – cumprimentou Myron. – Olá, Esme.

– Olá, Myron – respondeu Esme. Naquele dia ela estava com um traje mais informal, porém ainda segurava a pasta como se fosse seu bichinho de pelúcia favorito.

Zuckerman passou o braço em torno de Myron, uma das mãos pendendo sobre seu ombro machucado.

– Myron, diga-me a verdade. A verdade absoluta. Quero que me diga a verdade, certo?

– A verdade?

– Muito engraçado. Basta me dizer isso. Nada mais, só isso. Sou um homem correto? A verdade, diga. Sou um homem correto?

– Correto – disse Myron.

– Muito correto, não é mesmo? Sou um homem muito correto.

– Não vamos forçar a barra, Norm.

Zuckerman levantou as mãos como num gesto de rendição.

– Ótimo, fiquemos por aqui. Sou correto. Assim está bem. Aceito o termo. – Ele voltou-se para Esme Fong. – Tenha isso em mente: Myron é meu adversário. Meu pior inimigo. Sempre estamos em lados opostos. Mesmo assim, ele admite que sou um homem correto. Estamos de acordo quanto a isso?

Esme revirou os olhos.

– Sim, Norm, mas você está pregando para os convertidos. Eu já disse que concordo com você...

– Alto! – exclamou Zuckerman, como se quisesse domar um cavalo fogoso. – Espere um pouco, pois quero a opinião de Myron também. Myron, eis o negócio. Eu comprei um saco de golfe. Só um. Eu queria fazer um teste. Ele me custou 15 mil por um ano.

Aquilo significava que Zuckerman tinha comprado os direitos de anunciar num saco de golfe. Em outras palavras, colocou uma logo da Zoom nele. A maioria dos sacos de golfe era comprada pelas grandes empresas de equipamentos de golfe. Cada vez mais, porém, empresas que nada tinham a ver com golfe anunciavam nos sacos. McDonald's, por exemplo. Colchões Spring-Air. E até a

Pennzoil, empresa de óleos e lubrificantes. Como se alguém fosse a um torneio de golfe, visse aquela logo e fosse correndo comprar um galão de óleo.

– E então? – indagou Myron.

– Então, olhe aquilo ali! – Zuckerman apontou para um caddie. – Olhe só para aquilo!

– Tudo bem, estou olhando.

– Diga-me uma coisa, Myron, você está vendo o logotipo da Zoom?

O caddie carregava um saco de golfe. Como em todo saco de golfe, havia toalhas dobradas na parte de cima para limpar os tacos.

Zuckerman falava no tom cantarolante de professor do primeiro ano.

– Você pode responder oralmente, Myron, articulando a sílaba "não". E se isso for demais para seu vocabulário limitado, você pode apenas balançar a cabeça de um lado para outro assim. – Zuckerman fez uma demonstração.

– Está debaixo da toalha – disse Myron.

Num gesto teatral, Zuckerman levou a mão à orelha.

– Perdão?

– O logotipo está embaixo da toalha.

– Mas é claro que está embaixo da toalha! – rugiu Zuckerman. Os espectadores se voltaram e lançaram um olhar de censura ao maluco de cabelos longos e barba cerrada. – E de que me serve isso, hein? Quando eu faço um anúncio de TV, o que adianta se metem uma toalha na frente da câmera? Quando eu pago a esses idiotas um zilhão de dólares para usar meus tênis, de que me adianta se eles envolvem os pés com toalhas? Se todas as minhas propagandas fossem cobertas por uma imensa toalha...

– Já peguei o espírito da coisa, Norm.

– Ótimo. Não vou pagar 15 mil para um caddie imbecil cobrir meu logotipo. Então me aproximo do imbecil, peço-lhe delicadamente que afaste a toalha de cima de meu logotipo e o filho da puta me lança um daqueles olhares letais. Um daqueles olhares, Myron. Como se eu fosse uma mancha marrom que ele não conseguisse tirar da toalha. Como se eu fosse um judeuzinho de gueto que quisesse melar seu joguinho.

Myron olhou para Esme, que sorriu e deu de ombros.

– É bom conversar com você, Norm – disse Myron.

– O quê? Você não concorda comigo?

– Eu entendo seu ponto de vista.

– Então, se fosse seu cliente, o que você faria?

– Providenciava para que o caddie deixasse o logotipo à vista.

– É isso aí. – Ele tornou a passar o braço ao redor dos ombros de Myron e abaixou a cabeça num gesto conspiratório. – Então, o que está havendo com você e o golfe, Myron? – sussurrou ele.

– Como assim?

– Você não é um golfista. Você não tem clientes no mundo do golfe. De repente eu o vejo com meus próprios olhos assediando Tad Crispin... e agora me dizem que você anda com os Coldren.

– Quem disse isso?

– As notícias voam. Tenho ótimas fontes. Então, qual é o lance? Por que esse súbito interesse pelo golfe?

– Sou um agente esportivo, Norm. Busco representar atletas. Golfistas são atletas. Mais ou menos.

– Tudo bem, mas o que você está tramando com os Coldren?

– Como assim?

– Ouça, Jack e Linda são adoráveis. Muito bem relacionados, se é que você me entende.

– Não entendo.

– A LBA representa Linda Coldren. Ninguém deixa a LBA. Você sabe disso. Eles são grandes demais. Quanto a Jack, bem, faz tanto tempo que ele não se destaca que nem ao menos se deu o trabalho de procurar um agente. Então, o que estou tentando imaginar é por que de repente os Coldren estão de papo com você.

– Por que você está tentando imaginar?

Zuckerman pôs a mão no peito.

– Por quê?

– Sim, por que você se preocupa com isso?

– Por quê? – repetiu Zuckerman, agora em tom de incredulidade. – Vou dizer por quê. Por causa de você, Myron. Eu gosto de você, você sabe disso. Nós somos irmãos. Da mesma tribo. Só quero o melhor para você. Juro por Deus que é verdade. Se algum dia você precisar de uma recomendação, eu darei, você sabe disso.

– Ahã. – Myron não estava nem um pouco convencido. – Então, qual é o problema?

Zuckerman ergueu as mãos dramaticamente.

– Quem disse que há um problema? Eu disse que havia um problema? Eu ao menos usei a palavra *problema*? Estou curioso, só isso. É parte de minha natureza. Sou um bisbilhoteiro. Eu faço um monte de perguntas. Eu enfio o nariz onde não sou chamado. Faz parte do meu show.

– Ahã – fez Myron novamente, olhando para Esme, que agora estava fora do alcance de suas vozes. Ela olhou para ele e deu de ombros. Com certeza trabalhar para Zuckerman implicava ter que abstrair muita coisa. Mas aquilo era parte da técnica de Norm, sua versão da dupla policial bonzinho/policial malvado. Ele dava uma de excêntrico, se não totalmente irracional, enquanto sua assistente, sempre jovem, brilhante, atraente, era a influência tranquilizadora a que você se agarrava como a uma boia.

Norm cutucou-o e fez um gesto em direção a Esme.

– Ela é de encher os olhos, hein? Principalmente se considerarmos que é uma mulher de Yale. Você já viu as pessoas que entram naquela escola? Não admira que as chamem de buldogues.

– Você é tão progressista, Norm.

– Ah, danem-se os progressistas. Sou um velho, Myron. Tenho o direito de ser insensível. Num velho, a insensibilidade é algo fofo. Um adorável rabugento, é como chamam. A propósito, acho que Esme é só metade.

– Metade?

– Chinesa. Ou japonesa. Ou seja lá o que for. Acho que ela é metade branca também. O que você acha?

– Adeus, Norm.

– Ótimo, continue assim. Estou pouco ligando. Agora me diga, Myron, como você conheceu os Coldren? Win o apresentou?

– Adeus, Norm.

Myron afastou-se um pouco e parou por um instante para ver um golfista dar uma bela tacada. Tentou seguir a trajetória da bola. Não deu. Ele a perdeu de vista quase imediatamente. Na verdade, aquilo não era de surpreender – afinal de contas, trata-se de uma minúscula esfera branca deslocando-se a mais de 160 quilômetros por hora, percorrendo uma distância de várias centenas de metros. Só que Myron era o único dos presentes incapaz desse feito oftalmológico digno de um falcão. Esses golfistas... A maioria deles não é capaz de ler nem uma placa de trânsito numa rodovia interestadual, mas consegue seguir a trajetória de uma bola de golfe por vários sistemas solares.

Sem sombra de dúvida, o golfe é um esporte esquisito.

O campo estava apinhado de fãs silenciosos, se bem que, para Myron, *fã* não parecia a palavra certa. *Devotos* era muio mais adequada. Havia um constante delírio num campo de golfe, espectadores num silêncio reverencial, de olhos arregalados. A cada tacada, a multidão quase tinha um orgasmo. As pessoas entravam em êxtase, com o entusiasmo de participantes de uma gincana de televisão: Rápido! Vamos! Isso mesmo! Quase! Mais um pouquinho! Pare! Eles lamentavam um desvio da bola muito para a esquerda ou para a direita, uma tacada fraca demais para acertar o buraco, o green muito liso, irregular ou com grama não muito baixa, um placar péssimo e quando a bola do adversário ficava no meio do caminho para o buraco ou a bola saía do *fairway* para um *rough* ou caía em qualquer lugar ruim. Eles admiravam o golfista que conseguia superar tudo isso ou acertava uma bola de grande distância ou mandava a bola direto para o buraco, e fuzilavam com os olhos alguém que bradava ainda na primeira tacada que aquele golfista era "o jogador do dia". Os jogadores acertavam tacadas "impraticáveis" o tempo todo.

Myron balançou a cabeça. Todos os esportes têm seu próprio léxico, mas falar "golfês" equivalia a dominar o suaíli. Era como o rap dos ricos.

Mas num dia como aquele – o sol brilhando, o céu azul límpido, um aroma agradável no ar –, Myron sentia-se mais próximo da essência do golfe. Conseguia imaginar o campo livre de espectadores, a paz e a tranquilidade, a mesma atmosfera que atraía monges budistas para o recesso dos topos das montanhas, a relva cuidadosamente aparada e tão verde que o próprio Deus iria querer correr sobre ela de pés descalços. Isso não significava que Myron tinha se convertido – ele continuava um descrente de dimensões heréticas –, mas por um breve instante foi capaz de vislumbrar o que, naquele esporte, fascinava e absorvia tanta gente.

Quando ele chegou ao décimo quarto buraco, Jack Coldren se preparava para uma tacada final de 4,5 metros. Diane Hoffman tirou o marco do buraco. Em quase todos os campos do mundo o marco tinha uma flâmula em cima. Mas no Merion era diferente: no lugar havia uma cesta de vime. Ninguém sabia por quê. Win veio com uma história de que os antigos escoceses, que inventaram o golfe, costumavam levar seu almoço em cestas na ponta de varas, que podiam ser usadas como marcos de golfe, mas Myron viu naquilo mais o gosto do amigo pela tradição do que um fato comprovado. De qualquer forma, os sócios do Merion faziam um grande estardalhaço em torno das cestas. Esses golfistas...

Myron tentou aproximar-se mais de Jack, buscando ver a "gana" de que falara Win. Apesar de suas objeções, Myron entendera muito bem a explicação de Win na noite anterior, o imponderável que separa o talento bruto da grandiosidade. Desejo. Garra. Perseverança. Win falava dessas coisas como se fossem maléficas. Não eram. Na verdade, eram exatamente o contrário. Mais do que ninguém, Win devia saber disso. Parafraseando e desvirtuando totalmente uma famosa citação política: O extremismo, na busca da excelência, não constitui um vício.

A expressão de Jack era serena, despreocupada e distante. Só havia uma explicação para isso: a zona especial, aquele espaço sagrado, tranquilo, em que nenhum prêmio, multidão, campo famoso, próximo buraco, pressão insuportável, adversário hostil, esposa de sucesso ou filho sequestrado pode penetrar. A zona de Jack era um lugar pequeno, que compreendia apenas seu taco, uma bola e um buraco. Tudo o mais estava fora de sua visão.

Aquilo, Myron sabia, era Jack Coldren reduzido a sua essência. Ele era um golfista. Um homem que desejava vencer. Precisava vencer. Myron entendia. Ele também estivera lá – sua zona era uma grande bola laranja e um aro de metal –, e uma parte dele sempre estaria emaranhada com aquele mundo. Era um ótimo lugar para permanecer – em muitos aspectos, o melhor lugar. Win estava errado. Ganhar não era um objetivo desprezível. Era nobre. Jack dera tacadas memoráveis. Ele lutara e batalhara, ficara exausto e dera o sangue. E agora lá estava ele, cabeça erguida, a caminho da redenção. Quantas pessoas eram premiadas com essa oportunidade? Quantas pessoas têm a chance de se sentir tão vivas, de se deter em tal patamar mesmo que por um breve instante, de ter seus corações e sonhos agitados por uma paixão tão insaciável?

Jack deu a tacada. Myron se pegou olhando a bola descrever um arco em direção ao buraco, absorvido pela expectativa, aquela que fazia com que as pessoas fossem atraídas para os esportes de forma tão fervorosa. Ele prendeu a respiração e seus olhos quase marejaram quando a bola entrou. Ele completara o percurso com uma tacada a menos do que o normal. Diane cerrou o punho e o agitou no ar. A vantagem na liderança voltava a ser de nove tacadas.

Jack levantou a cabeça, contemplou o público que aplaudia, agradeceu levando a mão ao boné, mas ele não estava vendo nada de fato. Ainda na zona especial. Lutando para manter-se nela. Por um instante, ele olhou fixamente para Myron, que fez um pequeno aceno de cabeça, sem querer trazê-lo de volta à realidade. Não se afaste dessa zona, pensou Myron. Nessa zona, um homem pode ganhar um torneio. Nessa zona, um filho não sabota o sonho de uma vida inteira de um pai.

Myron passou por vários banheiros químicos e se dirigiu à Ala dos Patrocinadores. Os torneios de golfe apresentam uma hierarquia sem igual com relação aos ingressos. É verdade que na maioria das competições esportivas existe algum tipo de sistema graduado de acesso – alguns ocupam lugares mais bem-situados, enquanto outros têm acesso a camarotes ou mesmo cadeiras ao lado do campo. Mas nesses casos você entrega o ingresso na entrada ou insere em alguma máquina e ocupa seu lugar. No golfe, você tem que exibir seu ingresso o dia inteiro. Os espectadores sem passe (leia-se: a plebe) geralmente têm adesivos colados na camisa, não muito diferentes, digamos, do sinal que os adúlteros eram forçados a usar na Idade Média. Outros levavam um cartão de plástico pendurado no pescoço por uma corrente de metal. Os patrocinadores (senhores feudais) tinham cartões vermelhos, prateados ou dourados, de acordo com o dinheiro gasto. Havia também diferentes passes para amigos e familiares dos jogadores, sócios e funcionários do Merion e até agentes esportivos. E os diferentes cartões davam acesso a lugares variados. Por exemplo, você tinha que possuir um cartão colorido para entrar na Ala dos Patrocinadores. Ou então um cartão dourado se quisesse entrar numa das tendas exclusivas, instaladas estrategicamente sobre colinas, como quartéis-generais num filme de guerra antigo.

A Ala dos Patrocinadores era apenas uma fileira de tendas, cada uma delas patrocinada por uma empresa gigantesca. O pretexto para gastar ao menos cem mil dólares pelo aluguel de uma tenda por quatro dias era impressionar os clientes e ganhar visibilidade. A verdade, porém, é que as tendas eram uma maneira de os figurões da empresa assistirem ao torneio de graça. Sim, uns poucos clientes importantes eram convidados, mas Myron notou que o alto escalão das empresas sempre dava um jeito de comparecer. E a taxa de cem mil era só o começo. Não estavam incluídos a comida, as bebidas, os empregados – para não falar nos voos de primeira classe, nas suítes de luxo de hotéis, nas amplas limusines, etc., para os peixes graúdos e seus convidados.

Meninos e meninas, podem acreditar: ali a caixa registradora tilintava sem parar.

Myron deu seu nome à bela jovem da tenda da Lock-Horne. Win ainda não estava lá, mas Esperanza estava sentada a uma mesa de canto.

– Você está com uma aparência horrível – disse Esperanza.

– Talvez. Estou mesmo me sentindo péssimo.

– O que aconteceu?

– Três drogados neonazistas com pés de cabra me atacaram.

Ela arqueou uma sobrancelha.

– Só três?

Ela adorava fazer piadinhas. Myron contou da briga e de como escapou por pouco. Quando terminou, Esperanza balançou a cabeça e disse:

– Desesperador. Absolutamente desesperador.

– Não me venha com esse jeito infantil. Logo vou estar bem.

– Achei a mulher de Lloyd Rennart. Ela é uma espécie de artista e vive no litoral de Jersey.

– Alguma notícia sobre o corpo de Lloyd Rennart?

Esperanza negou com a cabeça.

– Consultei bancos de dados virtuais e sites especializados. Não foi emitida nenhuma certidão de óbito.

Myron olhou para ela.

– Você está brincando.

– Não. Mas pode não estar na internet ainda. As repartições públicas ficarão fechadas até segunda-feira. E mesmo que não tenha sido emitida nenhuma certidão, isso não significa nada.

– Por que não?

– Uma pessoa só pode ser declarada morta depois de passado certo período de tempo de seu desaparecimento. Não sei bem... acho que uns cinco anos. Mas o que em geral acontece é que o parente mais próximo entra com um pedido de posse de um eventual seguro e dos bens do falecido. Mas Lloyd Rennart se suicidou.

– Então não tem seguro – disse Myron.

– Certo. E supondo que o casamento de Rennart era em regime de comunhão de bens, a esposa não tem necessidade de apressar as coisas.

Myron assentiu. Fazia sentido. Mas algo ainda o incomodava.

– Quer beber alguma coisa? – perguntou ele.

Ela negou.

– Já volto. – Myron pegou um achocolatado. Win cuidou para que a tenda da Lock-Horne tivesse um bom estoque deles. Isso que era amigo. Erguido num canto, um monitor de televisão exibia o placar. Jack acabara de completar o décimo quinto buraco. Ele e Tad Crispin o tinham acertado com o número de tacadas normal. A menos que acontecesse um grande revés, Jack iria abrir uma grande vantagem na rodada final no dia seguinte.

Quando Myron se acomodou novamente, Esperanza disse:

– Queria discutir uma coisa com você.

– Manda.

– É sobre minha colação de grau.

– Certo – disse Myron devagar.

– Você andou evitando esse assunto.

– Do que você está falando? Eu quero ir na sua colação, lembra?

– Não me refiro a isso. – Esperanza pegou uma embalagem de canudo e pôs-se a brincar com ela. – Estou falando do que vai acontecer *depois* que eu me formar. Logo serei uma advogada diplomada. Meu papel na empresa deveria mudar.

Myron assentiu.

– Concordo.

– Para começar, eu quero um escritório para mim.

– Não temos espaço.

– A sala de reuniões é grande demais – retrucou ela. – Podemos pegar um pedaço dela e da sala de espera. Não vai ser um escritório grande, mas satisfatório.

Myron assentiu devagar.

– Podemos ver isso.

– É importante para mim, Myron.

– OK, parece possível.

– Em segundo lugar, não quero um aumento de salário.

– Não quer?

– Isso mesmo.

–É uma técnica de negociação esquisita, Esperanza, mas você me convenceu. Por mais que eu queira dar um aumento, você não quer receber nem um tostão a mais. Me dou por vencido.

– Lá vem você de novo.

– Como assim?

– Fica brincando quando estou falando sério. Você não gosta de mudanças, Myron. Eu sei disso. Foi por isso que você morou com seus pais até uns meses atrás. É por isso que você continua com Jessica quando devia tê-la deixado há anos.

– Me faça um favor – disse ele aborrecido. – Poupe-me dessas análises amadoras, está bem?

– Só estou apontando os fatos. Você não gosta de mudanças.

– Quem gosta? E eu amo Jessica. Você sabe disso.

– Ótimo, você a ama – disse Esperanza desdenhosamente. – Você tem razão, eu não devia ter tocado no assunto.

– Ótimo. Assunto encerrado?

– Não – Esperanza parou de brincar com a embalagem. Ela cruzou as pernas e juntou as mãos sobre o colo. – Para mim não é fácil falar nisso – disse ela.

– Quer fazer isso em outra ocasião?

Ela revirou os olhos.

– Não, não quero fazer isso em outra ocasião. Quero que você me ouça. Ouça de verdade.

Myron ficou em silêncio, o corpo meio inclinado para a frente.

– O motivo pelo qual não quero um aumento é que não quero trabalhar para outra pessoa. Meu pai trabalhou a vida inteira fazendo bicos para um bando de babacas. Minha mãe passou a vida fazendo faxina na casa dos outros. – Ela parou, engoliu em seco e inspirou. – Não quero isso para mim. Não quero passar a vida trabalhando para ninguém.

– Eu inclusive.

– Eu disse *ninguém*, não disse? – Ela balançou a cabeça. – Meu Deus, às vezes você não ouve mesmo.

Myron abriu a boca, depois fechou.

– Então não estou entendendo aonde você quer chegar.

– Eu quero ser sócia.

Ele fez uma careta.

– Da MB Representações Esportivas?

– Não, da companhia telefônica. Claro que é da MB.

– Mas o nome é MB. M de Myron. B de Bolitar. Seu nome é Esperanza Diaz. Não posso transformar em MBED. Que tipo de nome é esse?

Ela limitou-se a lançar-lhe um olhar duro.

– Lá vem você com brincadeiras. Estou tentando ter uma conversa séria.

– Agora? Logo quando acabo de ser atingido na cabeça com uma barra...?

– No ombro.

– Enfim. Ouça, você sabe quanto significa para mim...

– Isso não tem nada a ver com amizade – interrompeu ela. – Neste exato instante, não me importa o que significo para você. Me importa o que significo para a MB.

– Você significa muito para a MB. Muitíssimo. – Ele parou.

– Mas...?

– Mas nada. Você me pegou desprevenido, só isso. Acabo de ser atacado por um grupo de neonazistas. Isso dá um nó na cabeça. Além disso, estou tentando resolver um possível sequestro. Sei que as coisas têm que mudar. Pensei em lhe atribuir novas funções, deixar que você se encarregue de mais negociações, contratar mais alguém. Mas uma sociedade... São outros quinhentos.

O tom de voz de Esperanza continuou firme.

– E isso significa...

– Significa que eu gostaria de refletir sobre isso, está bem? Como planeja tornar-se sócia? Que porcentagem você quer? Pretende comprar a sua parte, pagar com trabalho ou o quê? São coisas que temos que discutir, e não acho que seja o momento.

– Ótimo. – Ela ficou de pé. – Vou dar uma volta no salão dos jogadores. Ver se consigo entabular conversa com uma das esposas.

– Boa ideia.

– Até mais. – Ela se voltou para ir embora.

– Esperanza?

Ela olhou para ele.

– Você está morrendo de raiva de mim?

– Nem tanto.

– Vamos dar um jeito nisso.

Ela consentiu.

– Certo.

– Não se esqueça: vamos nos encontrar com Tad Crispin uma hora depois de ele parar de jogar. Perto da loja dos profissionais.

– Você quer que eu esteja presente?

– Sim.

Ela deu de ombros.

– Está bem. – Ela saiu.

Myron voltou à posição anterior e observou-a afastar-se. Que ótimo. Era só o que faltava. Sua melhor amiga como sócia. Isso nunca funcionou. O dinheiro acaba com relacionamentos; era algo comprovado. Seu pai e seu tio – nunca se viu irmãos tão unidos – tentaram, mas os resultados foram desastrosos. O pai terminou comprando a parte do tio Morris, mas os dois passaram quatro anos sem se falar. Myron e Win lutavam duramente para manter seus negócios separados, enquanto nutriam os mesmos interesses e objetivos. Isso dava certo porque nenhum dos dois interferia nas decisões do outro e porque não havia dinheiro gerando divisão. Com Esperanza tudo funcionava às mil maravilhas porque as relações sempre foram de patrão e empregada. Os papéis estavam muito bem definidos. Ao mesmo tempo, porém, ele entendia. Esperanza merecia aquela chance. Ela fizera por merecer. Ela era mais do que apenas uma empregada importante da MB. Ela era parte da empresa.

Então que fazer?

Ele se recostou e bebeu seu achocolatado, esperando que lhe ocorresse alguma ideia. Seus pensamentos foram interrompidos quando alguém lhe deu um tapinha no ombro.

capítulo 17

– OLÁ.

Myron se voltou. Era Linda Coldren, de lenço na cabeça amarrado ao queixo e óculos escuros. Greta Garbo por volta de 1984. Ela abriu a bolsa.

– Mandei transferir as ligações da minha casa para este telefone – sussurrou ela, apontando o celular na bolsa. – Importa-se que eu me sente?

– Por favor – disse Myron.

Ela se sentou diante dele. Os óculos eram grandes, mas ainda assim Myron conseguia ver o rubor em volta de seus olhos. O nariz também parecia ter sofrido com o uso excessivo de lenços de papel.

– Alguma novidade? – perguntou ela.

Ele falou sobre o ataque dos nazistas. Linda fez várias perguntas. O tormento paradoxal ainda a corroía: ela queria que o filho estivesse a salvo, mas não queria que tudo fosse uma farsa. Myron terminou dizendo:

– Ainda acho que devemos pedir ajuda aos federais. Posso fazer isso discretamente.

Ela meneou a cabeça.

– Arriscado demais.

– Então a coisa vai continuar no mesmo pé.

Linda balançou a cabeça novamente e inclinou-se para trás. Por um bom tempo, os dois ficaram em silêncio. O olhar dela se tinha fixado em algum lugar atrás dele. Então ela falou:

– Quando Chad nasceu, passei uns dois anos sem jogar. Você sabia disso?

– Não.

– O golfe feminino – murmurou ela. – Eu estava no auge de meu desempenho, a melhor golfista do mundo, e mesmo assim você nunca leu sobre isso.

– Não acompanho o golfe muito de perto – alegou Myron.

– Sim, certo – disse ela irritada. – Se Jack Nicklaus passasse dois anos sem jogar, você saberia.

Myron fez que sim. Ela tinha razão.

– Foi muito duro voltar? – perguntou ele.

– Você se refere ao golfe ou a deixar meu filho?

– Ambas as coisas.

Ela inspirou e refletiu sobre a pergunta.

– Eu sentia falta de jogar – respondeu ela. – Você não imagina quanto. Em poucos meses voltei ao primeiro lugar. Quanto a Chad, bem, ele ainda era uma criança. Contratei uma babá para viajar conosco.

– Quanto tempo durou isso?

– Até Chad completar três anos. Foi quando percebi que não podia mais ficar carregando-o por toda parte. Não era justo fazer isso com ele. Crianças precisam de uma certa estabilidade. Então tive que optar.

Eles ficaram em silêncio.

– Não me entenda mal – disse ela. – Não quero me fazer de vítima, e fico feliz porque as mulheres têm o direito de optar. Mas o que não nos dizem é que, quando optamos, nos sentimos culpadas.

– Que tipo de culpa você sente?

– A culpa própria das mães, a pior que existe. As dores são constantes. Elas nos assombram. Apontam dedos acusadores. A cada bela tacada, eu me sentia abandonando meu filho. Sempre que possível, eu pegava o avião de volta para casa. Perdi alguns torneios de que desejava muito participar. Fiz o maior esforço para equilibrar carreira e maternidade. E a cada passo eu me sentia um verme egoísta. – Ela olhou para ele. – Você está me entendendo?

– Sim, acho que sim.

– Mas você não se solidariza comigo – acrescentou ela.

– Claro que sim.

Linda lançou-lhe um olhar cético.

– Se eu fosse uma dona de casa, você suspeitaria tão rápido que Chad está por trás disto? O fato de eu ser uma mãe ausente não influencia o seu julgamento?

– Não uma mãe ausente – corrigiu Myron. – Pais ausentes.

– É a mesma coisa.

– Não. Você estava ganhando mais dinheiro. Você tinha mais sucesso e sabia gerir melhor as finanças da família. Se alguém devia ficar em casa, esse alguém era Jack.

Ela sorriu.

– Não estamos sendo politicamente corretos?

– Não. Apenas pragmáticos.

– Mas a coisa não é tão simples, Myron. Jack ama o filho. E nos anos em que não se classificou para o torneio, ficou em casa com ele. Mas vamos encarar os fatos: queira ou não, essa tarefa cabe à mãe.

– Isso não corrige as coisas.

– E não me alivia em nada. Como eu disse, fiz minhas escolhas. Se tivesse que fazer tudo novamente, faria do mesmo jeito.

– E sentiria culpa do mesmo jeito.

Ela confirmou com um gesto de cabeça.

– Com a escolha, vem a culpa. Não há como fugir disso.

Myron tomou um gole do achocolatado.

– Você disse que Jack ficou em casa por algum tempo.

– Sim, quando ele não conseguiu se classificar nos jogos preliminares. Todo ano os 125 golfistas que mais ganham dinheiro recebem automaticamente o cartão da Associação de Golfe Profissional. Outros entram graças aos patrocinadores. O restante é obrigado a competir pela classificação. Se você se sair mal nessas competições, passa o ano sem jogar.

– Um torneio decide tudo isso?

Ela inclinou o copo em sua direção, como se fazendo um brinde.

– Isso mesmo.

Isso que é pressão.

– Quer dizer que quando Jack não conseguia se classificar passava o ano em casa?

Ela fez que sim.

– Como era a relação de Jack com Chad?

– Chad venerava o pai.

– E agora?

Ela desviou a vista, e seu rosto tinha uma vaga expressão de dor.

– Agora Chad já é grande o bastante para se perguntar por que o pai não para de perder. Já não sei mais o que ele pensa. Mas Jack é um homem bom. Ele se esforça o máximo que pode. Você tem que entender o que aconteceu com ele. Perder o Aberto daquela forma... Pode parecer melodramático, mas aquilo matou alguma coisa dentro dele. Nem mesmo o nascimento de um filho pôde trazer de volta a plenitude.

– Isso não deveria afetá-lo tanto – disse Myron, ouvindo o eco das palavras de Win nas suas. – Era só um torneio.

– Você participou de muitos jogos importantes. Já lhe aconteceu de perder uma partida praticamente ganha, como Jack?

– Não.

– Eu também não.

Dois homens de cabelos grisalhos, ambos com uma gravata larga verde combinando, dirigiram-se à mesa do bufê. Eles se inclinavam sobre cada um dos pratos oferecidos e franziam a testa como se estivessem cheios de formigas. Seus pratos já estavam tão abarrotados que quase transbordavam.

– Tem mais uma coisa – disse Linda.

Myron esperou.

Ela ajeitou os óculos escuros e pôs as mãos sobre a mesa com as palmas viradas para baixo.

– Jack e eu não temos nenhuma proximidade, e isso há muitos anos.

Como Linda parou por aí, Myron disse:

– Mas vocês continuaram casados.

– Sim.

Ele quis perguntar por que, mas a questão era muito óbvia. Tão evidente que exprimi-la em palavras seria redundante.

– Sou um eterno lembrete de seus fracassos – continuou ela. – Não é fácil para um homem suportar isso. Deveríamos partilhar nossa vida, mas eu tenho aquilo que Jack deseja mais ardentemente. – Linda inclinou a cabeça. – É engraçado.

– O quê?

– Eu não admito mediocridade em hipótese alguma no campo de golfe. Mas permiti que ela dominasse minha vida pessoal. Você não acha isso estranho?

Myron fez um movimento de cabeça evasivo. Ele sentia a infelicidade irradiando-se dela como uma febre. Ela levantou a vista e sorriu para ele. O sorriso era tão inebriante que por pouco não lhe partiu o coração. Ele sentiu vontade de inclinar-se para a frente e abraçar Linda Coldren. Sentiu um desejo quase incontrolável de apertá-la contra si e sentir aqueles cabelos em seu rosto. Ele tentou se lembrar de quando tivera esse tipo de desejo por alguma mulher que não Jessica; não lhe ocorreu uma resposta.

– Fale-me de você – disse Linda de repente.

A mudança de assunto pegou-o desprevenido. Ele fez um leve movimento de cabeça.

– Assunto chato.

– Ah, duvido – disse ela, quase brincando. – Vamos lá. Vai me distrair.

Myron sacudiu a cabeça novamente.

– Eu sei que você por pouco não jogou basquete profissional. Sei que sofreu uma contusão no joelho. Sei que estudou direito em Harvard. E que tentou voltar às quadras há poucos meses. Você pode preencher as lacunas?

– Isso é praticamente tudo.

– Não, acho que não, Myron. Tia Cissy não disse que você podia nos ajudar porque você era bom jogador de basquete.

– Trabalhei um pouco para o governo.

– Com Win?

– Sim.

– Fazendo o quê?

Mais uma vez ele sacudiu a cabeça.

– Altamente confidencial, hã?

– Por aí.

– E você namora Jessica Culver?

– Sim.

– Gosto dos livros dela.

Ele assentiu.

– Você a ama?

– Muito.

– Então, o que você quer?

– O que eu quero?

– Da vida. Quais são seus sonhos?

Ele sorriu.

– Você está brincando, não é?

– Estou só querendo ir ao cerne da questão – disse Linda. – Só me responda. O que você quer, Myron? – Ela olhou para ele com interesse genuíno. Myron sentiu-se corar.

– Quero me casar com Jessica. Quero mudar para o subúrbio. Quero constituir família.

Ela se recostou como se estivesse satisfeita.

– Sério?

– Sim.

– Como seus pais?

– Sim.

Ela sorriu.

– Acho isso legal.

– É simples.

– Nem todos somos feitos para a vida simples, ainda que seja esse o nosso desejo.

Myron fez que sim.

– Profundo, Linda. Não sei o que isso significa, mas me pareceu profundo.

– Eu também não sei. – Ela deu uma risada franca e sonora, que muito lhe agradou. – Diga-me onde conheceu Win.

– Na faculdade – disse Myron. – No primeiro ano.

– Eu não o vejo desde que ele tinha 8 anos. – Linda tomou um gole de água com gás. – Na época eu tinha 15 anos. Acredite ou não, Jack e eu já estávamos namorando há um ano. A propósito, Win gostava de Jack. Você sabia disso?

– Não.

– É verdade. Ele seguia Jack aonde quer que ele fosse. E naquela época Jack era muito escroto. Ele maltratava as outras crianças. Era muito perverso. Às vezes mostrava uma crueldade desumana.

– Ainda assim você se apaixonou por ele?

– Eu tinha 15 anos – disse ela, como se isso explicasse tudo. E talvez explicasse mesmo.

– Como Win era quando criança? – perguntou Myron.

Ela sorriu novamente, acentuando as linhas dos cantos dos olhos e dos lábios.

– Está tentando entendê-lo, não é?

– É mera curiosidade – disse Myron, mas a franqueza das palavras dela lhe causou remorso. De repente, ele pensou em voltar atrás, mas era tarde demais.

– Win foi um menino feliz. Ele estava sempre... – Linda parou, procurando a palavra – desligado. Não sei como exprimir isso de outra maneira. Ele não era louco nem excêntrico nem agressivo nem nada disso. Mas havia algo de errado com ele. Sempre. Mesmo quando criança, ele tinha aquela estranha capacidade de se desligar.

Myron balançou a cabeça. Ele entendia o que ela queria dizer.

– Tia Cissy também é assim.

– A mãe de Win?

Linda fez que sim.

– Ela consegue ser puro gelo quando quer. Mesmo em relação a Win. Ela age como se ele não existisse.

– Ela deve falar sobre ele. Pelo menos com seu pai.

Linda negou.

– Quando tia Cissy disse a meu pai que procurasse Win, foi a primeira vez, em anos, que mencionou o nome do filho a ele.

Myron não disse nada. Mais uma vez a pergunta pairava no ar, sem ser formulada: o que acontecera entre Win e sua mãe? Mas Myron nunca iria perguntar aquilo. Aquela conversa já fora longe demais. Perguntar seria uma traição imperdoável; se Win quisesse, lhe teria dito.

O tempo passava sem que nenhum dos dois se desse conta disso. Eles falavam principalmente sobre Chad e o tipo de filho que ele era. Jack mantinha o pique, ainda com uma vantagem de oito tacadas. Uma vantagem gigantesca. Se ele fracassasse daquela vez, seria pior que há 23 anos.

A tenda começou a se esvaziar, mas Myron e Linda permaneceram e conversaram um pouco mais. Uma sensação de intimidade surgiu, e ele sentia falta de ar quando contemplava o rosto dela. Por um instante, ele fechou os olhos. Na verdade, constatou ele, não estava acontecendo nada ali. Se havia algum tipo de atração, não passava de simples consequência da angústia que ela sentia – e não havia nada mais politicamente incorreto (para não falar primitivo) que isso.

Àquela hora, a multidão já se fora. Fazia tempo que ninguém aparecia por ali. A certa altura, Win enfiou a cabeça na tenda. Vendo-os juntos, arqueou uma sobrancelha e se afastou.

Myron consultou o relógio.

– Tenho que ir. Tenho uma reunião.

– Com quem?

– Com Tad Crispin.

– Aqui no Merion?

– Sim.

– Você acha que será demorada?

– Não.

Ela começou a brincar com a aliança, examinando-a como se a avaliasse.

– Você se importa se eu o esperar? – perguntou ela. – Podemos jantar juntos. – Ela tirou os óculos. Os olhos estavam inchados, mas ainda assim o olhar era forte e centrado.

– Está bem.

Ele se encontrou com Esperanza na sede do clube. Ela fez uma careta.

– O que foi? – disse ele.

– Você está pensando em Jessica? – perguntou Esperanza desconfiada.

– Não, por quê?

– Porque você está com aquela cara repugnante de quem está perdido de amor. Você sabe. Aquela que me dá vontade de vomitar em seus sapatos.

– Vamos. Tad Crispin está nos esperando.

◆ ◆ ◆

A reunião terminou sem um acordo. Mas eles estavam chegando lá.

– O contrato que ele assinou com a Zoom – comentou Esperanza. – Uma tremenda burrada.

– Eu sei.

– Crispin gosta de você.

– Vamos ver o que acontece.

Ele pediu licença e voltou depressa para a tenda. Linda ainda estava na mesma cadeira, de costas para ele, ainda com pose de rainha.

– Linda?

– Agora está escuro – disse ela suavemente. – Chad não gosta de escuro. Sei que ele tem 16 anos, mas ainda deixo a luz do corredor acesa. Por via das dúvidas.

Myron permaneceu em silêncio. Quando ela se voltou para ele – e ele viu o seu sorriso – foi como se transpassassem seu coração.

– Quando Chad era pequeno, sempre carregava o taco de golfe de plástico vermelho e uma bola de plástico emborrachado. Engraçado. Quando penso nele agora, é assim que o vejo. Com o taquinho vermelho. Durante muito tempo, não consegui visualizá-lo desse modo. Ele já parece um homem agora. Mas desde que sumiu, só consigo ver aquele menininho alegre dando tacadas no quintal.

Myron balançou a cabeça e estendeu a mão para ela.

– Vamos embora, Linda – disse ele gentilmente.

Ela se pôs de pé. Eles caminharam juntos em silêncio. O céu noturno estava muito brilhante. Myron queria segurar a mão dela, mas não o fez. Quando chegaram ao carro, Linda destravou a porta com o controle remoto e a abriu enquanto Myron dava a volta para sentar-se no banco do carona. De repente ele estacou.

O envelope estava no banco dela.

Por alguns segundos, nenhum dos dois se mexeu. O envelope era de papel pardo, grande o suficiente para caber uma foto 20x25cm. A superfície era plana, exceto por uma área no meio, que estava um pouco estufada.

Linda olhou para Myron, que estendeu a mão e pegou o envelope pelas pontas. Tinham escrito no verso com letra de forma:

EU AVISEI QUE NÃO DEVIA PEDIR AJUDA.
AGORA CHAD PAGA O PREÇO.
SE NOS LUDIBRIAREM NOVAMENTE, VAI SER MUITO PIOR.

O medo envolveu o peito de Myron como garras de aço. Com o nó de um dedo, ele experimentou tocar a parte estufada. Parecia argila. Com todo o cuidado, Myron rompeu o lacre do envelope, virou-o de cabeça para baixo e deixou o conteúdo cair no banco do carro.

O dedo amputado quicou uma vez e ficou parado sobre o couro.

capítulo 18

MYRON FICOU OLHANDO, sem conseguir falar.

Ai, meu Deus, ai, meu Deus, ai, meu Deus, ai, meu Deus, ai, meu Deus, ai, meu Deus...

O terror o envolveu e ele começou a tremer, todo o corpo já entorpecido. Ele olhou para o bilhete em sua mão. Uma voz dentro de sua cabeça dizia *Culpa sua, Myron. Culpa sua.*

Voltou-se para Linda, Que estava com os olhos arregalados, mão tremendo junto à boca. Myron tentou ir ao encontro dela, mas vacilou feito um boxeador que não se levanta a tempo.

– Temos que pedir ajuda – conseguiu finalmente articular, e sua voz soou distante até para ele próprio. – O FBI. Tenho amigos...

– Não. – Sua voz era firme.

– Linda, ouça...

– Leia o bilhete.

– Mas...

– Leia o bilhete – repetiu ela, e abaixou a cabeça, expressão feroz no rosto. – Agora você está fora disso, Myron.

– Você não sabe com o que está lidando.

– Ah, não? – Ela levantou a cabeça bruscamente e cerrou os punhos. – Estou lidando com um monstro doentio. O tipo de monstro que mutila à menor provocação. – Ela aproximou-se do carro. – Ele cortou o dedo do meu filho só porque falei com você. O que acha que ele faria se soubesse que contrariei suas ordens?

A cabeça de Myron girava.

– Linda, pagar o resgate não garante...

– Sei disso – interrompeu ela.

– Mas... – Sua mente divagava e então ele falou uma grande bobagem. – Você nem ao menos sabe se é o dedo dele.

Ela baixou a vista. Com uma das mãos, conteve um soluço. Com a outra, acariciou o dedo amorosamente, sem o menor sinal de repulsa no rosto.

– Sim – disse Linda baixinho. – Eu sei.

– Talvez ele já esteja morto.

– Então não faz diferença o que faço ou deixo de fazer, não é?

Myron se impediu de dizer mais alguma coisa. Já fora estúpido o suficiente. Precisava de alguns instantes para se recompor, para planejar o próximo passo.

Culpa sua, Myron. Culpa sua.

Ele procurou afastar essa ideia. Afinal de contas, já se vira em situações bem piores. Vira cadáveres, tivera de lidar com gente muito perversa, arrastara assassinos ao tribunal. Ele só precisava...

Tudo com a ajuda de Win, Myron. Nunca sozinho.

Linda levantou o dedo amputado para ver melhor. Lágrimas escorriam-lhe pelo rosto, mas seus traços mantinham a impassibilidade de uma estátua.

– Adeus, Myron.

– Linda...

– Não vou contrariá-los novamente.

– Temos que avaliar a situação...

Ela sacudiu a cabeça.

– Não devíamos tê-lo procurado.

Levando o dedo do filho na mão em concha como se fosse um pintinho, Linda entrou no carro, depositou o dedo com todo o cuidado, deu a partida e foi embora.

◆ ◆ ◆

Myron dirigiu-se ao próprio carro. Deixou-se ficar por um bom tempo sentado no banco respirando fundo e tentando acalmar-se. Ele estudava artes marciais desde que Win lhe apresentou o tae kwon do quando os dois eram calouros. Boa parte do que eles aprenderam foi meditação, embora Myron nunca tivesse captado as sutilezas fundamentais. Sua mente costumava divagar. Agora ele tentava pôr em prática as regras básicas. Fechou os olhos. Inspirou lentamente pelo nariz, inflando apenas o abdome, não o peito. Soltou o ar pela boca ainda mais devagar, esvaziando os pulmões por completo.

Tudo bem, pensou ele. Qual o próximo passo?

A primeira resposta a vir à tona foi a mais elementar: Desista. Salve o que sobrou. Considere que você está muito longe da sua área. Você nunca trabalhou de fato para os federais. Você só acompanhou Win. Você se afastou de sua praia e isso custou o dedo de um menino de 16 anos e quem sabe mais. Era como Esperanza tinha dito: "Sem Win, você está perdido." Aprenda a lição e dê o fora.

E então? Deixar os Coldren enfrentarem a crise sozinhos?

Se tivesse feito isso, talvez Chad ainda tivesse dez dedos.

Aquele pensamento fez ruir alguma coisa dentro dele. Ele abriu os olhos. O coração disparou novamente. Ele não podia ligar para os Coldren. Não podia ligar para o FBI. Se continuasse agindo sozinho, poria em risco a vida de Chad.

Ligou o carro, ainda tentando se recompor. Era hora de exercitar sua capacidade de análise. Era hora de ser calculista. Ele devia considerar por um momento esse último fato como mais uma pista. Esquecer o horror. Esquecer que talvez tivesse posto tudo a perder. O dedo não passava de uma pista.

Primeiro: a localização do envelope era curiosa – dentro do carro de Linda, que estava de portas trancadas. Como ele foi parar lá? O sequestrador tinha simplesmente forçado a porta? Havia uma boa chance disso, mas teria ele tempo para isso no estacionamento do Merion? Não teria sido visto e denunciado? Provavelmente. Será que o sequestrador tinha usado uma chave que estava em poder de Chad? Humm. Muito provável, mas só era possível confirmar essa hipótese falando com Linda, o que estava fora de questão.

Beco sem saída. Pelo menos por enquanto.

Segundo: havia mais de uma pessoa envolvida no sequestro. Não era preciso ser um detetive brilhante para chegar a essa conclusão. Em primeiro lugar, havia Crusty. O telefonema feito do shopping indica que ele tinha relação com o caso – isso para não falar de seu comportamento posterior. Mas era inimaginável que um sujeito como aquele nazista pudesse esgueirar-se no Merion e colocar o envelope no carro de Linda. Não sem despertar suspeitas. Não durante o Aberto dos Estados Unidos. E o bilhete advertia os Coldren para não os "ludibriarem" novamente. Ludibriar. Aquele termo parecia coisa do nazista?

Tudo bem. O que mais?

Terceiro: os sequestradores eram perversos e estúpidos. Quanto à perversidade, não havia dúvida. A estupidez, porém, era menos óbvia. Mas analisemos os fatos. Por exemplo, exigir uma soma altíssima de resgate num fim de semana quando se sabe que os bancos só reabrirão na segunda-feira... Isso era sinal de esperteza? Não saber quanto pedir de resgate nos dois primeiros telefonemas... Não era a própria manifestação da idiotice? Por fim, era prudente cortar o dedo de um menino só porque seus pais conversaram com um agente esportivo? Aquilo fazia sentido?

Não.

A menos, claro, que os sequestradores soubessem que Myron era mais que um agente esportivo.

Mas como?

Myron entrou no longo acesso à casa de Win. Pessoas desconhecidas estavam tirando cavalos da estrebaria. Quando se aproximou da casa de hóspedes, Win apareceu no vestíbulo. Myron parou o carro e saiu.

– Como foi sua reunião com Tad Crispin? – perguntou Win.

Myron foi depressa em sua direção.

– Eles cortaram o dedo dele – falou com dificuldade, ofegando muito. – Os sequestradores. Eles deceparam o dedo de Chad. Deixaram no carro de Linda.

A expressão de Win não mudou.

– Você descobriu isso antes ou depois da reunião com Tad Crispin?

Myron ficou confuso com a pergunta.

– Depois.

Win balançou a cabeça devagar.

– Então minha pergunta inicial está valendo: como foi sua reunião com Tad Crispin?

Myron recuou como se tivesse recebido uma bofetada.

– Meu Deus – disse ele num tom quase reverente. – Você não pode estar falando sério.

– Não me importa o que acontece com essa família. Seus negócios com Tad Crispin me importam.

Myron hesitou, aturdido.

– Nem mesmo você pode ser tão frio.

– Ah, por favor.

– Por favor o quê?

– Existem no mundo tragédias muito maiores do que um rapaz de 16 anos perder um dedo. As pessoas morrem, Myron. Inundações varrem do mapa aldeias inteiras. Homens fazem coisas horríveis com crianças todos os dias. – Win fez uma pausa. – Por exemplo, você leu o jornal vespertino?

– Do que você está falando?

– Só estou tentando fazer você entender – continuou Win numa voz muito lenta e compassada. – Os Coldren nada significam para mim. Não mais que quaisquer outros desconhecidos, talvez menos. O jornal está cheio de tragédias que me atingem num nível mais pessoal. Por exemplo...

Win parou e lançou um olhar duro a Myron.

– Por exemplo o quê? – perguntou Myron.

– Houve um fato novo no caso de Kevin Morris – respondeu Win. – Você está familiarizado com o caso?

Myron negou.

– Dois meninos de 7 anos, Billy Waters e Tyrone Duffy, ficaram desaparecidos umas três semanas. Eles sumiram quando voltavam de bicicleta da escola para casa. A polícia interrogou um tal de Kevin Morris, sujeito com muitos antecedentes de perversão, inclusive abuso sexual, que andara rondando a escola. Mas o Sr. Morris tinha um advogado muito esperto. Não havia nenhuma prova física e, apesar de indícios muito claros, como o fato de as bicicletas dos meninos terem sido encontradas numa caçamba de lixo não muito longe de sua casa, o Sr. Morris foi solto.

Myron sentiu um frio na espinha.

– E qual é o fato novo, Win?

– Ontem, tarde da noite, a polícia recebeu uma informação.

– Tarde como?

Win lhe deu um olhar duro.

– Muito tarde.

Silêncio.

– Ao que parece – continuou Win –, alguém viu Kevin Morris enterrando os corpos próximo a uma estrada, na mata perto de Lancaster. A polícia os desenterrou na noite passada. Sabe o que eles encontraram?

Myron negou novamente, receoso até de abrir a boca.

– Billy Waters e Tyrone Duffy estavam mortos. Tinham sido molestados sexualmente e mutilados de uma forma que a imprensa não pôde divulgar. No local, a polícia encontrou também provas suficientes para prender Kevin Morris. Impressões digitais num bisturi. Sacos plásticos iguais aos de sua cozinha. Amostras de sêmen dele nos meninos.

Myron encolheu-se.

– Todo mundo parece dar como certa a condenação do Sr. Morris – concluiu Win.

– E quanto à pessoa que ligou para dar a informação? Vai servir de testemunha?

– O curioso é que o sujeito ligou de um telefone público e não deu o próprio nome. Ao que parece, ninguém sabe quem ele é.

– Mas a polícia deteve Kevin Morris?

– Sim.

Os dois homens se fitaram.

– É de surpreender que você não o tenha matado – disse Myron.

– Então você não me conhece mesmo.

Ouviu-se o relincho de um cavalo. Win voltou-se e contemplou o magnífico animal. Algo estranho perpassou seu rosto, uma expressão triste.

– O que ela fez contra você, Win?

Win continuava olhando o cavalo. Ambos sabiam a quem Myron se referia.

– O que ela fez que despertou tanto ódio?

– Não me venha com tantas hipérboles, Myron. Não sou tão simples assim. Não fui moldado apenas por minha mãe. Um único incidente não determina a vida de um homem, e estou muito longe de ser louco, como você já insinuou. Como qualquer outro ser humano, escolho minhas batalhas. Eu luto um tanto mais do que a maioria, e normalmente do lado certo. Lutei por Billy Waters e Tyrone Duffy. Mas não quero lutar pelos Coldren. Essa é minha decisão. Você, que é meu amigo mais próximo, devia respeitar isso. Você não devia tentar me incitar, ou me fazer sentir culpado, para que eu entre numa batalha que não desejo travar.

Myron não sabia ao certo o que dizer. Era assustador quando ele conseguia entender a lógica fria de Win.

– Win?

Com certo esforço, Win desviou os olhos do cavalo para encarar Myron.

– Estou numa enrascada – disse Myron, percebendo o tom de desespero na própria voz. – Preciso de sua ajuda.

A voz de Win de repente se suavizou, o rosto com uma expressão quase penalizada.

– Se isso fosse verdade, eu estaria com você. Você sabe disso. Mas você não está com nenhum problema do qual não possa se desvencilhar. Simplesmente recue, Myron. Você tem a opção de parar de se envolver. Não está certo querer me meter nisso contra a minha vontade valendo-se de nossa amizade. Saia dessa.

– Você sabe que não posso fazer isso.

Win balançou a cabeça e começou a andar em direção ao seu carro.

– Como eu disse, cada um escolhe as próprias batalhas.

◆ ◆ ◆

Quando ele entrou na casa de hóspedes, Esperanza estava gritando:

– Perde tudo! Passa a vez! Perde tudo!

Myron aproximou-se dela por trás. Ela estava assistindo ao programa de TV no qual as pessoas tentavam a sorte girando uma grande roleta.

– Essa mulher é gananciosa demais – reclamou Esperanza apontando para a tela. – Ela ganhou mais de seis mil dólares e continua jogando. Detesto isso.

A roda parou nos cintilantes mil dólares. A mulher arriscou um *B*. Havia dois. Esperanza gemeu.

– Você voltou cedo – disse ela. – Pensei que ia sair para jantar com Linda Coldren.

– Não deu certo.

Finalmente Esperanza se voltou e olhou para o rosto dele.

– O que aconteceu?

Ele contou. Enquanto ouvia, seu rosto moreno perdeu um pouco da cor. Quando ele terminou, Esperanza afirmou:

– Você precisa de Win.

– Ele não vai ajudar.

– É hora de engolir esse seu orgulho de macho e pedir a ele. Se precisar implorar, implore.

– Já fiz isso. Ele está fora – Na televisão, a mulher gananciosa comprou uma vogal. Aquilo sempre aturdia Myron. Por que os participantes que claramente sabiam qual era a palavra insistiam em comprar vogais? Para gastar dinheiro? Para que seus adversários também soubessem a resposta?

– Mas você está aqui.

Esperanza olhou para ele.

– E daí?

Ele sabia que aquela era a principal razão da presença de Esperanza ali. Ao telefone, ela dissera que ele não trabalhava bem sozinho. Aquelas palavras não deixavam a menor dúvida sobre sua verdadeira motivação para afastar-se da Big Apple.

– Você quer ajudar? – perguntou ele.

A mulher gananciosa inclinou-se para a frente, girou a roda e começou a bater palmas e gritar "Vamos, cem dólares!". Seus adversários também batiam palmas. Como se quisessem que ela ganhasse. Certo.

– O que você espera de mim? – perguntou Esperanza.

– Eu explico no caminho. Se você quiser vir.

Ambos ficaram olhando a roda desacelerar. A câmera deu um close. A seta avançou cada vez mais lentamente e parou em PERDE TUDO. A plateia gemeu. A mulher gananciosa manteve o sorriso, mas agora dava a impressão de ter tomado um forte soco no estômago.

– Isso é um presságio – disse Esperanza.

– Que pode ser bom ou ruim? – perguntou Myron.

– Sim.

capítulo 19

AS GAROTAS AINDA ESTAVAM NO SHOPPING. Ainda na praça de alimentação. Ainda na mesma mesa. Pensando bem, aquilo era impressionante. O verão acenava com longos dias ensolarados e pássaros cantando. As aulas tinham terminado, e ainda assim muitos adolescentes passavam todo o tempo dentro de uma cantina escolar maquiada, provavelmente lamentando o dia em que teriam que voltar à escola.

Myron sacudiu a cabeça. Ele estava se queixando de adolescentes. Sinal inquestionável de juventude perdida. Logo estaria gritando contra quem aumentasse o termostato.

Mal entrou na praça de alimentação, as garotas se voltaram para ele. Era como se tivessem detectores de pessoas conhecidas em cada uma das entradas do edifício. Myron não hesitou. Assumindo a sua expressão mais dura, avançou na direção delas, examinando cada rosto à medida que se aproximava. Afinal de contas, elas não passavam de adolescentes. Myron tinha certeza de que a culpada se trairia.

Foi o que aconteceu. Quase imediatamente.

Era aquela de quem tinham zombado no dia anterior, aquela que teria recebido um sorriso de Crusty. Missy, Messy ou coisa assim. Agora tudo fazia sentido. Crusty não percebera que estava sendo seguido por Myron. Alguém o avisara. Na verdade, tudo tinha sido planejado. Foi assim que Crusty soube que Myron andara fazendo perguntas sobre ele. Aquilo explicava o timing aparentemente fortuito – isto é, Crusty esperando na praça de alimentação até Myron chegar.

Tudo não passara de uma grande armação.

A garota com cabelo à la Elsa Lanchester fez uma careta e disse:

– Tipo, qual é o problema?

– Aquele cara tentou me matar – disse Myron.

Muitas ofegaram. Rostos cheios de excitação. Para a maioria delas, era como se estivessem num seriado. Apenas Missy ou Messy ou algum nome começado com *M* continuou impassível.

– Mas não precisam se preocupar – continuou Myron. – Estamos prestes a pegá-lo. Dentro de uma ou duas horas ele será preso. Neste exato momento, a polícia está indo atrás dele. Eu só queria agradecer a vocês pela cooperação.

A garota *M* falou:

– Pensei que você não era da polícia.

Uma frase sem a palavra *tipo*. Humm.

– Esta missão é secreta – disse Myron.

– Meu. Deus.

– Sem essa!

– Para!

– Você quer dizer como naqueles filmes?

– Exatamente – disse ele.

– Isso é *tão* irado.

– Quer dizer, tipo, que vamos aparecer na TV?

– No jornal das seis?

– Aquele cara do Canal 4 é *tão* gato, saca?

– Meu cabelo com certeza está um lixo.

– Nada disso, Amber. Mas o meu é um ninho de rato com certeza.

Myron limpou a garganta.

– Já está tudo praticamente resolvido. Exceto por uma coisa: o cúmplice.

Myron esperou que uma delas perguntasse "Cúmplice?". Nada. Myron foi mais preciso.

– Alguém neste shopping ajudou aquele grosseirão a me pegar.

– Tipo, *neste* shopping?

– No *nosso* shopping?

– No *nosso*, não. De jeito nenhum.

Elas falavam a palavra *shopping* como alguns falam *sinagoga*.

– Alguém ajudou aquele nojento?

– *Nosso* shopping?

– Eca!

– Eu, tipo, não acredito.

– Pode acreditar – disse Myron. – Na verdade, ele ou ela provavelmente está aqui agora mesmo. Nos espionando.

Elas olharam para todo lado. Até *M* ensaiou o gesto, embora de modo evidentemente forçado.

Myron já tinha mostrado dureza. Agora era hora de amansar um pouco.

– Ouçam, quero que as senhoritas fiquem de olhos e ouvidos abertos. Vamos pegar o cúmplice. Com toda a certeza. Caras como esse sempre abrem o bico. Mas se o cúmplice não passar de um pobre ingênuo...

Rostos sem expressão.

– Se ele, tipo, não estiver por dentro do jogo – essa linguagem não era bem ao estilo hip-hop, mas elas agora balançaram a cabeça – e me procurar logo, antes que os policiais o peguem, bem, então provavelmente vou poder ajudá-lo a se livrar dessa. Caso contrário, ele pode ser acusado de tentativa de homicídio.

Nada. Myron já esperava por isso. *M* nunca confessaria na frente das amigas. A cadeia inspirava muito medo, mas era pouco mais que um palito de fósforo úmido comparada à fogueira que era a pressão entre os adolescentes.

– Adeus, senhoritas.

Myron foi para o outro lado da praça de alimentação e encostou-se numa pilastra que ficava no meio do caminho entre a mesa das garotas e o banheiro. Ele esperou, contando que ela fosse inventar uma desculpa para ir até lá. Uns cinco minutos depois, *M* se levantou e começou a andar na direção de Myron. Exatamente como previra. Por pouco ele não sorriu. Talvez devesse ser orientador educacional do ensino médio. Moldar mentes jovens, mudar vidas para melhor.

M virou para outro lado e partiu para a saída.

Droga.

Myron andou rapidamente até ela, o sorriso em todo o seu potencial.

– Mindy? – De repente ele se lembrou do nome.

Ela se voltou para ele, mas não disse nada.

Ele recorreu a sua voz mais suave e ao olhar mais compreensivo. Oprah Winfrey em versão masculina.

– Tudo o que você me disser ficará entre nós – disse ele. – Se você estiver envolvida nisso...

– Fique longe de mim, está bem? Eu não estou, tipo, envolvida em nada.

Ela forçou a passagem por Myron e apertou o passo, deixando para trás a Foot Locker e a Athlete's Foot – duas lojas que Myron sempre imaginara serem a mesma, ou *alter egos*, como Batman e Bruce Wayne.

Myron observou-a afastar-se. Ela não tinha fraquejado, o que era de surpreender. Ele balançou a cabeça, e seu plano B começou a entrar em ação. Mindy continuou a avançar em velocidade, olhando para trás de vez em quando para ver se Myron não a estava seguindo. Ele não estava.

Porém, Mindy não notou uma atraente mulher hispânica, de jeans, poucos passos à sua esquerda.

◆ ◆ ◆

Mindy achou um telefone público perto da loja de discos igualzinha a todas as outras lojas de disco do shopping. Ela olhou em volta, inseriu uma moeda e digitou um número. Ela acabara de apertar o sétimo algarismo quando uma mão passou por cima de seu ombro e cortou a ligação.

Ela se voltou para Esperanza.

– Ei!

– Largue o telefone – disse Esperanza.

– Ei!

– Certo, ei. Agora largue o telefone.

– Tipo, quem é você, porra?

– Largue o telefone – repetiu Esperanza – ou então eu o enfio nariz adentro.

Atordoada, com os olhos arregalados, Mindy obedeceu. Alguns segundos depois, Myron apareceu. Ele olhou para Esperanza.

– Nariz adentro?

Ela deu de ombros.

– Vocês não podem, tipo, fazer isso! – gritou Mindy.

– Fazer o quê? – perguntou Myron.

– Tipo... – Mindy parou de falar, procurando se articular – tipo, me obrigar a largar um telefone?

– Não existe nenhuma lei que proíba isso – afirmou Myron. Ele se voltou para Esperanza. – Você conhece alguma lei contra isso?

– Contra largar um telefone? – Esperanza balançou a cabeça enfaticamente. – *No, señor.*

– Está vendo? Não tem lei contra isso. Por outro lado, existe uma lei contra ajudar um criminoso e se tornar cúmplice dele. Isso é um delito grave e dá cadeia.

– Eu não fiz nada.

Myron voltou-se para Esperanza.

– Você pegou o número?

Ela fez que sim e lhe passou.

– Vamos rastreá-lo.

Era fácil demais fazer isso. Qualquer um podia comprar um programa de computador na loja mais próxima ou acessar determinados sites, e pronto: lá estariam o nome e o endereço.

Esperanza ligou do celular para a casa da nova recepcionista da MB Representações Esportivas. Ela tinha o nome bem apropriado de Big Cyndi. Com quase 2 metros e 150 quilos, Big Cyndi fora lutadora profissional sob o nome de guerra de Grande Chefe-mãe e fora parceira de Esperanza "Pequena Pocahontas" Diaz. No ringue, Big Cyndi usava uma maquiagem berrante e camisetas rasgadas exibindo os músculos, e tinha cabelos espetados que dariam inveja a Sid Vicious e um olhar terrível de desprezo realçado por um rugido. Na vida real... bem, ela era exatamente igual.

Falando espanhol, Esperanza passou o número a Cyndi.

Mindy disse:

– Ei, eu, tipo, vou me mandar daqui.

Myron agarrou-lhe o braço.

– Receio que não.

– Ei! Você não pode, tipo, me segurar aqui.

Myron não se moveu.

– Vou gritar que estou sendo estuprada.

Myron revirou os olhos.

– No telefone público de um shopping. Sob a luz de lâmpadas fluorescentes. E na presença de minha namorada.

Mindy olhou para Esperanza.

– Ela é sua namorada?

– É.

Esperanza começou a assobiar "Dream Weaver".

– Mas você não pode, tipo, me obrigar a ficar com você.

– Não estou entendendo, Mindy. Você parece uma menina direita. – Na verdade, ela estava de *legging* preta, escarpins, uma blusa vermelha e um troço que parecia uma coleira de cachorro no pescoço. – Você está querendo dizer que vale a pena ir para a cadeia por causa desse cara? Ele é traficante de drogas, Mindy. Ele tentou me matar.

Esperanza desligou.

– É um bar chamado Parker Inn.

– Você sabe onde é? – perguntou ele a Mindy.

– Sim.

– Vamos lá.

Mindy se livrou da mão dele.

– Me deixe ir – disse ela, alongando a última palavra.

– Mindy, isto não é brincadeira. Você ajudou alguém a tentar me matar.

– Você é quem diz.

138

– O quê?

Mindy pôs as mãos nos quadris, mascando chiclete.

– Tipo, como eu vou saber que você não é o cara mau, hein?

– O quê?

– Você, tipo, veio até a gente ontem, certo, todo misterioso e tudo o mais, certo? Você estava, tipo, sem distintivo da polícia nem nada. Como é que eu vou saber que você, tipo, não está atrás do Tito? Como vou saber que você não é outro traficante tentando tomar o território dele?

– Tito? – repetiu Myron olhando para Esperanza, que deu de ombros.

– Nenhum de seus amigos, tipo, o chama de Tito – continuou Mindy. –Eles o chamam de Tit.

Myron e Esperanza se entreolharam e balançaram a cabeça. Fácil demais.

– Mindy – disse Myron devagar. – Eu não estava brincando. Tito não é um cara legal. Na verdade, ele pode estar envolvido no sequestro e na mutilação de um menino mais ou menos da sua idade. Alguém decepou o dedo do menino e mandou para a mãe dele.

O rosto dela se crispou.

– Isso é, tipo, um horror.

– Ajude-me, Mindy.

– Você é policial?

– Não. Estou apenas tentando salvar um rapaz.

Ela agitou as mãos, assumindo um ar de desprezo.

– Então, tipo, dê o fora. Você não precisa de mim.

– Gostaria que você viesse conosco.

– Por quê?

– Para evitar que você avise o Tito.

– Não vou avisar.

Myron assentiu.

– Além disso, você sabe como chegar ao Parker Inn. Vai nos poupar tempo.

– Não, de jeito nenhum. Não vou com vocês.

– Se você não vier, vou contar a Amber e a Trish e a toda a gangue tudo sobre seu novo namorado.

Mindy ficou balançada.

– Ele não é meu namorado – negou ela. – A gente só, tipo, ficou algumas vezes.

Myron sorriu.

– Então eu vou mentir – falou ele. – Vou dizer a elas que você dormiu com ele.

139

– Eu não dormi! – gritou ela. – Isso não é, tipo, justo.

Myron deu de ombros.

Ela cruzou os braços e mascou o chiclete. Seu gesto de desafio. Não durou muito.

– OK, OK, eu vou. – Apontou um dedo para Myron. – Mas não quero que Tit me veja, tá bem? Eu fico no carro.

– Combinado. – Myron concordou. Agora eles estavam atrás de um homem chamado Tit. O que mais estava por vir?

◆ ◆ ◆

O Parker Inn era um bar frequentado apenas por caipiras, motoqueiros e prostitutas. O estacionamento estava cheio de picapes e motocicletas. Música country saía aos brados pela porta constantemente aberta. Vários homens com bonés de beisebol usavam a parede lateral do edifício como mictório. De vez em quando, um deles se virava e mijava em outro. Xingamentos e gargalhadas explodiam. Lugar legal.

Em seu carro estacionado do outro lado da rua, Myron olhou para Mindy e disse:

– Você costuma vir aqui?

Ela deu de ombros.

– Eu, tipo, vim aqui umas poucas vezes – disse ela. – Pelo agito, sabe?

Myron fez que sim com a cabeça.

– Por que você simplesmente não se encharca de gasolina e acende um fósforo?

– Vai se foder! Você agora é meu pai?

Ele ergueu as mãos. Ela tinha razão. Não era da sua conta.

– Você está vendo a picape de Tito? – Myron não conseguia chamá-lo de Tit. Quem sabe se o conhecesse melhor.

Mindy observou o estacionamento.

– Não.

Myron também não.

– Você sabe onde ele mora?

– Não.

Myron meneou a cabeça.

– Ele é traficante de drogas, possui uma suástica e não tem bunda. Mas não vá me dizer que, apesar disso, Tito é um cara muito legal.

– Vai se foder! – gritou Mindy. – Simplesmente vai se foder.

– Myron – disse Esperanza à guisa de advertência.

Myron levantou as mãos novamente. Os três se recostaram e ficaram olhando. Nada aconteceu.

140

Mindy respirou fundo o mais alto possível.

– Então, tipo, posso ir para casa agora?

– Tive uma ideia – disse Esperanza.

– O quê? – perguntou Myron.

Esperanza tirou a blusa de dentro da calça jeans, esticou as pontas, fazendo um nó sob os seios e deixando à mostra boa parte da barriga lisa e morena. Então a desabotoou até bem embaixo, de forma atrevida. Um sutiã preto agora estava visível, Myron notou, com toda a sua experiência de detetive. Olhando-se no retrovisor, ela começou a aplicar uma maquiagem pesada. Depois despenteou um pouco o cabelo e dobrou a bainha da calça. Quando terminou, sorriu para Myron.

– Que tal estou? – perguntou ela.

Até Myron sentiu as pernas fraquejarem.

– Você vai entrar ali desse jeito?

– Todas as mulheres se vestem assim ali.

– Mas nenhuma é como você.

– Ah, meu Deus. Um elogio.

– Quer dizer, como uma corista de *West Side Story*.

– "Um rapaz como esse" – cantou Esperanza –, "ele mata seu irmão, esquece esse rapaz, vai procurar outro..."

– Se eu a aceitar como sócia, não vá aparecer vestida assim nas reuniões administrativas.

– Combinado. Agora posso ir?

– Primeiro me ligue pelo celular. Quero ter certeza de que vou ouvir tudo o que rolar.

Ela fez que sim e ligou. Ele atendeu. Eles testaram a conexão.

– Não vá bancar a heroína – disse ele. – Verifique só se ele está lá. Se alguma coisa der errado, meta o pé.

– Certo.

– E vamos combinar uma senha. Para você dizer quando precisar de ajuda.

Esperanza assentiu, fingindo seriedade.

– Se eu disser "ejaculação precoce", é para você aparecer.

– Pode ser.

Esperanza e até Mindy gemeram.

Myron levou a mão ao porta-luvas, abriu-o e tirou um revólver. Ele não iria ser pego de surpresa novamente.

– Vai lá – disse ele.

Esperanza desceu do carro e atravessou a rua. Um Corvette preto com adesivos de chamas no capô e um motor superbarulhento parou. Um primata cheio de correntes de ouro acelerou o motor, pôs a cabeça para fora da janela e sorriu libidinosamente para Esperanza. Acelerou novamente. Esperanza olhou para o carro, depois para o motorista.

– Sinto muito pelo que aconteceu com seu pinto – disse ela sem nenhuma emoção.

O carro foi embora. Esperanza deu de ombros e fez um aceno para Myron. Não era uma tirada original, mas nunca a deixara na mão.

– Meu Deus, eu amo essa mulher – disse Myron.

– Ela é, tipo, totalmente sexy – concordou Mindy. – Eu queria me parecer com ela.

– Eu queria ser como ela – corrigiu Myron.

– Qual a diferença? Ela deve, tipo, arrasar, certo?

Esperanza entrou no Parker Inn. A primeira coisa que sentiu foi o cheiro – uma mistura azeda de vômito e suor, só que ainda mais desagradável que isso. Ela franziu o nariz e seguiu em frente. O chão era de madeira de lei coberto de serragem. A luz, muito fraca, vinha das grandes lâmpadas redondas e coloridas no teto acima da mesa de bilhar. O bar parecia ter duas vezes mais mulheres que homens. Todos estavam com roupas horrorosas.

Esperanza olhou ao redor e falou bem alto para que Myron ouvisse pelo telefone:

– Tem uns cem caras aqui que se encaixam na sua descrição. É como me pedir para identificar um peito com silicone num clube de striptease.

O telefone de Myron estava no "*mute*", mas ela podia apostar que ele estava rindo. "Um peito com silicone num clube de striptease." Nada mau. Nada mau mesmo.

E agora?

As pessoas olhavam para ela, mas Esperanza já estava acostumada com isso. Só foram precisos três segundos para que um homem se aproximasse dela. Ele tinha uma barba comprida e desgrenhada, salpicada de pedaços de comida ressecada. Ele lhe deu um sorriso sem dentes e examinou-a de cima a baixo com a maior sem-cerimônia.

– Eu tenho uma língua grande – começou ele.

– Agora você só precisa de alguns dentes.

Ela passou por ele e se dirigiu ao balcão. Dois segundos depois, um cara apareceu ao seu lado. Ele estava com um chapéu de caubói. Chapéu de caubói na Filadélfia. Havia algo de errado.

– Ei, benzinho, não conheço você de algum lugar?

Esperanza fez que sim.

– Mais uma frase irresistível como essa – disse ela – e eu começo a tirar a roupa.

O caubói se pôs a gargalhar como se aquilo fosse a coisa mais engraçada do mundo.

– Não, princesa, não estou querendo te ganhar no papo. Estou falando sério... – Ele parou por um instante. – Puta merda! É a Pequena Pocahontas! A Princesa Indígena. Você é a Pequena Pocahontas, certo? Não vai dizer que não, docinho. É você! Não acredito!

Naquele instante, Myron devia estar se mijando de rir.

– Prazer em vê-lo – disse Esperanza. – Muito obrigada por se lembrar.

– Puta merda, Bobby, venha dar uma olhada. É a Pequena Pocahontas! Lembra? A briguenta pequena e gostosa da ANIL?

ANIL era "Associação Nossas Incríveis Lutadoras". O nome original era "Associação Nossas Admiráveis Lutadoras", mas quando se tornaram populares a ponto de entrar para a televisão, os canais insistiram em trocar a sigla.

– Onde? – Outro homem se aproximou, olhos arregalados, bêbado e contente. – Puta que pariu, você tem razão! É ela! É ela mesma!

– Ei, camaradas, obrigado por se lembrarem, mas...

– Lembro aquela vez que você estava lutando contra Tatiana, a Husky Siberiana. Você se lembra dessa luta? Porra, meu pau ficou tão duro que quase quebrou a vidraça da janela do meu quarto.

Esperanza prometeu a si mesma apagar aquilo da memória.

Um enorme barman se aproximou, o estereótipo perfeito de um motoqueiro. Supercorpulento e superassustador. Cabelos compridos, longa cicatriz e tatuagens de cobras subindo por seus braços. Ele lançou um olhar aos dois homens e na mesma hora eles evaporaram. Então voltou os olhos para Esperanza. Ela sustentou o olhar do homem.

– Senhorita, quem é você? – perguntou ele.

– Essa é uma nova maneira de perguntar o que vou beber?

– Não. – Os dois continuaram a se encarar. Ele apoiou os dois braços maciços sobre o balcão. – Você é bonita demais para ser policial. E é bonita demais para frequentar esta privada.

– Acho que isso foi um elogio. E você, quem é?

– Hal. O dono desta privada.

– Olá, Hal.

– Olá. Agora, o que você quer, porra?

– Estou a fim de arrumar um pouco de pó.

– Não – disse Hal sacudindo a cabeça. – Para isso você iria ao bairro dos latinos. Compre de alguém do seu grupo, sem querer ofender. – Ele inclinou-se ainda mais em sua direção. Esperanza se perguntou se Hal não seria um bom partido para Big Cyndi. Ela gostava de motoqueiros tamanho família. – Pare de falar merda, benzinho. O que você quer?

Esperanza resolveu tentar uma abordagem direta.

– Estou procurando um sujeitinho escroto, Tito. Ele é chamado de Tit. Magrelo, cabeça raspada...

– OK, OK, *talvez* eu o conheça. Quanto?

– Cinquenta paus.

Hal fez um som de deboche.

– Você quer que eu venda um freguês por cinquenta paus?

– Cem.

– Cento e cinquenta. Aquele verme de merda me deve dinheiro.

– Negócio fechado.

– Me mostre o dinheiro.

Esperanza tirou as notas da carteira. Hal estendeu a mão, mas ela recuou.

– Você primeiro – disse ela.

– Eu não sei onde ele mora – disse Hal. – Ele e os outros viados nazistas vêm aqui todas as noites, menos nas quartas e nos sábados.

– Por quê?

– Como vou saber, porra? Noite de bingo ou a missa de sábado à noite, quem sabe. Ou eles fazem um círculo e gritam *"Heil,* Hitler!" enquanto se drogam. Como vou saber, porra?

– Qual é o nome verdadeiro dele?

– Não sei.

Ela olhou em volta.

– Algum desses caras aqui sabe?

– Não. Tit sempre vem com o mesmo bando de pau mole e vão embora juntos. Não falam com mais ninguém. É proibido.

– Parece que você não gosta dele.

– Ele é um punk otário. Todos eles são. Babacas que se dizem superiores aos outros.

– Então por que você os deixa ficar aqui?

– Porque, ao contrário deles, eu sei que, nos Estados Unidos, você pode fazer o que quiser. Aqui, todos são bem-vindos. Pretos, brancos, latinos, japas, qualquer um. Até punks otários.

Por pouco Esperanza não sorriu. Às vezes encontramos tolerância nos lugares mais estranhos.

– Que mais?

– É só o que sei. Hoje é sábado. Amanhã eles vão estar.

– Ótimo. – Ela dividiu as notas. – Dou a outra metade amanhã.

Ele estendeu a mão enorme e agarrou-lhe o braço. O olhar estava um pouco mais perverso.

– Não seja tão esperta, coxuda – disse ele devagar. – Se eu gritar *curra*, em cinco segundos você estará deitada de costas numa mesa de bilhar. Você me dá os cento e cinquenta agora. Depois me dá mais cinquenta para eu ficar de bico calado. Entendeu?

Seu coração estava aos saltos.

– Entendi. – Ela entregou o restante do dinheiro.

– Fora daqui, boazuda. Tipo agora!

Ele não precisou repetir.

capítulo 20

ELE NÃO PODIA FAZER MAIS NADA naquela noite. Aproximar-se da propriedade dos Squires seria no mínimo imprudente. Ele não podia entrar em contato com os Coldren. Estava muito tarde para falar com a viúva de Lloyd Rennart. E, por fim – talvez o mais importante –, Myron estava exausto.

Então resolveu passar a noite na casa de hóspedes com seus melhores amigos. Myron, Win e Esperanza se esparramaram em sofás como relógios de Salvador Dalí. De camisa e short, eles enterraram-se em fofas almofadas. Myron tomou achocolatado demais; Esperanza tomou bastante Coca diet; Win tomou quase o mesmo de Brooklyn Lager (Win só tomava *lager*, nunca uma cerveja qualquer). Havia *pretzels*, salgadinhos, batatas fritas e pizza. As luzes estavam apagadas, a televisão de tela grande, ligada. Win gravara havia pouco tempo vários episódios de *Um estranho casal*. Eles estavam vendo o quarto seguido. O melhor de *Um estranho casal* é que não havia nenhum episódio fraco – de quantos programas se pode dizer isso?

Myron mordeu um pedaço de pizza. Estava precisando daquilo. Ele mal tinha dormido desde que conhecera os Coldren, havia um milênio (na verdade, no dia anterior). Seus nervos estavam em frangalhos. Sentado com Win e Esperanza, os rostos banhados na luz azul da TV, Myron desfrutava um momento de pura descontração.

– Isso não pode ser verdade – insistiu Win.

– De jeito nenhum – concordou Esperanza, devorando um muffin.

– Garanto a vocês – disse Myron. – Jack Klugman está usando uma peruca.

Win falou com toda a segurança:

– Oscar Madison nunca usaria uma peruca. Nunca. Felix, talvez. Mas Oscar? Impossível.

– Não é – disse Myron. – Aquilo é uma peruca.

– Você ainda está pensando no último episódio – retrucou Esperanza. – Aquele com Howard Cosell.

– Sim, isso mesmo – concordou Win estalando os dedos. – Howard Cosell. Ele estava de peruca.

Exasperado, Myron olhou para o teto.

– Não o estou confundindo com Howard Cosell. Sei muito bem a diferença entre Howard Cosell e Jack Klugman. Podem acreditar: Klugman está de peruca.

– Onde está o limite entre o natural e o artificial? – desafiou Win, apontando para a tela. – Não vejo nenhuma falha, uma linha ou uma mudança de cor. E em geral sou muito bom em perceber essas linhas.

– Eu também não estou vendo – acrescentou Esperanza, estreitando os olhos.

– São dois contra um – concluiu Win.

– Ótimo – disse Myron. – Não acreditem em mim.

– Em *Quincy*, o cabelo dele era natural – disse Esperanza.

– Não – retrucou Myron. – Não era.

– Dois contra um – repetiu Win. – Maioria.

– Ótimo – repetiu Myron. – Chafurdem na ignorância.

– Por que você tem tanta certeza de que é uma peruca? – perguntou Esperanza.

– *Além da imaginação* – disse Myron.

– Como?

– *Além da imaginação*. Jack Klugman estava em pelo menos dois episódios.

– Ah, sim – disse Win. – Deixe-me ver se eu lembro. – Ele fez uma pausa, batendo no lábio com o dedo indicador. – Aquele com o garotinho Pip. Interpretado por...? – Win sabia a resposta. A vida com seus amigos era um eterno quiz de cultura inútil.

– Bill Mumy – respondeu Esperanza.

Win confirmou com um gesto de cabeça.

– O papel mais importante dele foi...?

– Will Robinson – disse Esperanza. – *Perdidos no espaço*.

– Lembra de Judy Robinson? – Win suspirou. – Uma beleza de terráquea, não?

– Exceto pelas roupas – interveio Esperanza. – O que era aquilo? Suéteres de veludo para viagens espaciais? Quem foi o gênio que teve essa ideia?

– E não podemos esquecer o espalhafatoso Dr. Zachary Smith – acrescentou Win. – O primeiro personagem gay em um seriado.

– Covarde, adorava fazer intrigas e conspirações... com um leve toque de pedofilia – disse Esperanza sacudindo a cabeça. – Ele atrasou o movimento em vinte anos.

Win pegou outro pedaço de pizza. A caixa era branca, com letras vermelhas e verdes, mais a clássica caricatura de um robusto chef torcendo um fino bigode com os dedos. Estava escrito, por incrível que pareça:

Seja uma pizza ou um sanduichão,
Usamos o melhor na preparação,
Para servir bem o freguês;
O resto fica por conta de vocês.

Shakespeare. Pura poesia.

– Mas não me lembro do outro episódio em que aparece Klugman – disse Win.

– O que tem o jogador de bilhar – respondeu Myron. – Jonathan Winters também aparece nele.

– Ah, sim – concordou Win com ar sério. – Agora estou me lembrando. O fantasma de Jonathan Winters joga bilhar contra o personagem de Klugman. Para poder se gabar de ser o melhor ou coisa assim.

– Resposta certa.

– Então, o que esses episódios têm a ver com o cabelo de Klugman?

– Você os tem gravados?

Win fez uma pausa.

– Acho que sim. Eu gravei a última temporada de *Além da imaginação*. Um desses episódios certamente está lá.

– Vamos procurar – disse Myron.

Os três levaram quase vinte minutos vasculhando a enorme videoteca de Win até encontrarem o episódio com Bill Mumy. Win pôs a fita e voltou para seu sofá. Eles ficaram assistindo em silêncio.

Minutos depois, Esperanza exclamou:

– Não é possível!

Um Jack Klugman em preto e branco estava gritando "Pip", o nome de seu filho morto. O importante era que, naquele episódio, produzido dez anos antes de *Um estranho casal*, sua calvície já estava bastante acentuada.

Win balançou a cabeça.

– Você é bom – disse ele numa voz abafada. – Muito bom mesmo. – Ele olhou para Myron. – Me sinto humilhado.

– Não se sinta mal – respondeu Myron. – À sua maneira, você é especial.

Esse foi o máximo de seriedade a que a conversa chegou.

Eles riram, fizeram piadas, zombaram uns dos outros. Ninguém falou em sequestro, nem nos Coldren, nem em negócios, nem em dinheiro, nem em Tad Crispin, nem no dedo decepado.

Win foi o primeiro a cochilar. Depois, Esperanza. Myron tentou falar com Jessica novamente, mas ninguém atendeu. Nenhuma surpresa. Muitas vezes Jessica não dormia bem. As caminhadas, dizia ela, a inspiravam. Ele ouviu a voz dela na secretária eletrônica e sentiu um aperto no coração. Ao ouvir o sinal, deixou um recado:

– Eu amo você. Sempre vou amar você.

Ele desligou, rastejou de volta ao sofá e puxou o lençol até o pescoço.

capítulo 21

NA MANHÃ SEGUINTE, AO CHEGAR ao Merion, Myron se perguntou por um breve instante se Linda tinha contado a Jack sobre o dedo decepado. Contara, sim. No terceiro buraco, Jack já tinha três tacadas a menos de vantagem. Ele parecia um cadáver, tinha o olhar vazio de um psicopata e os ombros caídos como se carregasse um fardo enorme.

Win franziu a testa.

– Acho que essa história do dedo o está perturbando.

Sr. Insight.

– Aquele workshop para formar sensitivos realmente valeu a pena – ironizou Myron.

– Não esperava que a ruína de Jack fosse chegar a esse ponto.

– Win, os sequestradores deceparam o dedo do filho dele. Esse é o tipo de coisa capaz de perturbar qualquer um.

– Imagino que sim – Win não pareceu muito convencido. Ele se voltou e se pôs a andar em direção ao *fairway*. – Crispin lhe mostrou as cifras do contrato com a Zoom?

– Sim – respondeu Myron.

– E então?

– Ele foi roubado.

Win estava de acordo.

– Agora você não pode fazer grande coisa.

– Posso fazer bastante. Posso renegociar.

– Crispin assinou um contrato – disse Win.

– E daí?

– Por favor, não venha me dizer que quer que ele volte atrás.

– Eu não disse que quero que ele volte atrás. Eu disse que queria renegociar.

– "Renegociar" – repetiu Win, como se a palavra tivesse gosto de vinagre. Ele continuou a andar em direção ao *fairway*. – Por que um atleta de baixo rendimento nunca renegocia seus contratos? Por que nunca vemos um jogador que fez uma péssima temporada renegociar o contrato para receber menos?

– Bem pensado. Mas eu tenho uma definição de minha missão: consiga o máximo de dinheiro para seu cliente.

– E que se dane a ética.

– Alto lá, de onde você tirou isso agora? Posso até procurar brechas na lei, mas sempre jogo segundo as regras.

– Você parece um advogado criminal.

– Ai, isso foi um golpe baixo.

A multidão estava tão fascinada pelo drama que se desenrolava que quase chegava a incomodar. Era como ver uma batida de carro em câmera lenta. Ficamos horrorizados; não tiramos os olhos daquilo; e uma parte de nós quase se deleita com a desgraça de outro ser humano. Ficamos pasmos, querendo saber as consequências, quase torcendo para que o acidente seja fatal. Jack morria aos poucos. Seu coração se desintegrava como folhas secas num punho fechado. Vemos tudo isso acontecendo e torcemos para que a tragédia vá até o fim.

No quinto buraco, Myron e Win encontraram Zuckerman e Esme. Os dois estavam muito ansiosos, mas ela tinha muito mais a perder. No oitavo buraco eles viram Jack errar uma tacada fácil. Tacada a tacada, a vantagem passou de insuperável para confortável, e depois para insignificante.

No nono buraco, Jack conseguiu controlar um pouco a hemorragia. Continuou jogando mal, mas, como faltavam apenas três buracos, ele ainda mantinha uma vantagem de duas tacadas. Crispin pressionava, mas só poderia ganhar se Jack cometesse um grande erro.

E então aconteceu.

No décimo sexto buraco. A mesma fatalidade que arruinara seu sonho 23 anos atrás. Os dois golfistas começaram bem, com tacadas para o que Win chamou de "*fairway* ligeiramente nivelado". Ahã, claro. Mas a segunda tacada de Jack foi muito curta e sobreveio o desastre.

A bola foi parar na pedreira.

A multidão ofegou. Myron olhou horrorizado. Jack fizera o impensável. Mais uma vez.

Zuckerman cutucou Myron.

– Estou molhado – disse ele levianamente. – Juro por Deus, minhas partes íntimas estão molhadas. Quer colocar a mão para sentir?

– Acredito na sua palavra, Norm.

Myron voltou-se para Esme Fong. O rosto dela se iluminou.

– Eu também.

Um convite mais instigante; ainda assim, Myron não topou.

Jack não reagiu mal, como se tivesse entrado em curto-circuito. Ele não pediu uma trégua, mas parecia precisar.

Crispin aproveitou a chance. Deu uma bela tacada e ficou a dois metros e meio do buraco e da liderança. Quando ele tomou posição junto à bola, o público ficou em silêncio absoluto – não apenas a multidão: era como se também o trânsito nas imediações, os aviões que passavam e até a grama, as árvores e o próprio campo se tivessem alinhado contra Jack Coldren.

Momento de tensão máxima. E Tad Crispin respondeu à altura.

Quando a bola caiu no buraco, não houve as costumeiras palmas educadas próprias do golfe. A multidão explodiu como o Vesúvio no tempo antigo. O som repercutiu como uma onda potente, acolhendo o novato e varrendo para longe o veterano agonizante. Todos pareciam torcer para que isso acontecesse. Todos queriam coroar Tad Crispin e decapitar Jack Coldren. O belo jovem contra o veterano calejado – era o equivalente no golfe aos debates entre Nixon e Kennedy.

– É o rei do ganido – disse alguém.

– Um dos grandes casos de ganido – concordou outro.

Myron lançou um olhar interrogativo a Win.

– "Ganir" é o mais recente eufemismo para *amarelar*.

Myron balançou a cabeça. Não havia nada pior que falar isso de um atleta. Tudo bem ser deprovido de talento, fazer burrada ou ter um dia ruim – mas não amarelar. Nunca amarelar. Os covardes é que amarelam e têm a masculinidade questionada. Ser tido como "um cara que amarela" é o mesmo que ficar pelado na frente de uma mulher bonita que aponta e ri.

Bem... pelo menos foi isso que Myron imaginou.

Ele avistou Linda Coldren numa das tendas principais, num nível acima do décimo oitavo buraco. Estava de óculos escuros e um boné de beisebol com a pala abaixada. Myron olhou para ela, mas ela não lhe dirigiu o olhar. Sua expressão era um tanto confusa, como se estivesse refletindo sobre um problema de matemática ou tentando lembrar-se de um nome depois de ver um rosto familiar. Myron não sabia por que, mas aquela expressão o perturbava. Ele ficou no ângulo de visão de Linda, esperando que ela lhe fizesse um sinal. Ela não fez.

Tad Crispin ganhou uma tacada de vantagem no último buraco. Os outros golfistas já tinham parado de jogar, e muitos tinham se aproximado do décimo oitavo buraco para assistir ao ato final da maior derrocada do golfe.

Win começou a bancar o Sr. Merion.

– O décimo oitavo buraco fica a 425 metros, para ser alcançado em quatro tacadas. O *tee* fica na pedreira. É preciso lançar a bola na colina; são 183 metros de distância.

– Entendo – disse Myron. Hã?

Crispin foi o primeiro a jogar. Ele deu uma tacada forte e segura. O público bateu palmas comedidas. Agora era a vez de Jack. A bola descreveu um arco mais elevado, como se estivesse lutando contra as forças da natureza.

– Belíssima tacada – disse Win. – Ótima.

Myron voltou-se para Esme.

– O que acontece se terminarem empatados? Morte súbita?

Esme negou.

– Em outros torneios, sim. Mas não no Aberto. Eles fazem os dois jogadores voltarem no dia seguinte para repetir todo o circuito.

– Todos os dezoito buracos?

– Sim.

A segunda tacada de Tad deixou-o bem perto do green.

– Uma tacada firme – informou-o Win. – Ela o deixa numa posição confortável para completar com quatro tacadas.

Jack pegou um taco de ferro e se aproximou da bola.

Win sorriu para Myron.

– Reconhece aquilo?

Myron estreitou os olhos. E veio a sensação de *déjà vu*. Ele não era fã de golfe, mas daquele ângulo até ele reconhecia o lugar. Win mantinha a foto no aparador de seu escritório. Quase todos os livros, pubs ou sei lá o que relacionados a golfe têm essa foto. Ben Hogan ficara exatamente no lugar onde agora se encontrava Jack Coldren. Em 1950 ou por aí. Hogan usara o famoso taco de ferro de número um que o fez campeão do Aberto dos Estados Unidos. Era um dos momentos memoráveis do golfe.

Enquanto Jack ensaiava a jogada, Myron se perguntava sobre velhos fantasmas e possibilidades estranhas.

– Ele tem uma tarefa quase impossível – disse Win.

– Como assim?

– A posição do marco do buraco hoje está terrível. Atrás do bunker aberto.

Um bunker aberto? Myron não se deu o trabalho de perguntar.

Jack arremessou a bola no *green*, mas, como Win previra, ela ficou a mais de seis metros do objetivo. Crispin deu sua terceira tacada, uma bela tacada curta, efetuada com um movimento do pulso, e a bola foi parar a pouco mais de quinze centímetros do buraco. Ele iria completar o percurso com o número de tacadas certo. O que queria dizer que Jack não tinha chance alguma de vencer. O melhor que podia fazer era forçar o empate. Se conseguisse meter a bola no buraco.

– A 6,7 metros do buraco – disse Win, descrente. – Sem chance.

Ele dissera 6,7 metros – não 6,6 ou 6,8. Win era capaz de fazer esse cálculo num rápido olhar, a uma distância de quase cinquenta metros. Esses golfistas... francamente.

Jack andou devagar até o green. Ele se inclinou, pegou a bola, colocou o marcador no lugar, apanhou o marcador e pôs a bola exatamente no mesmo lugar. Myron balançou a cabeça.

Jack lançou um olhar a distância, como se estivesse dando uma tacada de Nova Jersey. Imagine só: ele estava a 6,7 metros de um buraco de menos de onze centímetros de diâmetro.

Myron, Win, Esme e Norm esperavam. Lá estava. A jogada decisiva. O momento em que o toureiro finalmente crava a espada.

Mas enquanto Jack examinava o green, parecia sofrer uma espécie de transformação. Seu rosto se endureceu. Os olhos se focaram, adquirindo um tom metálico e – embora talvez não passasse da imaginação de Myron – a chama de outros tempos parecia brilhar neles. Myron olhou para trás. Linda também percebera a mudança. Por um breve instante ela se desconcentrou e seus olhos procuraram os de Myron, como se buscassem confirmação. Nem bem cruzaram o olhar, ela desviou os olhos.

Jack não se apressou. Analisou o green de diversos ângulos. Ele se agachou, o taco apontando para a frente, como costumam fazer os golfistas. Conversou por um bom tempo com Diane. Quando se aproximou da bola, porém, não mostrou nenhum sinal de hesitação. O taco recuou com o máximo de precisão e, ao descer, bateu na bola com toda a força.

A minúscula esfera branca portadora de todos os sonhos de Jack descreveu um círculo em direção ao buraco como uma águia perseguindo sua presa. Não restava a menor dúvida na mente de Myron. Parecia haver uma atração magnética. Vários segundos depois, que pareceram estender-se ao infinito, a pequena bola branca caiu no buraco com um ruído bem audível. Por um instante, houve apenas silêncio, depois uma salva de palmas, mais por espanto que por alegria. Myron se pegou aplaudindo freneticamente.

Jack conseguira. Conseguira o empate.

Em meio ao vozerio da multidão, ele ouviu a voz de Zuckerman:

– Isso é ótimo, Esme. Amanhã, o mundo inteiro vai estar grudado na televisão. A publicidade vai ser incrível.

Esme parecia atordoada.

– Mas só se Tad ganhar.

– Como assim?

– E se Tad perder?

– Ora, segundo lugar no Aberto dos Estados Unidos? – disse Zuckerman, mãos erguidas, voltadas para cima. – Nada mal, Esme. Nada mal de verdade. Estamos no mesmo lugar em que nos encontrávamos esta manhã, antes de acontecer tudo isso. Nada se perdeu, nada se ganhou.

Esme balançou a cabeça.

– Se Tad perder agora, ele não será visto como um segundo lugar, mas apenas como um derrotado. Ele teria empatado com um célebre jogador que costuma amarelar, e em seguida teria perdido. Não há nada pior.

Zuckerman fez um som de deboche.

– Você se preocupa demais, Esme – disse ele, mas num tom menos zombeteiro.

A multidão começou a se dispersar, mas Jack se manteve na mesma posição, ainda segurando o taco. Ele não estava comemorando. Ele não se mexeu nem mesmo quando Diane começou a bater em suas costas. Sua fisionomia parecia ter perdido o vigor de novo, o olhar subitamente mais turvo do que nunca. Era como se o esforço daquela tacada tivesse exaurido cada gota de energia, carma, força vital que tinha dentro de si.

Ou quem sabe, pensou Myron, alguma outra coisa estivesse se manifestando. Talvez algo mais profundo. Talvez o último momento de magia tivesse dado a Jack algum novo insight – uma percepção mais clara da existência – sobre a relevância daquele torneio. Todos os demais viam um homem que acabara de acertar a mais importante tacada de sua vida. Mas talvez Jack visse apenas um homem sozinho, perguntando-se que grande importância tinha aquilo e se seu filho único ainda estaria vivo.

Linda apareceu nos limites do green. Ela tentou mostrar entusiasmo quando se aproximou do marido e o beijou de forma automática. Fora seguida por uma equipe de televisão. Teleobjetivas disparavam, e seus flashes espocavam. Microfone em punho, um jornalista esportivo aproximou-se deles. Linda e Jack conseguiram esboçar um sorriso.

Por trás do sorriso, porém, Linda parecia estar em guarda. E Jack parecia aterrorizado.

capítulo 22

Esperanza bolara um plano.

– A viúva de Lloyd Rennart se chama Francine. Ela é artista.

– Que tipo de artista?

– Não sei. Pintura, escultura... que diferença faz?

– Só curiosidade. Continue.

– Liguei para ela e disse que você é um repórter do *Coastal Star*. É o jornal da região de Spring Lake. Você está fazendo uma matéria sobre o estilo de vida de vários artistas locais.

Myron assentiu. Era um bom plano. As pessoas raramente perdem a chance de dar entrevistas que possam promovê-las.

Win já mandara consertar as janelas do carro de Myron. De que maneira, Myron não tinha a menor ideia. Os ricos... Eles são diferentes.

A viagem levou umas duas horas. Eram oito da noite de domingo. Na manhã seguinte, Linda e Jack iriam pagar o resgate. Como seria? Um encontro num lugar público? Haveria um intermediário? Pela milésima vez ele se perguntou como estariam Linda, Jack e Chad. Myron pegou a fotografia de Chad e tentou imaginar como teria ficado o rosto juvenil e despreocupado do rapaz quando seu dedo foi decepado. Ele pensou se o sequestrador teria usado uma faca, um cutelo, uma machadinha, uma serra ou sabe-se lá o quê.

Ele se perguntou como seria a sensação.

Francine Rennart morava em Spring Lake Heights, não em Spring Lake. Havia uma grande diferença. Spring Lake fica na costa do Atlântico e é uma cidade litorânea tão bonita quanto se espera de um balneário. Havia muito sol, baixa criminalidade e praticamente apenas brancos. Na verdade, aquilo era um problema. A cidade abastada recebera o apelido de Riviera irlandesa. O que significava ausência de bons restaurantes. O conceito de *haute cuisine* da cidade era comida servida num prato e não numa cesta. Se você quisesse algo exótico, ia a um estabelecimento chinês que vendia comida para viagem e cujo cardápio oferecia iguarias finas como frango *chow mein* e, para os mais ousados, frango *lo mein*. Esse era o problema de algumas dessas cidades. Elas precisavam de judeus, gays ou algo para apimentar as coisas, para dar um pouco de vida e alguns bistrôs interessantes.

Isso na opinião de Myron, fique bem entendido.

Lake Heights era o avesso. Não que houvesse barracos miseráveis ou algo parecido. A área onde os Rennart moravam era uma espécie de conjunto habitacional suburbano – a meio caminho entre um camping com trailers e edificações em dois níveis de estilo colonial, em voga por volta de 1967.

Myron bateu à porta. Uma mulher que ele imaginou ser Francine Rennart abriu a porta de tela. Seu sorriso era encoberto por um assustador nariz aquilino. Os cabelos castanho-avermelhados eram ondulados e rebeldes, como se ela tivesse acabado de tirar os bobes e não os tivesse penteado a tempo.

– Olá – disse Myron.

– Você deve ser do *Coastal Star*.

– Certo. – Myron estendeu a mão. – Sou Bernie Worley. – Myron Bolitar, rei dos disfarces, batalhando por um furo.

– O seu timing foi perfeito. Acabo de começar uma nova exposição.

A mobília da sala não estava coberta de plástico, mas bem que podia estar. Havia um sofá verde desbotado e uma poltrona reclinável marrom, remendada com fita adesiva. O aparelho de televisão tinha antenas pré-históricas. Pratos antiquados adornavam as paredes.

– Meu ateliê fica nos fundos – disse ela.

Francine Rennart levou-o a um grande anexo próximo à cozinha. Era uma sala parcamente mobiliada, com paredes brancas. No meio da sala havia um sofá com uma mola saltando do assento. Encostados nele, uma cadeira de cozinha e um tapete enrolado. Havia também algo que parecia uma manta dobrada em formato triangular em cima do móvel. Quatro cestos de lixo de banheiro enfileiravam-se ao longo da parede do fundo. Myron imaginou que ela tivesse goteiras.

Ele esperou que Francine o convidasse a sentar-se. Ela não o fez. Ela parou na entrada da sala e disse:

– E então?

Myron sorriu, sem saber o que fazer. Ele não era burro o suficiente para lhe perguntar "Então o quê?", mas também não era inteligente o bastante para entender a pergunta. Portanto ficou ali paralisado, com o sorriso de âncora de jornal esperando a entrada dos comerciais.

– Você gostou? – perguntou Francine.

O mesmo sorriso.

– Ahã.

– Eu sei que não é para qualquer um.

– Humm – murmurou Myron brilhantemente.

Ela observou-lhe o rosto por um instante enquanto ele mantinha o sorriso idiota.

– Você não sabe nada sobre arte de instalação, não é?

Ele deu de ombros.

– Você me pegou – Myron mudou de rota em pleno voo. – Na verdade, normalmente não trato desse tipo de assunto. Sou um repórter esportivo. É a minha praia. – "Praia". Observe o autêntico jargão jornalístico. – Mas Tanya, minha chefe, precisava de alguém para fazer essa matéria. E quando Jennifer telefonou para dizer que estava doente, bem, o trabalho sobrou para mim. Trata-se de uma reportagem sobre artistas locais: pintores, escultores... – Ele não conseguiu pensar em nenhum outro tipo de artista, então parou por aí. – De qualquer forma, você podia me falar um pouco sobre o que faz.

– Minha arte tem a ver com espaço e conceitos. Trata-se de criar uma ambiência.

Myron balançou a cabeça.

– Entendo.

– Não se trata de arte no sentido estrito, tradicional. Vai além disso. É um passo adiante no processo de evolução artística.

Myron balançou a cabeça novamente.

– Entendo.

– Tudo nesta exposição tem um propósito. O lugar onde coloco o sofá. A textura do tapete. A cor das paredes. A forma como a luz do sol incide nas vidraças. Essa mescla cria uma ambiência específica.

Ai, meu Deus.

Myron apontou para a, hã, arte.

– E como você vende uma obra dessas?

Ela franziu a testa.

– Isso não se vende.

– O quê?

– Arte nada tem a ver com dinheiro, Sr. Worley. Os verdadeiros artistas não atribuem um valor monetário às suas obras. Isso é coisa de mercenários.

Sim, como Michelangelo e Da Vinci, esses mercenários.

– Mas o que você faz com isso? – perguntou ele. – Quero dizer, você simplesmente deixa a sala assim?

– Não. Eu vou introduzindo mudanças. Trago outras peças. Crio algo novo.

– E o que acontece com isto aqui?

Ela sacudiu a cabeça.

– Arte não tem a ver com permanência. A vida é temporária. Por que a arte deveria ser diferente?

Tuuuuudo bem.

– Essa arte tem um nome?

– Arte de instalação. Mas não gostamos de rótulos.

– Há quanto tempo você é uma, hã, artista de instalação?

– Fiz mestrado durante dois anos no Instituto de Arte de Nova York.

Ele tentou dissimular a surpresa.

– Você estuda para isso?

– Sim. É um curso muito disputado.

Sim, pensou Myron, como um curso de conserto de TV e videocassete.

Finalmente eles voltaram para a sala de estar. Myron sentou-se no sofá. Com todo o cuidado. Talvez fosse arte. Ele esperou que ela oferecesse biscoitos. Talvez também fossem arte.

– Você ainda não pegou o espírito da coisa, não é?

Myron deu de ombros.

– Talvez se você acrescentasse uma mesa de pôquer e uns cachorros...

Ela riu. O Sr. Autodepreciação ataca novamente.

– Concordo.

– Se me permite, vamos mudar um pouco de assunto. Que tal falarmos de Francine Rennart, a pessoa? – O intrépido repórter Bolitar faz uma sondagem pessoal.

Ela pareceu um pouco desconfiada, mas disse:

– Está bem, pode perguntar.

– Você é casada?

– Não. – Sua voz tornou-se ríspida.

– Divorciada?

– Não.

Bolitar adora uma entrevistada falante.

– Entendo. Então imagino que não tem filhos.

– Eu tenho um filho.

– Quantos anos ele tem?

– Dezessete. O nome dele é Larry.

Um ano mais velho que Chad. Interessante.

– Larry Rennart?

– Sim.

– Onde ele estuda?

– Aqui em Manasquan High. Ele já vai fazer o último ano.

– Que ótimo – arriscou Myron, mordiscando um biscoito. – Quem sabe eu possa entrevistá-lo também.

– Meu filho?

– Claro. Eu gostaria muito de falar com o filho pródigo sobre o orgulho que ele tem da mãe, do apoio que lhe dá, esse tipo de coisa. – Bolitar se torna cada vez mais patético.

– Ele não está em casa.

– Ah, não?

Ele esperou que ela explicasse. Nada.

– Onde está Larry? – tentou Myron. – Está com o pai?

– O pai dele morreu.

Até que enfim. Myron fez sua grande atuação.

– Ah, Deus, sinto muito. Eu não... quer dizer... você é tão jovem... Eu simplesmente não considerei a possibilidade de... – Bolitar dá uma de Robert De Niro.

– Tudo bem.

– Estou me sentindo mal.

– Não há motivo para isso.

– Faz muito tempo que você ficou viúva?

Ela inclinou a cabeça.

– Por que pergunta?

– Para ter o background.

– Background?

– Sim. Acho que é crucial para entender Francine Rennart, a artista. Queria investigar como a viuvez afetou você e sua arte. – Bolitar, o rei da lorota.

– Fiquei viúva há pouco tempo.

Myron fez um gesto em direção ao, hã, ateliê.

– Quando você criou essa obra, a morte de seu marido influenciou de algum modo no resultado? Na cor dos cestos de lixo, talvez. Ou na maneira como você enrolou o tapete.

– Não. Na verdade, não.

– Como seu marido morreu?

– Para que você...

– Também nesse caso, acho que é importante para analisar a mensagem artística. Por exemplo, teria sido um acidente? O tipo de morte que nos faz refletir sobre os caprichos do destino. Teria sido uma doença prolongada? Ver um ente querido sofrer...

– Ele se suicidou.

Myron fingiu consternação.

– Sinto muito.

A respiração dela se tornou muito irregular. Enquanto a observava, Myron sentiu uma pontada no peito. Vá com calma, disse para si mesmo. Pare de pensar apenas em Chad e lembre que essa mulher também sofreu. Ela se casou com o tal homem. Ela o amou, viveu com ele, construiu uma vida com ele e teve um filho com ele.

E depois de tudo ele preferiu dar fim à própria vida em vez de passá-la com a esposa.

Myron engoliu em seco. Brincar com os sentimentos dela era, no mínimo, injusto. Menosprezar sua expressão artística por não entendê-la era cruel. Naquele momento, Myron não estava nem um pouco satisfeito consigo mesmo. Por um instante, cogitou a possibilidade de simplesmente ir embora – as chances de que alguma coisa ali tivesse a ver com o caso eram muito remotas. Mas ele também não podia esquecer um menino de 16 anos com o dedo mutilado.

– Você ficaram casados por muito tempo?

– Quase vinte anos – disse ela em voz baixa.

– Não quero ser indiscreto, mas posso perguntar o nome dele?

– Lloyd. Lloyd Rennart.

Myron apertou os olhos como se tentasse lembrar algo.

– Esse nome não me é estranho...

Francine deu de ombros.

– Ele era coproprietário de uma taverna em Neptune City. O Rusty Nail.

– É claro. Agora estou me lembrando. Ele passava muito tempo lá, não é?

– Sim.

– Meu Deus, eu o conheci. Lloyd Rennart. Agora me lembro. Ele ensinava golfe, certo? De alto nível, durante algum tempo.

O rosto de Francine fechou-se feito a janela de um carro.

– Como sabe disso?

– O Rusty Nail. E eu sou um grande fã de golfe. Sou uma nulidade no taco, mas acompanho as competições como algumas pessoas seguem a Bíblia. – Myron estava divagando, mas talvez conseguisse alguma coisa.

– Seu marido era caddie de Jack Coldren, não? Muito tempo atrás. Falamos um pouco sobre isso.

Ela engoliu em seco.

– O que ele falou?

– Falou?

– Sobre trabalhar como caddie.

– Ah, não disse grande coisa. Falamos principalmente de alguns de nossos golfistas preferidos. Nicklaus, Trevino, Palmer. E dos campos de golfe famosos. Sobretudo do Merion.

– Não.

– Como?

– Lloyd nunca falava sobre golfe – disse ela com firmeza.

Bolitar se estrepa em grande estilo.

Francine Rennart fuzilou-o com os olhos.

– Você não pode ser da companhia de seguros. Eu nem entrei com pedido para receber o seguro. – Ela refletiu por um instante. – Espere um pouco. Você diz que escreve sobre esportes. É por isso que veio aqui. Jack Coldren está de volta, então você quer fazer uma matéria estilo "por onde andam".

Myron sacudiu a cabeça, o rosto corado pela vergonha. Basta, pensou ele. Respirou fundo algumas vezes e disse:

– Não.

– Então quem é você?

– Meu nome é Myron Bolitar. Sou agente esportivo.

Ela ficou confusa.

– O que você quer de mim?

Ele procurou as palavras, mas todas pareciam inadequadas.

– Nem sei ao certo. Provavelmente nada. Uma completa perda de tempo. Você tem razão: Jack Coldren está de volta. Mas é como se o passado o estivesse assombrando. Estão acontecendo coisas terríveis com ele e sua família. E eu só achei...

– Achou o quê? – retrucou ela asperamente. – Que Lloyd ressuscitou dos mortos para se vingar?

– Ele queria se vingar?

– Já se passou muito tempo desde o que aconteceu no Merion. Foi antes de eu o conhecer.

– Ele já tinha superado o trauma?

Francine refletiu um pouco.

– Levou muito tempo – disse ela por fim. – Depois do que aconteceu, Lloyd não conseguiu nenhum trabalho no golfe. Jack Coldren continuava sendo o jovem paparicado, e ninguém queria contrariá-lo. Lloyd perdeu todos os amigos e começou a beber demais. – Ela hesitou. – Então houve um acidente.

Myron ficou em silêncio, observando Francine respirar fundo.

– Ele perdeu o controle do carro. – Sua voz agora era mecânica. – O carro bateu em outro. Em Narberth. Perto de onde ele morava. – Ela parou e olhou para ele. – Sua primeira mulher morreu com o impacto.

Myron sentiu um calafrio por todo o corpo.

– Eu não sabia – disse ele baixinho.

– Foi há muito tempo, Sr. Bolitar. Nós nos conhecemos não muito depois e nos apaixonamos. Ele parou de beber e logo comprou a taverna... Eu sei, eu sei, parece estranho. Um alcoólatra dono de uma taverna. Mas no caso dele funcionou. Compramos esta casa também. Eu... eu pensei que tudo estava bem.

Myron esperou um pouco, depois perguntou:

– Seu marido deu o taco errado a Jack Coldren de propósito?

A pergunta não pareceu surpreendê-la. Ela ficou puxando os botões da blusa e não respondeu logo.

– Para falar a verdade, eu não sei. Ele nunca mencionava esse incidente. Nem mesmo comigo. Mas deve haver algo por trás disso. Talvez sentimento de culpa, não sei. – Ela alisou a saia com as mãos. – Mas nada disso tem importância, Sr. Bolitar. Mesmo que Lloyd alimentasse rancor contra Jack, agora ele está morto.

Myron tentou pensar numa maneira de fazer a pergunta com um pouco de tato, mas não lhe ocorreu nenhuma.

– O corpo dele foi encontrado, Sra. Rennart?

Suas palavras tiveram o efeito do soco de um peso-pesado.

– Era... era um abismo profundo – gaguejou Francine. – Não tinha jeito... A polícia disse que não podia mandar ninguém descer até lá. Era perigoso demais. Mas Lloyd não podia ter sobrevivido. Ele deixou um bilhete. Ele deixou suas roupas lá. Ainda tenho o passaporte dele... – Sua voz sumiu.

Myron balançou a cabeça.

– Claro. Eu entendo.

Mas quando se viu do lado de fora, tinha certeza de que não entendera nada.

capítulo 23

Tito, o Nazista, não apareceu no Parker Inn.

Myron ficou sentado dentro do carro, do outro lado da rua. Como sempre, odiou ficar de vigia. Daquela vez ele não se entediou, mas o rosto de Francine Rennart, devastado pela dor, continuava a atormentá-lo. Ele se perguntava sobre as consequências a longo prazo de sua visita. A mulher estava lidando sozinha com o próprio sofrimento, seus demônios pessoais trancafiados num compartimento secreto, e então Myron apareceu e arrombou a porta. Ele tentara consolar a mulher. Mas, afinal de contas, o que ele podia dizer?

Hora de fechar, e nem sinal de Tito. Já seus dois amigos, Crusty II e III, surgiram. Eles chegaram às 10h30 e saíram à 1h da manhã. Crusty III estava de muletas – resultado, com certeza, do golpe que recebera no joelho. Myron sorriu. Era uma pequena vitória, mas já bastava.

Crusty II enlaçava o pescoço de uma mulher. Ela tinha cabelos descoloridos horrorosos e parecia o tipo de mulher fissurada em sujeitos de cabeça raspada cobertos de tatuagens. Ou, em outras palavras, ela parecia ser convidada habitual desses programas que discutem problemas familiares em clima de baixaria.

Os dois pararam para urinar na parede de fora. Crusty II continuou com o braço em volta do pescoço da garota enquanto esvaziava a bexiga. Meu Deus. Tantos homens mijavam naquela parede que Myron se perguntou se lá dentro havia banheiro. Os dois sujeitos se separaram. Crusty II sentou no banco do carona de um Ford Mustang. Cabelo Descolorido se pôs ao volante. Crusty III foi mancando para uma espécie de motocicleta. Ele amarrou as muletas na lateral. Os dois veículos partiram em direções diferentes.

Myron resolveu seguir Crusty III. Na dúvida, siga o manco.

Ele se manteve a uma boa distância e redobrou os cuidados. Era melhor perdê-lo de vista do que arriscar ser visto. Mas a perseguição não durou muito. Três quarteirões adiante, Crusty III estacionou e se dirigiu a um arremedo de casa caindo aos pedaços. A pintura estava soltando lascas do tamanho de tampas de bueiro. Uma das colunas de apoio do alpendre desabara, logo a parte da frente do teto parecia ter sido partida ao meio por um gigante. As vidraças das duas janelas do piso superior estavam quebradas. O único motivo possível para aquele pardieiro não ter sido condenado foi que o fiscal não conseguiu parar de rir por tempo suficiente para redigir a intimação.

Tudo bem, e agora?

Ele esperou durante uma hora que algo acontecesse. Nada. Vira a luz de um quarto acender e apagar. Só isso. A noite inteira estava se tornando uma completa perda de tempo.

Então, o que devia fazer?

Como não sabia, mudou um pouco a pergunta.

O que Win faria?

Win iria calcular os riscos. Iria perceber que a situação era desesperadora, que o dedo de um menino de 16 anos tinha sido cortado como se corta um incômodo fiapo solto. Era primordial resgatá-lo imediatamente.

Myron balançou a cabeça. Era hora de dar uma de Win.

Saiu do carro. Certificando-se de estar fora do campo de visão, Myron deu a volta por trás do prédio. O quintal estava mergulhado na escuridão. Ele avançou em meio à grama alta o bastante para esconder vietcongues, vez por outra tropeçando num bloco de concreto, num ancinho ou numa tampa de lata de lixo. Sofreu duas pancadas na canela e teve que se conter para não soltar palavrões.

A porta dos fundos estava vedada com compensado, mas a janela à sua esquerda estava aberta. Myron olhou para dentro. Tudo escuro. Ele passou com todo o cuidado para dentro da cozinha.

Um cheiro de podridão invadiu-lhe as narinas. Moscas zumbiam. Por um instante, Myron temeu achar um cadáver, mas aquele mau cheiro era diferente, mais parecido com o fedor de uma caçamba de lixo de uma loja de conveniência do que com carne podre. Ele examinou os outros cômodos, andando na ponta dos pés, evitando os buracos espalhados pelo chão. Não havia o menor sinal de uma vítima de sequestro. Nenhum menino de 16 anos amarrado. Absolutamente ninguém. Myron seguiu um ronco até o quarto onde antes tinha visto luz. Crusty III estava deitado de costas. Dormindo. Placidamente.

Aquilo logo iria mudar.

Myron saltou e caiu pesadamente sobre o joelho machucado de Crusty III. Seus olhos se arregalaram. Sua boca se abriu para gritar, mas Myron tratou de aplicar-lhe um soco. Ele agiu depressa: apoiou os joelhos no peito de Crusty III e apertou o revólver contra seu rosto.

– Se gritar, morre – disse Myron.

Os olhos de Crusty III continuaram arregalados. De sua boca escorria sangue. Ele não gritou. Mesmo assim, Myron estava decepcionado consigo mesmo. "Se gritar, morre"? Ele não poderia ter falado algo mais criativo?

– Onde está Chad Coldren?

– Quem?

Myron enfiou o cano do revólver na boca ensanguentada. O cano atingiu-lhe os dentes e por pouco não o sufocou.

– Resposta errada.

Crusty III se manteve calado. O punk era durão. Ou talvez, quem sabe, ele não podia falar porque um revólver estava enfiado na sua boca. Vamos com calma, Bolitar. Ainda de cara fechada, Myron retirou devagar o cano.

– Onde está Chad Coldren?

Crusty III arquejou, recuperou o fôlego.

– Juro por Deus, não sei do que você está falando.

– Me dê a mão.

– O quê?

– Me dê a mão.

Crusty III levantou a mão. Myron agarrou-lhe o pulso e torceu-o. Ele segurou o dedo médio, e o dobrou para dentro, apertando-o contra a palma. O rapaz se contorceu de dor.

– Não preciso de faca – disse Myron. – Posso esmigalhá-lo.

– Não sei do que você está falando – conseguiu dizer o garoto. – Juro!

Myron apertou com um pouco mais de força. Ele não queria quebrar o osso. Crusty III tornou a se contorcer. Sorria um pouco, pensou Myron. É assim que Win faz. Ele apenas esboça um sorriso. Nada mais. É bom que sua vítima pense que você é capaz de qualquer coisa, que você é totalmente frio, que você até sente prazer nisso. Mas não é bom que ele pense que você é um completo lunático, descontrolado, capaz de torturá-lo de qualquer maneira. Extraia o que puder.

– Por favor...

– Onde está Chad Coldren?

– Escute aqui: eu estava lá, certo? Quando ele atacou você. Tit disse que ia me dar cem paus. Mas não conheço nenhum Chad Coldren.

– Onde está Tit? – Esse nome de novo.

– No covil dele, acho. Não sei.

Covil? O neonazista usando gíria urbana tão ultrapassada? Ironias da vida.

– Tito não costuma ir com vocês para o Parker Inn?

– Sim, mas ele não apareceu.

– Ele ficou de aparecer?

– Acho que sim. Não falamos sobre isso.

Myron meneou a cabeça.

– Onde ele mora?

– Em Mountainside Drive. No fim da rua. Terceira casa à esquerda, depois da curva.

– Se você estiver mentindo para mim, eu volto aqui e arranco seus olhos.

– Não estou mentindo. Mountainside Drive.

Myron apontou para a tatuagem de suástica com o cano do revólver.

– Por que você usa isso?

– O quê?

– A suástica, seu babaca.

– Porque tenho orgulho de minha raça. É por isso.

– Você quer meter todos os judeus em câmaras de gás? Matar todo os crioulos?

– Não é nada disso – protestou ele, mais confiante agora que estava num terreno familiar. – Somos a favor do homem branco. Estamos de saco cheio de ser invadidos por crioulos. Estamos fartos de ser pisoteados por judeus.

Myron fez que sim com a cabeça.

– Bem, pelo menos por este judeu aqui – disse ele. Na vida, tiramos satisfação quando dá. – Você sabe o que é fita adesiva?

– Sei.

– Puxa, e eu que pensava que todos os neonazistas eram imbecis. Onde está a sua fita?

Os olhos de Crusty III se estreitaram, como se ele estivesse mesmo pensando. Quase dava para ouvir o rangido das engrenagens enferrujadas.

– Eu não tenho nenhuma.

– Que azar. Eu ia usá-la para amarrar você, assim não daria para avisar Tito. Mas se você não tem fita adesiva, vou ter que atirar em seus joelhos.

– Espere!

Myron usou quase todo o rolo.

◆ ◆ ◆

Tito estava no banco do motorista de sua picape de rodas gigantescas.

E estava morto.

Dois tiros na cabeça, provavelmente à queima-roupa. Havia muito sangue. Não sobrara muito da cabeça. Pobre Tito. Sem cabeça, para combinar com a falta de bunda. Myron não riu. Humor negro não era a sua especialidade.

Myron se manteve calmo, certamente porque ainda estava agindo como Win. Não havia luz na casa. A chave do veículo ainda estava na ignição. Myron pegou o chaveiro e abriu a porta da rua. Sua busca confirmou o que ele já imaginara: não havia ninguém lá.

E agora?

Ignorando o sangue e o cérebro exposto, Myron voltou à picape e fez uma busca completa. Descrever a cena não era o seu forte. Myron considerou as coisas do ponto de vista de Win. Apenas protoplasma, disse ele consigo mesmo. Apenas hemoglobina, plaquetas, enzimas e outras coisas que tinha esquecido desde as aulas de biologia no último ano da escola. O bloqueio mental funcionou o bastante para lhe permitir enfiar as mãos sob os bancos e nas dobras do estofamento. Seus dedos localizaram um monte de gosma ressecada. Sanduíches velhos. Embalagens de fast-food. Migalhas de todas as formas e tamanhos. Aparas de unhas.

Myron olhou para o cadáver e sacudiu a cabeça. Um pouco tarde para lhe passar um sermão, mas sinceramente...

Depois deu de cara com um verdadeiro achado.

Era de ouro e tinha uma insígnia de golfe. No lado de dentro estavam gravadas de leve as iniciais *C.B.C.* – Chad Buckwell Coldren.

Era um anel.

O primeiro pensamento de Myron foi que Chad tirara o anel e o deixara para trás para servir de pista. Como num filme. O jovem estava mandando uma mensagem. Se Myron estivesse interpretando seu papel corretamente, ele balançaria a cabeça, jogaria o anel para o alto e murmuraria admirado:

– Que menino esperto!

O segundo pensamento de Myron, porém, foi muito mais sensato.

O dedo decepado posto no carro de Linda era o dedo do anel.

capítulo 24

O QUE FAZER?

Devia procurar a polícia? Simplesmente ir embora? Dar um telefonema anônimo? O quê?

Myron não fazia ideia. Ele tinha que pensar em primeiro lugar em Chad. Se ligasse para a polícia, que risco isso implicaria para o menino?

Ele não sabia.

Que confusão, meu Deus. Já era para ele ter caído fora daquele caso, e devia ter feito isso. Mas agora a merda tinha sido jogada no ventilador. Como lidar com o fato de ter encontrado um cadáver? E quanto a Crusty III? Myron não podia deixá-lo amarrado e amordaçado lá para sempre. E se ele vomitasse na fita adesiva, meu Deus?

Tudo bem, Myron. Pense. Primeiro, você *não* deve chamar a polícia. Outra pessoa vai descobrir o corpo. Ou talvez ele devesse fazer uma ligação anônima de um telefone público. Isso funcionaria. Mas hoje em dia a polícia não grava todas as chamadas que recebe? Eles teriam sua voz gravada. Talvez ele pudesse mudar a voz, usar um tom mais grave, um ritmo diferente, acrescentar um sotaque ou coisa parecida.

Espere um pouco.

Pense sobre o que acaba de acontecer. Recue uma hora para ver como estavam as coisas. Sem justificativa, Myron invadiu a casa de um homem, atacou-o, fez-lhe ameaças terríveis, deixou-o amarrado e amordaçado – tudo isso em busca de Tito. Pouco depois, a polícia recebe um telefonema anônimo. Eles acham Tito morto em sua picape.

Quem seria o suspeito óbvio?

Myron Bolitar, agente esportivo dos desesperados.

Droga.

E agora? Independentemente do que Myron fizesse àquela altura – ligar ou não ligar –, ele seria um suspeito. Crusty III seria interrogado. Ele falaria de Myron, que então daria a impressão de ser o assassino. Pensando bem, tudo muito simples.

Portanto a pergunta continuava: o que fazer?

Ele não podia se preocupar com as conclusões que a polícia viesse a tirar. Também não devia se preocupar consigo mesmo. O foco tinha que ser Chad. O que seria melhor para ele? Difícil saber. O melhor a fazer, naturalmente, era manter a máxima discrição. Tentar dissimular ao máximo sua presença naquela confusão.

Ótimo, isso fazia sentido.

A resposta era: não avisar a polícia. Deixar o corpo no lugar onde estava. Colocar o anel no banco, para o caso de a polícia utilizá-lo como prova mais tarde. Ótimo, aquilo parecia um plano – parecia a melhor maneira de garantir a segurança do menino e também de atender aos desejos dos Coldren.

Agora, e quanto a Crusty III?

Myron voltou para o barraco de Crusty III. Ele o encontrou no mesmo lugar onde o tinha deixado. Parecia semimorto. Myron sacudiu-o. O punk sobressaltou-se, o rosto verde cor de alga. Myron tirou-lhe a mordaça.

Crusty III teve uma ânsia de vômito, depois respirou fundo algumas vezes.

– Deixei um homem aí fora – disse Myron retirando mais fita adesiva. – Se ele o vir se afastando desta janela, você vai sofrer uma agonia que poucos tiveram que suportar. Está entendendo?

Crusty III balançou a cabeça depressa.

"Sofrer uma agonia que poucos tiveram que suportar." Meu Deus.

Como não havia telefone na casa, ele não tinha que se preocupar com isso. Com mais algumas advertências duras, salpicadas aqui e ali com clichês de tortura – inclusive a preferida de Myron, "Antes de eu terminar, você vai me pedir que eu o mate" –, ele deixou o neonazista sozinho para se equilibrar precariamente em suas botas militares.

Não havia ninguém lá fora. A barra estava limpa. Myron entrou no carro, perguntando-se mais uma vez sobre os Coldren. Como eles estariam? Será que o sequestrador já tinha telefonado? Teria dado instruções? Em que a morte de Tito afetaria os acontecimentos? Chad teria sofrido novas lesões ou conseguira escapar? Talvez ele tivesse pegado um revólver e atirado em alguém.

Talvez. Mas era duvidoso. O mais provável era que algo tivesse dado errado. Alguém perdeu o controle. Alguém pirou.

Myron parou o carro. Ele tinha que avisar os Coldren.

Sim, Linda já lhe dissera claramente para ficar de fora. Mas isso foi antes de ele encontrar um cadáver. Como podia agora ficar na dele e deixá-los no escuro? Alguém decepara o dedo de Chad. Alguém matara um dos sequestradores. Deixara de ser um "simples" sequestro – se é que isso existe, e o sangue se derramara.

Ele precisava avisá-los. Precisava contatar os Coldren e informá-los do que sabia.

Mas como?

Ele pegou a Golf House Road. Já era muito tarde, quase duas da manhã. Ninguém estaria de pé. Myron desligou os faróis, seguiu em frente devagar e parou o carro entre duas casas, tentando fazer o mínimo de barulho. Se por acaso algum dos moradores estivesse acordado e olhasse pela janela, pensaria que era visita de algum vizinho. Ele saiu do carro e começou a andar a pé, bem devagar, em direção à residência dos Coldren.

Mantendo-se fora do campo de visão, Myron se aproximou. Ele sabia que não tinha como os Coldren estarem dormindo. Jack talvez fizesse um esforço, só para constar; Linda nem ao menos iria se sentar. Naquele momento, porém, nada disso importava.

Como entrar em contato com eles?

Ele não podia telefonar. Não podia bater à porta. E não podia jogar pedrinhas na janela, como um pretendente desajeitado numa comédia romântica barata. Então o que lhe restava?

Ele estava perdido.

Foi passando de arbusto em arbusto. Alguns deles já conhecia da última vez que estivera naquelas bandas. Ele os cumprimentou, bateu papo com eles, brindou-os com suas tiradas mais engraçadas. Um deles lhe deu uma dica de investimento. Myron fingiu que não ouviu e continuou acercando-se devagar da casa dos Coldren, preocupado em não ser visto. Não sabia o que ia fazer, mas quando chegou perto o bastante para ver uma luz acesa, teve uma ideia.

Um bilhete.

Ele podia escrever um bilhete contando-lhes o que descobrira, aconselhando-os a redobrar os cuidados e pondo-se à disposição. Como fazer o bilhete chegar até a casa? Humm. Ele podia dobrá-lo, transformando-o num aviãozinho de papel, e jogá-lo dentro da casa. Ah, claro, com sua coordenação motora, iria dar certo. Myron Bolitar, o irmão Wright judeu. O que mais? Talvez amarrá-lo a uma pedra? E depois? Quebrar uma vidraça?

Porém não foi preciso fazer nada disso.

Ele ouviu um barulho à sua direita. Passos. Na rua. Às duas da manhã.

Mais que depressa, Myron mergulhou atrás de um arbusto. Os passos se aproximavam. Mais rápido. Alguém correndo.

Ele ficou imóvel, o coração acelerado. O barulho dos passos aumentou e de repente parou. Myron arriscou um olhar, mas alguns arbustos bloqueavam sua visão.

Ele prendeu a respiração. E esperou.

Os passos recomeçaram. Dessa vez, mais devagar. Sem pressa. Como numa caminhada. Myron esticou o pescoço do outro lado da moita. Nada. Então se pôs a avançar agachado, e em seguida levantou-se devagar, o joelho machucado reclamando. Lutou contra a dor. Seus olhos ergueram-se à altura do topo do arbusto. Myron finalmente viu quem era.

Linda Coldren.

Ela estava de conjunto esporte azul, com tênis de corrida. Saíra para correr? Hora estranha para isso. Mas nunca se sabe. Jack dava tacadas. Myron encestava bolas. Talvez Linda fosse chegada numa corrida noturna.

Mas ele achava que não.

Ela se aproximava do topo da entrada de carros. Myron precisava chegar até ela. Arrancou com as unhas uma pedra do chão e atirou-a. Linda parou e lançou em volta um olhar alerta de um cervo surpreendido enquanto tomava água. Myron atirou outra pedra. Ela olhou em direção ao arbusto. Myron fez-lhe um aceno. Meu Deus, quanta sutileza. Mas se ela se sentira segura o bastante para sair de casa – se o sequestrador não se incomodara com seu pequeno passeio noturno –, então andar até um arbusto não iria causar nenhum problema. A lógica era péssima, mas Myron não podia perder tempo.

Se não fosse para correr, por que Linda estava fora de casa àquela hora da noite? A menos que...

A menos que ela estivesse indo pagar o resgate.

Mas não, ainda era domingo à noite. Os bancos não estavam abertos. Ela não conseguiria cem mil sem ir ao banco. Ela deixara isso bem claro, não é mesmo?

Linda aproximou-se devagar. Myron sentiu-se tentado a atear fogo no arbusto e dizer num tom grave: "Aproximai-vos, Moisés." Mais humor negro, também sem graça.

Quando ela estava a três metros de distância, Myron ergueu a cabeça, deixando-se ver. Os olhos de Linda por pouco não saltaram das órbitas.

– Fora daqui! – sussurrou ela.

Myron não perdeu tempo. Também sussurrando, ele disse:

– Encontrei o cara que fez a chamada pelo telefone público. Ele estava morto. Com dois tiros na cabeça. O anel de Chad estava no carro dele. Mas nenhum sinal de Chad.

– Fora daqui!

– Eu só queria avisá-la. Tenha cuidado. Eles estão jogando pesado.

Ela olhou em volta nervosamente, balançou a cabeça e deu meia-volta.

– Quando vocês vão pagar o resgate? – arriscou Myron. – E onde está Jack? Antes de pagar qualquer coisa, procure ver Chad com seus próprios olhos.

Se Linda o ouviu, não deu o menor sinal disso. Ela desceu a entrada de carros a toda, abriu a porta e sumiu de vista.

capítulo 25

WIN ABRIU A PORTA DO QUARTO.

– Você tem visitas.

Myron manteve a cabeça no travesseiro. Amigos que não batiam à porta já não o incomodavam.

– Quem é?

– Agentes da polícia.

– Policiais?

– Sim.

– Uniformizados?

– Sim.

– Tem alguma ideia do que se trata?

– Aaah, sinto muito. A resposta é não. Vou passar a vez.

Myron esfregou os olhos para afugentar o sono e se vestiu. Calçou sapatênis sem meias. Bem no estilo de Win. Escovou rapidamente os dentes, mais por causa do hálito do que pela saúde bucal. Preferiu pôr um boné de beisebol a molhar o cabelo. O boné era vermelho; na frente estava escrito CEREAL TRIX e, atrás, SILLY RABBIT, em referência ao coelho da propaganda. Jessica o comprara para ele. Myron a amava por isso.

Os dois policiais o esperavam pacientemente na sala de estar. Eles eram jovens e estavam em forma. O mais alto disse:

– Sr. Bolitar?

– Sim.

– Gostaríamos que o senhor nos acompanhasse.

– Para onde?

– O detetive Corbett vai lhe explicar quando chegarmos.

– Que tal me dar uma pista?

Eles ficaram impassíveis.

– Achamos melhor não, senhor.

Myron deu de ombros.

– Então vamos.

Myron sentou-se no banco traseiro da viatura. Os dois policiais sentaram-se na frente. Eles dirigiram a uma boa velocidade, mas com as sirenes desligadas. O celular de Myron tocou.

– Você se importam se eu atender a ligação?

– Claro que não, senhor – disse o mais alto.

– Muita gentileza sua. – Myron atendeu. – Alô?

– Você está sozinho? – Era Linda Coldren.

– Não.

– Não diga a ninguém que estou ligando. Você pode fazer o favor de vir aqui o mais rápido possível? É urgente.

– Que história é essa que só podem fazer a entrega na quinta-feira? – Myron, mestre em despistar.

– Eu também não posso falar agora. Mas venha aqui logo que puder. E não diga nada antes de vir aqui. Por favor. Pode confiar em mim.

Ela desligou.

– Ótimo, mas nesse caso, prefiro *bagels* de graça, está me ouvindo?

Myron desligou e olhou pela janela. O trajeto que os policiais estavam fazendo era mais do que familiar. Myron fizera o mesmo percurso para o Merion. Quando chegaram à entrada da Ardmore Avenue, Myron viu uma infinidade de vans da imprensa e viaturas.

– Droga! – disse o policial mais alto.

– Você sabia que aquela tranquilidade não ia durar muito – comentou o mais baixo.

– É uma história e tanto – concordou o mais alto.

– Vocês não querem me dar uma dica?

O mais baixo voltou a cabeça para Myron.

– Não, senhor – Ele se voltou para a frente.

– Tudo bem – disse Myron. Mas ele não estava tendo um bom pressentimento.

A viatura atravessou a barreira de carros da imprensa. Repórteres se acotovelavam junto ao veículo, olhando seu interior. Flashes espocavam na cara de Myron. Um policial fez sinal para que o carro avançasse. Os jornalistas foram se afastando. Eles pararam no estacionamento do clube. Nas proximidades, havia pelo menos uma dúzia de viaturas, com ou sem identificação.

– Por favor, acompanhe-nos – disse o mais alto.

Myron os seguiu. Eles atravessaram o décimo oitavo *fairway*. Havia muitos policiais uniformizados andando de cabeça baixa, recolhendo fragmentos de sabe-se lá o que e colocando-os em plásticos como evidência.

Aquilo não cheirava nada bem.

Quando chegaram ao alto da colina, Myron viu dezenas de policiais dispostos num círculo perfeito em volta da famosa pedreira. Alguns tiravam fotos. Fotos de cena do crime. Outros estavam encurvados. Quando um deles endireitou o corpo, Myron o viu.

Ele sentiu os joelhos fraquejarem.

– Ah, não...

No meio da pedreira – estendido no lugar que lhe custara a derrota no torneio 23 anos atrás –, jazia o corpo de Jack Coldren.

Os policiais olharam para ele, avaliando a sua reação. Myron não deixou transparecer nada.

– O que aconteceu? – finalmente conseguiu dizer.

– Por favor, espere aqui, senhor.

O policial mais alto desceu a colina; o mais baixo ficou com Myron. O mais alto conversou brevemente com um homem à paisana que Myron imaginou ser Corbett. O detetive olhou para Myron enquanto o outro falava. Ele fez um aceno de cabeça ao policial mais baixo.

– Por favor, siga-me, senhor.

Ainda aturdido, Myron caminhou com dificuldade colina abaixo, em direção à pedreira. Ele não conseguia desgrudar os olhos do cadáver. Sangue coagulado cobria a cabeça de Jack. O corpo estava retorcido numa posição improvável. Meu Deus. Pobre coitado.

O detetive à paisana cumprimentou-o com um aperto de mão entusiástico.

– Sr. Bolitar, muito obrigado por ter vindo. Sou o detetive Corbett.

Myron balançou a cabeça, entorpecido.

– O que aconteceu?

– Um dos encarregados de cuidar do gramado encontrou-o às seis horas da manhã de hoje.

– Ele foi morto a tiros?

Corbett deu um riso atravessado. Ele tinha mais ou menos a idade de Myron, mas era pequeno para um policial. Não era apenas baixo. Muitos policiais são baixos. A estatura dele chegava a parecer doentia. Corbett cobria o corpo esmirrado com uma capa. Não era um bom traje para o verão. Devia ver seriados policiais demais, imaginou Myron.

– Não quero ser grosseiro – disse Corbett –, mas você se importa que eu lhe faça perguntas?

Myron olhou de relance para o cadáver. Sentia-se em outra dimensão. Jack morto. Por quê? Como aconteceu aquilo? E por que a polícia resolveu interrogá-lo?

– Onde está a Sra. Coldren? – perguntou Myron.

Corbett olhou para os dois policiais, depois para Myron.

– Por que você deseja saber isso?

– Quero me certificar de que está em segurança.

– Bem – começou Corbett, cruzando os braços –, se esse fosse o caso, você devia ter perguntado "Como está a Sra. Coldren?" ou "A Sra. Coldren está bem?", e não "Onde está a Sra. Coldren?". Quer dizer, se é que você está mesmo interessado em saber como ela está.

Myron fitou Corbett por um bom tempo.

– Deus. Você. É. Bom.

– Não há razão para sarcasmo, Sr. Bolitar. Você parece muito preocupado com ela.

– Estou mesmo.

– Você é amigo dela?

– Sim.

– Amigo íntimo?

– O quê?

– Como já disse, não quero parecer grosseiro – disse Corbett espalmando as mãos. – Mas você andou... trepando com ela?

– Você está louco?

– Isso que dizer que sim?

Acalme-se, Myron. Corbett estava tentando fazer com que ele se descontrolasse. Myron conhecia bem essa estratégia. Seria uma idiotice cair na armadilha.

– A resposta é não. Não tivemos nenhum contato sexual.

– É mesmo? Que estranho.

Ele queria que Myron mordesse a isca e perguntasse "O que é estranho?", mas Myron não lhe deu esse gostinho.

– Algumas testemunhas viram vocês juntos várias vezes nos últimos dias.

Geralmente numa tenda da ala dos patrocinadores. Vocês ficaram juntos por muitas horas. Muito aconchegados. Tem certeza de que não estavam trocando uns beijinhos?

– Não – disse Myron.

– Não o quê? Não estavam trocando beijinhos ou não...

– Não, não estávamos trocando beijinhos nem nada disso.

– Ahã, entendo. – Corbett fingiu refletir sobre essa informação. – Onde você estava ontem à noite, Sr. Bolitar?

– Eu sou um suspeito, detetive?

– Estamos apenas conversando amistosamente, Sr. Bolitar. Só isso.

– Vocês têm uma ideia de quando ocorreu a morte? – perguntou Myron.

Corbett brindou-o com mais um sorriso educado.

– Mais uma vez, longe de mim querer ser estúpido ou grosseiro, mas gostaria que agora nos concentrássemos em você. – Acrescentou num tom mais seco: – Onde você estava ontem à noite?

Myron lembrou-se do telefonema de Linda. Com certeza, a polícia já a interrogara. Ela teria falado sobre o sequestro? Provavelmente não. De qualquer forma, não era seu papel tocar no assunto. Ele não sabia em que pé as coisas estavam. Falar fora de hora poderia ameaçar a segurança de Chad. Melhor dar o fora imediatamente.

– Gostaria de falar com a Sra. Coldren.

– Por quê?

– Para me certificar de que ela está bem.

– Muito gentil de sua parte, Sr. Bolitar. E muito nobre. Mas gostaria que você respondesse minha pergunta.

– Primeiro quero falar com a Sra. Coldren.

Corbett estreitou os olhos à maneira dos policiais.

– Você se recusa a responder minhas perguntas?

– Não. Mas no presente momento minha prioridade é o bem-estar de minha cliente em potencial.

– Cliente?

– A Sra. Coldren e eu estávamos discutindo a possibilidade de ela assinar um contrato com a MB Representações Esportivas.

– Entendo – disse Corbett, esfregando o queixo. – Então isso explica por que vocês ficaram sentados juntos na tenda.

– Responderei suas perguntas depois, detetive. Neste instante, gostaria de ver como está a Sra. Coldren.

– Ela está muito bem, Sr. Bolitar.

– Quero vê-la com meus próprios olhos.

– Você não confia em mim?

– Não se trata disso. Mas como serei seu agente, em primeiro lugar tenho que estar à sua inteira disposição.

Corbett balançou a cabeça e arqueou as sobrancelhas.

– Você está contando um monte de merda, Bolitar.

– Agora posso ir embora?

Novamente Corbett espalmou as mãos de forma teatral.

– Você não está detido. Na verdade... – Ele se voltou para os dois policiais. – Queiram acompanhar o senhor Bolitar à residência dos Coldren. Não deixem que o incomodem no caminho.

Myron sorriu.

– Obrigado, detetive.

– Não foi nada. – Quando Myron começou a se afastar, Corbett gritou: – Ah, mais uma coisa.

Não havia dúvida de que o homem vira seriados demais.

– O telefonema que você recebeu na viatura. Foi da Sra. Coldren?

Myron não respondeu.

– Não importa. Podemos verificar no registro dos telefonemas. – Ele fez um aceno. – Tenha um ótimo dia.

capítulo 26

HAVIA MAIS QUATRO CARROS da polícia na frente da casa dos Coldren. Myron foi até a casa sozinho, bateu à porta, e uma negra que ele não conhecia a abriu. Ela lançou um olhar à cabeça de Myron.

– Belo boné – disse ela num tom neutro. – Entre.

A mulher tinha cerca de 50 anos e usava um conjunto muito bem-cortado. Sua pele cor de café parecia áspera e maltratada. Ela dava a impressão de estar sonolenta, olhos semicerrados, uma expressão de tédio perpétuo.

– Eu sou Victoria Wilson.

– Myron Bolitar.

– Sim, eu sei. – O mesmo tom entediado.

– Tem mais alguém em casa?

– Só Linda.

– Posso vê-la?

Victoria assentiu devagar; Myron meio que esperou que ela reprimisse um bocejo.

– Talvez devamos ter uma conversa antes.

– Você é da polícia? – perguntou Myron.

– Do lado oposto. Sou a advogada da Sra. Coldren.

– Que rápido.

– Deixe-me explicar de forma bem clara – enunciou ela no tom de uma garçonete no fim de um longo expediente. – A polícia acha que a Sra. Coldren matou o marido. Acha que você, de alguma forma, também está envolvido.

Myron olhou para ela.

– Você está brincando, não é?

A mesma expressão de sonolência.

– Eu tenho cara de brincalhona, Sr. Bolitar?

Pergunta retórica.

– Linda não tem um álibi palpável para a noite passada – continuou ela, ainda num tom inexpressivo. – Você tem?

– Na verdade, não.

– Bem, deixe-me informá-lo do que a polícia já sabe. – A mulher abusou do tom blasé em sua performace. – Primeiro – levantou o dedo, o que pareceu exigir muito dela –, eles têm uma testemunha, um homem que cuida do gramado, que viu Jack Coldren entrar no Merion por volta da uma da manhã. A mesma testemunha viu Linda Coldren fazer o mesmo trinta minutos depois. Viu também Linda sair pouco depois disso. Ele não viu Jack sair.

– Isso não significa...

– Segundo – outro dedo levantado, fazendo um sinal de paz –, por volta das duas da manhã, a polícia recebeu um comunicado de que seu carro, Sr. Bolitar, estava estacionado na Golf House Road. A polícia vai querer saber o que você estava fazendo estacionado num lugar tão estranho e numa hora tão estranha.

– Como você sabe de tudo isso? – perguntou Myron.

– Tenho boas relações com a polícia – respondeu ela, ainda num tom entediado. – Posso continuar?

– Por favor.

– Terceiro – sim, mais um dedo –, Jack Coldren andou se encontrando com um advogado especializado em divórcio. Na verdade, ele já dera entrada nos papéis.

– Linda sabia disso?

– Não. Mas uma das alegações do Sr. Coldren tinha a ver com a recente infidelidade da esposa.

Myron pôs as mãos no peito.

– Não olhe para mim.

– Sr. Bolitar?

– Sim?

– Estou apenas expondo fatos. E agradeceria se o senhor não me interrompesse. Quarto – o último dedo levantado –, no sábado, no Aberto dos Estados Unidos, várias testemunhas afirmaram que você e a Sra. Coldren se mostravam mais do que simples amigos.

Myron esperou. Victoria abaixou a mão e não levantou o polegar.

– Isso é tudo? – perguntou Myron.

– Não. Mas por enquanto só vamos discutir isso.

– Conheci Linda na sexta-feira.

– E você pode provar isso?

– Bucky pode servir de testemunha. Ele nos apresentou.

Ela respirou fundo.

– O pai de Linda Coldren. Que testemunha perfeita e imparcial.

– Eu moro em Nova York.

– Isto é, a menos de duas horas de trem de Filadélfia. Continue.

– Tenho uma namorada. Jessica Culver. Moro com ela.

– E nenhum homem traiu a namorada antes. Testemunho sensacional.

Myron sacudiu a cabeça.

– Quer dizer que você está sugerindo...

– Nada – interrompeu-o Victoria em tom monótono. – Não estou sugerindo absolutamente nada. Estou dizendo o que a polícia suspeita: que Linda matou Jack. E o motivo de haver tantos policiais em volta desta casa é garantir que não retiremos nada antes da concessão do mandado de busca. Eles deixaram bem claro que não vão admitir nenhum Kardashian nesta história.

Kardashian, o advogado de O.J. Simpson que retirou provas da casa dele. E mudou a terminologia jurídica para sempre.

– Mas... – Myron parou de falar. – Isso é ridículo. Onde está Linda?

– Lá em cima. Informei à polícia que ela está muito abalada para conversar com eles agora.

– Não estou entendendo. Linda nem devia ser suspeita. Logo que ela contar a história toda, você vai entender o que quero dizer.

Outro esboço de bocejo.

– Ela me contou a história toda.

– Mesmo sobre...

– O sequestro – completou ela. – Sim.

– Bem, você não acha que isso a inocenta?

– Não.

Myron ficou confuso.

– A polícia sabe do sequestro?

– Claro que não. Não vamos dizer nada agora.

Myron fez uma careta.

– Mas assim que eles souberem do sequestro, vão se concentrar nisso. Eles saberão que Linda não pode estar envolvida.

Victoria lhe deu as costas.

– Vamos subir.

– Você não concorda?

Ela não respondeu. Eles começaram a subir a escada.

– Você é advogado – disse Victoria.

O tom não era de pergunta, mas Myron falou:

– Eu não exerço a profissão.

– Mas você fez o exame da ordem.

– Em Nova York.

– Nada mal. Quero que você atue comigo neste caso. Posso lhe conseguir uma dispensa imediatamente.

– Não trabalho com direito penal – disse Myron.

– Não é preciso. Eu só quero que você seja um advogado não oficial da Sra. Coldren.

Myron assentiu.

– Então não posso testemunhar – disse ele. – E minha função me impedirá de revelar tudo o que eu ouvir.

Ainda em tom de profundo tédio.

– Você é um cara esperto. – Ela parou na porta de um quarto e encostou-se numa parede. – Entre. Vou esperar aqui.

Myron bateu à porta. Linda mandou-o entrar. Ele abriu a porta. Ela estava à janela mais distante, olhando para o próprio quintal.

– Linda?

Ela continuava de costas para ele.

– Estou tendo uma semana péssima, Myron. – Ela riu. Não era um som muito alegre.

– Você está bem?

– Eu? Nunca estive tão bem. Obrigada pelo interesse.

Ele avançou na direção dela, sem saber o que dizer.

– Os sequestradores ligaram para falar do resgate?

– Na noite passada. Jack falou com eles.

– O que eles disseram?

– Não sei. Ele saiu em disparada depois do telefonema. E não me disse nada.

Myron tentou imaginar a cena. O telefone toca. Jack atende. E sai correndo sem dizer nada. Não fazia sentido.

– Você teve alguma notícia deles depois disso?

– Não, ainda não.

Myron balançou a cabeça, ainda que Linda estivesse de costas para ele.

– Então, o que você fez?

– Como assim?

– Na noite passada. Depois que Jack saiu correndo.

Linda cruzou os braços.

– Esperei alguns minutos para que desse tempo de ele se acalmar. Como ele não voltou, fui procurá-lo.

– Você foi ao Merion.

– Sim. Jack gosta de passear por lá. Para pensar e ficar sozinho.

– Você o viu lá?

– Não. Procurei por algum tempo, e depois voltei para cá. Foi quando deparei com você.

– E Jack não voltou – disse Myron.

Ainda de costas para ele, Linda assentiu.

– Como você chegou a essa conclusão, Myron? Foi por causa do cadáver na pedreira?

– Estava só tentando ajudar.

Ela se voltou para ele. Seus olhos estavam vermelhos, o rosto crispado. Ainda assim, incrivelmente bonita.

– Eu só precisava de alguém que tirasse um pouco deste peso. – Ela deu de ombros e esboçou um sorriso. – E aqui está você.

Myron quis aproximar-se, mas se conteve.

– Você passou a noite em claro?

Ela fez que sim.

– Fiquei exatamente aqui, esperando que Jack voltasse para casa. Quando a polícia bateu à porta, pensei que era por causa de Chad. Isso vai parecer horrível, mas quando eles falaram de Jack, quase me senti aliviada.

O telefone tocou.

Linda voltou-se tão rápido que poderia até provocar um vendaval. Ela olhou para Myron. Ele olhou para ela.

– Devem ser os jornalistas – disse ele.

Linda discordou.

– Não nesta linha. – Ela atendeu. – Alô.

Uma voz respondeu. Linda arquejou e reprimiu um grito. Ela colocou a mão na boca, com lágrimas escorrendo pelo rosto. A porta foi aberta. Victoria entrou na sala, parecendo um urso perturbado durante a hibernação.

Linda olhou para os dois.

– É Chad – disse ela. – Ele está livre.

capítulo 27

VICTORIA ASSUMIU o controle.

– Vamos buscá-lo. Continue na linha com ele.

Linda começou a sacudir a cabeça.

– Mas eu quero...

– Confie em mim, querida. Se você for, todos os policiais e repórteres vão segui-la. Myron e eu podemos despistá-los, se for preciso. Não quero que a polícia converse com seu filho antes de mim. Fique aqui e não diga nada. Se a polícia aparecer com um mandado de busca, deixe-os entrar, mas não diga uma palavra, seja lá o que aconteça. Está entendendo?

Linda fez que sim.

– Então, onde ele está?

– Na Porter Street.

– OK, diga-lhe que a tia Victoria está a caminho. Vamos cuidar dele.

Linda agarrou-lhe o braço, com expressão de súplica.

– Você vai trazê-lo para cá?

– Não imediatamente, querida. – Seu tom de voz ainda era inexpressivo. – A polícia o veria. E eu não quero isso. Vai levantar muitas questões. Logo você vai poder vê-lo.

Victoria lhe deu as costas. Com aquela mulher, não havia discussão.

No carro, Myron perguntou:

– Como você conheceu Linda?

– Minha mãe e meu pai eram criados dos Buckwell e dos Lockwood. Cresci em suas propriedades.

– Mas em algum momento você foi estudar direito?

Ela franziu a testa.

– Você está escrevendo minha biografia?

– Estou só perguntando.

– Por quê? Você está surpreso porque uma negra de meia-idade é advogada de uma família branca rica e tradicional?

– Francamente, sim.

– Não o culpo por isso. Mas agora não temos tempo para esse tipo de debate. Você tem alguma pergunta importante a fazer?

– Sim – respondeu Myron, que estava ao volante. – O que você está me escondendo?

– Nada que você precise saber.

– Sou um advogado neste caso. Preciso ser informado de tudo.

– Mais tarde. Primeiro vamos nos concentrar no menino.

Mais uma vez, o tom monótono que não admitia réplicas.

– Você tem certeza de que estamos agindo da melhor maneira? – continuou Myron. – Não contando à polícia sobre o sequestro?

– Podemos contar-lhes depois – respondeu Victoria. – Esse é o erro que muitos advogados de defesa cometem. Eles acham que devem se livrar de qualquer responsabilidade o quanto antes. Mas isso é perigoso. É sempre possível falar depois.

– Não sei bem se concordo.

– Sabe de uma coisa, Myron? Se precisarmos de alguém experiente para negociar um acordo por baixo dos panos, deixo por sua conta. Mas enquanto se tratar de um caso de justiça criminal, pode deixar comigo, está bem?

– A polícia quer me interrogar.

– Não diga nada. É um direito seu. Você não tem que dizer uma palavra para a polícia.

– A menos que eles me intimem a depor em juízo.

– Nem assim. Você é o advogado de Linda Coldren. Não diga nada.

Myron sacudiu a cabeça.

– Isso só é válido para o que se disse *depois* que você me pediu para atuar neste caso. Eles podem me interrogar sobre qualquer coisa que aconteceu antes.

– Errado. – Victoria deu um suspiro de irritação. – Quando Linda lhe pediu que ajudasse, ela sabia que você era um advogado com licença. Assim, tudo o que ela disse a você se enquadra na relação de confidencialidade advogado-cliente.

Myron não pôde deixar de sorrir.

– É forçar muito a barra.

– Mas é assim que funciona. – Ele sentia que Victoria o estava olhando. – Independentemente do que você quiser fazer, moral e legalmente não lhe é permitido falar.

Ela era boa.

Myron acelerou um pouco o carro. Eles não estavam sendo seguidos; a polícia e os repórteres continuaram em volta da casa. O caso estava em todas as estações de rádio. Os âncoras repetiam o tempo todo uma declaração de Linda Coldren: "Todos estamos tristes com essa tragédia. Por favor, deixem-nos sofrer em paz."

– Foi você quem divulgou essa declaração?

– Não. Linda fez isso antes da minha chegada.

– Por quê?

– Ela achava que com isso ia evitar o assédio dos jornalistas. Agora ela sabe que não.

Eles pararam na Porter Street. Myron tentou localizar Chad.

– Ali – disse Victoria.

Myron o viu. Chad estava encolhido no chão. Ele ainda segurava o telefone com uma das mãos, mas não estava falando. A outra mão estava toda enfaixada. Myron sentiu-se um pouco enjoado e pisou no acelerador. O carro pulou para a frente. Eles pararam perto do garoto. Chad olhava direto em frente.

A impassibilidade de Victoria finalmente cedeu um pouco.

– Deixe que eu cuido disso – disse ela.

Ela saiu do carro, andou até o rapaz, tomou-o nos braços e tirou-lhe o telefone da mão. Falou por um instante nele e desligou. Ajudou Chad a levantar-se, afagando seus cabelos, sussurrando-lhe palavras de conforto. Os dois foram para o banco de trás. Chad encostou a cabeça nela. Ela o acalmou e acenou para Myron, que ligou o carro e partiu.

Chad não falou nada durante o trajeto. Ninguém lhe pediu que o fizesse. Victoria indicou o caminho para seu escritório, em Bryn Mawr. O médico da família Coldren – Dr. Henry Lane, um senhor grisalho, velho amigo da família – também tinha seu consultório lá. Ele tirou as ataduras e examinou o rapaz enquanto Myron e Victoria esperavam em outra sala. Myron ficou andando de um lado para outro. Victoria lia uma revista.

– Devíamos levá-lo a um hospital – disse Myron.

– O Dr. Lane vai decidir se é necessário – Victoria bocejou e virou uma página.

Myron tentou analisar os últimos acontecimentos. Com toda a agitação provocada pela acusação da polícia e do resgate de Chad, ele quase se esquecera de Jack Coldren. Jack morreu. Para Myron, era quase impossível compreender. Ele não deixou de notar a ironia: o homem finalmente tem a chance de se redimir e termina morto no mesmo lugar que arruinara sua vida 23 anos atrás.

O Dr. Lane surgiu na porta. Ele era o estereótipo do médico.

– Agora Chad está melhor. Está falando e perfeitamente lúcido.

– E a mão dele? – perguntou Myron.

– Vai precisar ser examinada por um especialista. Mas não há infecção nem nada do tipo.

Victoria ficou de pé.

– Gostaria de falar com ele.

Lane assentiu.

– Eu pediria que você fosse com calma, Victoria, mas você nunca ouve.

A boca de Victoria meio que se contraiu. Não foi um sorriso. Nem próximo disso. Mas havia um sinal de vida.

– Você vai ter que ficar aqui, Henry. A polícia pode querer perguntar o que você ouviu.

O doutor assentiu novamente.

– Entendo.

Victoria olhou para Myron.

– Quem fala sou eu.

– Tudo bem.

Quando Myron e Victoria entraram na sala, Chad fitava a mão enfaixada como se esperasse que o dedo decepado crescesse novamente.

– Chad?

Devagar, ele levantou os olhos cheios de lágrimas. Myron se lembrou do que Linda dissera sobre a paixão do garoto por golfe. Outro sonho reduzido a cinzas. O menino não sabia disso, mas naquele momento ele e Myron eram almas gêmeas.

– Quem é você? – perguntou Chad a Myron.

– Ele é um amigo – respondeu Victoria. Mesmo falando com o rapaz, seu tom de voz era completamente neutro. – O nome dele é Myron Bolitar.

– Quero ver meus pais, tia Vi.

Victoria sentou-se diante dele.

– Aconteceram muitas coisas, Chad. Não quero contar-lhe tudo agora. Você tem que confiar em mim, está bem?

Chad fez que sim.

– Preciso saber o que aconteceu com você. Tudo. Desde o começo.

– Um homem me sequestrou quando eu estava dirigindo.

– Só um?

– Sim.

– Continue. Conte-me o que aconteceu.

– Eu estava parado no sinal, então o cara abriu a porta do carona e entrou. Ele usava uma máscara de esqui e meteu um revólver na minha cara. E me disse para seguir em frente.

– Certo. Em que dia aconteceu isso?

– Na quinta-feira.

– Onde você estava na quarta-feira à noite?

– Na casa de meu amigo Matt.

– Matthew Squires?

– Sim.

– Certo. –Victoria não desviou os olhos do rosto do menino. – Agora, onde você estava quando o homem entrou em seu carro?

– A alguns quarteirões da escola.

– Isso aconteceu antes ou depois das aulas do curso de verão?

– Depois. Eu estava indo para casa.

Myron continuou calado. Ele se perguntava por que o menino estava mentindo.

– Onde o homem o levou?

– Ele me mandou dar a volta no quarteirão. Nós paramos num estacionamento. Então ele pôs uma coisa na minha cabeça. Um saco ou algo parecido. Me mandou deitar no banco de trás e assumiu o volante. Não sei para onde fomos. Eu não vi nada. Depois me vi numa sala, em algum lugar. Eu tinha que ficar com o saco na cabeça o tempo todo, para não ver nada.

– Você não chegou a ver a cara do homem?

– Não.

– Tem certeza de que era um homem? Podia ser uma mulher?

– Ouvi a voz dele várias vezes. Era um homem. Pelo menos, um deles era.

– Havia mais de um?

Chad fez que sim.

– O dia em que ele fez isto... – Ele levantou a mão enfaixada, o rosto totalmente inexpressivo, voltado para a frente, o olhar desfocado. – Eu estava com o saco na cabeça, as mãos algemadas nas costas. – Sua voz agora estava tão neutra quanto a de Victoria. – O saco me dava muita coceira. Eu esfregava o queixo no ombro, só para aliviar um pouco. Uma hora, o homem entrou, tirou as algemas e espalmou minha mão na mesa. Não falou nada. Não me avisou. Levou menos de dez segundos. Ele simplesmente pôs minha mão na mesa. Não vi nada. Só ouvi um ruído surdo e senti uma sensação estranha. A princípio, nem ao menos dor. Eu não sabia o que era. Então senti uma coisa úmida e quente. O sangue, acho. A dor veio alguns segundos depois. Eu desmaiei. Quando recobrei os sentidos, minha mão estava enfaixada. A mão latejava que era um horror. O saco estava na minha cabeça novamente. Alguém entrou e me deu alguns comprimidos que diminuíram um pouco a dor. Então ouvi vozes. Duas vozes. Parecia que estavam discutindo.

Chad parou como se tivesse perdido o fôlego. Myron olhou para Victoria. Ela não fez nada para consolá-lo.

– As duas vozes eram de homem?

– Na verdade, uma delas parecia de mulher. Mas eu estava fora de mim. Não posso dizer com certeza.

Chad olhou para as ataduras e mexeu um pouco os dedos, como se os estivesse testando.

– O que aconteceu depois, Chad?

Ele continuou de olho nas ataduras.

– Não tem muita coisa para contar, tia Vi. Eles me deixaram assim por alguns dias. Não sei quantos. Eles me davam quase sempre pizza e refrigerante. Um dia trouxeram um telefone. Me obrigaram a ligar para o Merion e pedir para chamarem meu pai.

O telefonema para o Merion, pedindo o resgate, pensou Myron. A segunda ligação do sequestrador.

– Eles também me fizeram gritar.

– Fizeram você gritar?

– O cara entrou e me mandou dar um grito terrível. Senão, eles me fariam gritar de verdade. Então fiquei tentando gritos diferentes por uns dez minutos. Até eles ficarem satisfeitos.

O grito do telefonema do shopping, pensou Myron. O telefonema em que Tito pediu cem mil dólares.

– Foi mais ou menos isso, tia Vi.

– Como você conseguiu fugir? – perguntou Victoria.

– Eu não fugi. Eles me soltaram. Há pouco tempo, alguém me levou a um carro. Eu ainda estava com o saco na cabeça. O carro andou um pouco, depois parou. Alguém abriu a porta e me puxou para fora. E então vi que estava livre.

Victoria e Myron se entreolharam. Ela balançou a cabeça devagar. Myron entendeu aquilo como uma deixa.

– Ele está mentindo.

– O quê? – perguntou Chad.

Myron voltou-se para ele.

– Você está mentindo, Chad. E, o que é pior, a polícia vai saber que você está mentindo.

– Do que você está falando? – Seus olhos procuraram os de Victoria. – Quem é esse cara?

– Na quinta-feira você usou seu cartão às 18h18 na Porter Street – continuou Myron.

Chad arregalou os olhos.

– Não fui eu. Foi o babaca que me sequestrou. Ele pegou minha carteira...

– Está gravado, Chad.

Ele abriu a boca, mas não disse nada. Depois contou:

– Eles me obrigaram. – Mas sua voz estava sumida.

– Eu vi a fita, Chad. Você estava sorrindo. Você estava contente. Você não estava sozinho. Além disso, você passou uma noite no motel de quinta categoria ali perto.

Chad abaixou a cabeça.

– Chad? – foi Victoria quem falou. Ela não parecia nada satisfeita. – Olhe para mim, rapaz.

Chad levantou os olhos devagar.

– Por que está mentindo para mim?

– Isso não tem nada a ver com o que aconteceu, tia Vi.

O rosto dela continuava imperturbável.

– Comece a falar, Chad. Agora.

Ele baixou a vista novamente, examinando a mão enfaixada.

– Foi exatamente como eu contei... só que o homem não me pegou no carro. Ele bateu na porta do quarto do motel e entrou com um revólver. Todo o resto é verdade.

– Quando foi isso?

– Sexta-feira de manhã.

– Então por que mentiu para mim?

– Eu prometi. Só queria deixá-la fora dessa história.

– Quem? – perguntou ela.

Chad pareceu surpreso.

– Você não sabe?

– Eu que tenho a fita – blefou Myron. – Ainda não mostrei a ela.

– Tia Vi, você tem que deixá-la fora disso. Isso pode prejudicá-la muito.

– Querido, agora ouça bem. Acho muito gentil de sua parte querer proteger sua namorada. Mas não tenho tempo para isso.

– Por favor, quero ver minha mãe.

– Você vai ver, querido. Em breve. Mas primeiro você precisa me falar dessa garota.

– Eu prometi mantê-la fora dessa história.

– Se eu puder manter o nome dela fora disso, eu manterei.

– Não posso, tia Vi.

– Deixa para lá, Victoria – disse Myron. – Se ele não quer falar, nós podemos muito bem ver a fita juntos. Então vamos procurar a garota. Ou talvez a polícia a encontre primeiro. Eles também vão receber uma cópia da fita. E não vão ficar muito preocupados com os sentimentos dela.

– Vocês não entendem – falou Chad, olhando de Victoria para Myron, e então voltando para Victoria. – Eu prometi a ela. Ela pode ter sérios problemas.

– Podemos falar com os pais dela, se for preciso – afirmou Victoria. – Vamos fazer todo o possível.

– Os pais dela? – Chad pareceu confuso. – Não estou preocupado com os pais dela. Ela já tem idade... – Sua voz sumiu.

– Quem estava com você, Chad?

– Eu jurei não dizer nada, tia Vi.

– Ótimo – disse Myron. – Não podemos perder tempo com isso, Victoria. Vamos deixar a polícia localizá-la.

– Não! – Chad baixou a vista. – Ela não tem nada a ver com isso, certo? Nós estávamos juntos. Ela saiu um pouco e foi então que eles me pegaram. Não foi culpa dela.

Victoria mexeu-se na cadeira.

– Quem, Chad?

As palavras saíram devagar, sem vontade, mas muito claras.

– O nome dela é Esme Fong. Ela trabalha para uma empresa chamada Zoom.

capítulo 28

TUDO ESTAVA COMEÇANDO a fazer um terrível sentido.

Myron não pediu permissão. Saiu em disparada do consultório e irrompeu no corredor. Era hora de enfrentar Esme.

A trama se desenhava rapidamente na mente de Myron. Esme Fong conhece Chad Coldren quando negocia o contato da Zoom com a mãe dele. Ela o seduz. Por quê? Difícil dizer. Para divertir-se, talvez. Nada importante.

De todo modo, Chad passa a noite de quarta-feira com seu amigo Matthew. Na quinta, ele tem um encontro romântico com Esme no Court Manor Inn. Eles pegam um pouco de dinheiro num caixa eletrônico. Divertem-se. E então as coisas se tornam interessantes.

Esme Fong não apenas assinou contrato com Linda Coldren, mas também conseguiu fisgar o menino prodígio Tad Crispin. Tad está jogando maravilhosamente bem no seu primeiro Aberto dos Estados Unidos. Depois de uma rodada, ele está em segundo lugar. Impressionante. Muita publicidade. Mas se Tad conseguir ganhar – se conseguir alcançar o veterano que está com uma vantagem imensa –, projetará a Zoom de forma espetacular no mundo dos negócios do golfe. Algo na casa dos milhões.

Milhões.

E Esme tinha o filho do jogador que estava na liderança bem diante dela.

Então, o que a ambiciosa Esme Fong faz? Contrata Tito para sequestrar o rapaz. Nada complicado. Ela quer atrapalhar o grande momento de Jack. Fazê-lo perder o controle. O que podia ser mais eficaz do que raptar o seu filho?

Tudo se encaixava direitinho.

Myron voltou a atenção para outros aspectos mais problemáticos do caso. Primeiro: de repente, o fato de se passar tanto tempo antes do pedido de resgate fazia todo sentido. Esme Fong não tem experiência e não queria um pagamento – aquilo só traria complicações. Por isso as primeiras ligações são desajeitadas. Ela se esquece de pedir resgate. Segundo: Myron lembrou-se do telefonema em que Tito falou da "piranha chinesa". Como ele sabia que Esme estava lá? Simples. Esme lhe contou quando estaria lá – para apavorar os Coldren e fazê-los pensar que estavam sendo vigiados.

Isso mesmo. Fazia sentido. Tudo estava transcorrendo dentro dos planos de Esme Fong. Menos uma coisa.

Jack continuou a jogar bem.

Ele manteve sua vantagem insuperável na rodada seguinte. O sequestro pode tê-lo perturbado um pouco, mas ele voltou a controlar a situação. Sua vantagem ainda era imensa. Era preciso tomar uma medida drástica.

Myron entrou no elevador e desceu para o saguão do térreo. Ele se perguntava como teria acontecido. Talvez tivesse sido ideia de Tito. Talvez a discussão ouvida por Chad fosse por causa disso. De qualquer forma, alguém resolveu fazer algo que com certeza tiraria Jack do páreo.

Cortar o dedo de Chad.

Aprovando ou não, o fato é que Esme tirou proveito disso. Ela estava com as chaves do carro de Linda e sabia como ele era. Não daria muito trabalho. Apenas girar a chave e largar um envelope no banco. Fácil para ela. Nada que levantasse suspeitas. Quem iria estranhar uma mulher atraente e bem-vestida abrindo a porta de um carro com uma chave?

E o dedo decepado deu conta do recado. Jack desmoronou. Crispin o alcançou. Era tudo o que ela queria. Mas, que pena, Jack ainda tinha uma carta na manga. Ele conseguiu acertar uma bola dificílima no décimo oitavo buraco, forçando o empate. Aquilo foi um pesadelo para Esme. Ela não podia correr o risco de Crispin ser derrotado por Jack, o grande amarelão, naquele confronto final.

188

Uma derrota seria um verdadeiro desastre.

Uma derrota lhes custaria milhões e talvez destruísse toda a sua campanha.

Cara, tudo se encaixava.

Quando Myron pensou nisso... ele não tinha ouvido Esme argumentar com Norm Zuckerman nessa mesma linha de pensamento? Agora que estava acuada, era tão difícil acreditar que ela tenha resolvido partir para uma atitude extrema? Que tivesse ligado para Jack na noite anterior? Que tivesse marcado um encontro no clube de golfe, insistindo para que ele fosse sozinho – e imediatamente – se quisesse ver o filho com vida?

E tome bala!

E como Jack agora estava morto, não havia mais razão para reter o menino. Ela o libertou.

A porta do elevador se abriu. Myron saiu. Tudo bem, havia alguns furos. Mas talvez depois de confrontar Esme ele pudesse tapar alguns deles. Myron abriu a porta de vidro e entrou no estacionamento. Havia táxis esperando na rua. Ele estava na metade do caminho quando uma voz o alcançou e o fez parar.

– Myron?

Um calafrio percorreu seu corpo. Ele só ouvira aquela voz uma vez na vida. Dez anos antes. No Merion.

capítulo 29

Myron ESTACOU.

– Soube que você conheceu Victoria – disse Cissy Lockwood.

Ele quis fazer um gesto de assentimento, mas não conseguiu.

– Liguei para ela logo que Bucky me falou do assassinato. Eu sabia que ela podia ajudar. Victoria é a melhor advogada que conheço. Pergunte a Win sobre ela.

Ele tentou balançar a cabeça, e dessa vez conseguiu esboçar um assentimento.

A mãe de Win aproximou-se dele.

– Gostaria de ter uma conversa com você em particular, Myron.

Ele recuperou a fala.

– Não é uma boa hora, Srta. Lockwood.

– Não, acho que não. Mas não vai demorar muito.

– Eu realmente preciso ir embora.

Ela era uma bela mulher. Seus cabelos, de um louro-acinzentado, possuíam mechas grisalhas, e ela tinha a mesma postura majestosa de sua sobrinha Linda.

O rosto de porcelana, porém, ela o legara quase inteiramente a Win. A seme-lhança era extraordinária.

Ela deu mais um passo à frente, sem tirar os olhos dele. Suas roupas eram um tanto estranhas. Uma blusa masculina grande demais, solta, e calça de malha. Estilo gestante sai para comprar roupinhas de bebê. Não era o que ele esperava, mas agora ela tinha preocupações muito mais relevantes do que se vestir bem.

– É sobre Win – disse ela.

Myron contestou.

– Então não tenho nada a ver com isso.

– É verdade. Mas isso não o isenta de responsabilidade, não é? Win é seu amigo. Fico feliz por saber que meu filho tem um amigo tão atencioso como você.

Myron ficou calado.

– Sei muito sobre você, Myron. Há anos tenho detetives particulares que acompanham os passos de Win. Era a minha maneira de manter-me próxima dele. Naturalmente, Win sabia disso. Ele nunca comentou nada, mas não se pode esconder uma coisa dessas de Win, não é mesmo?

– É – respondeu Myron. – Não se pode.

– Você está na propriedade dos Lockwood – disse ela. – Na cabana de hóspedes.

Myron fez que sim.

– Você já ficou lá antes.

Outro gesto de cabeça.

– Você já viu as cavalariças?

– Só de longe.

Ela deu um sorriso à la Win.

– Você nunca entrou lá?

– Não.

– Isso não me surpreende. Win deixou de praticar equitação. Ele adorava cavalos. Até mais do que golfe.

– Srta. Lockwood...

– Por favor, me chame de Cissy.

– Não me sinto muito à vontade em ouvir isso.

O olhar dela mostrou-se um pouco mais severo.

– E não me sinto nem um pouco à vontade contando-lhe isso. Mas tem que ser feito.

– Win não gostaria que eu ouvisse essas coisas.

– É uma pena, mas Win não pode ter sempre o que deseja. Eu já devia ter apren-dido isso há muito tempo. Ainda criança, recusava-se a me encontrar. Eu nunca o obriguei a isso. Ouvi os especialistas, que me disseram que meu filho terminaria por me procurar, que obrigá-lo seria contraproducente. Mas eles não conheciam Win. Quando parei de lhes dar ouvidos, era tarde demais. Não que isso importasse. Não acho que se os tivesse ignorado antes as coisas teriam sido diferentes.

Silêncio.

Ela mantinha uma postura altiva, orgulhosa, o pescoço esguio aprumado. Mas algo se passava com ela. Seus dedos se flexionavam, como se ela lutasse para não cerrar os punhos. Myron sentiu um pouco de náusea. Ele sabia o que viria em seguida e não sabia o que fazer.

– A história é simples – começou ela, em tom quase melancólico. Agora não olhava mais para Myron: seu olhar fitava algo acima de seus ombros, mas ele não tinha ideia do que ela estava vendo. – Win tinha 8 anos. Na época, eu tinha 27. Eu me casei jovem. Não fiz faculdade. Eu não tinha escolha. Meu pai me disse o que tinha que fazer. Eu só tinha uma amiga, uma pessoa em que podia confiar. Essa amiga era Victoria. Ela ainda é minha amiga mais querida, não muito diferente do que você é para Win.

Cissy Lockwood estremeceu e fechou os olhos.

– Srta. Lockwood?

Ela assentiu e abriu os olhos devagar.

– Estou fugindo do assunto – disse ela tomando fôlego. – Desculpe-me. Não estou aqui para contar a história de minha vida. Apenas um incidente. Então deixe-me ir direto ao ponto.

Ela respirou fundo duas vezes.

– Jack Coldren me disse que ia levar Win para uma aula de golfe, mas não levou. Ou talvez ela tenha acabado muito antes do esperado. De qualquer forma, Jack não estava com Win. O pai dele, sim. Sabe-se lá por que, Win e seu pai acabaram indo para as cavalariças. Eu estava lá quando eles entraram, e não estava sozinha. Para ser mais precisa, estava com o instrutor de equitação de Win.

Ela parou. Myron esperou.

– Você quer que eu seja mais explícita?

Myron negou.

– Nenhuma criança deveria ver o que Win viu naquele dia – continuou ela. – E, pior ainda, nenhuma criança deveria ver a expressão no rosto do pai naquelas circunstâncias.

Myron teve que lutar para não ceder às lágrimas.

– A coisa não ficou por aí, claro. Mas não vou falar disso agora. Desde aquele instante, Win nunca mais falou comigo. E também nunca perdoou o pai. Sim, o pai. Você acha que ele só me odeia e ama Windsor II. Mas não é assim. Ele culpa o pai também. Ele acha que o pai é um fraco. Que permitiu que aquilo acontecesse. Não tem o menor sentido, mas assim é.

Myron sacudiu a cabeça. Ele não queria ouvir mais nada. Queria sair correndo em busca de Win. Queria abraçar o amigo, sacudi-lo e tentar fazer com que esquecesse aquilo de alguma forma. Ele se lembrou da expressão de perda no rosto de Win enquanto observava as cavalariças na manhã do dia anterior.

Meu Deus. Win.

Quando Myron conseguiu falar, sua voz saiu mais áspera do que ele esperava.

– Por que está me contando isso?

– Porque logo vou morrer.

Myron precisou se apoiar em um carro. Mais uma vez sentiu o coração dilacerar-se.

– Deixe-me explicar de forma simples – disse ela num tom calmo demais. – Já atingiu o fígado. Tem onze centímetros de comprimento. A insuficiência hepática e renal intumesce o meu ventre. – Aquilo explicava seus trajes, a blusa de tamanho grande, para fora da calça de malha. – Não se trata de meses, mas talvez de semanas. Provavelmente menos.

– Existem tratamentos – arriscou Myron, de maneira desajeitada. – Procedimentos.

Ela simplesmente descartou isso com um sacudir de cabeça.

– Não sou tola. Não me iludo pensando em uma comovente reconciliação com meu filho. Eu conheço Win. Isso não vai acontecer. Mas ainda há algo por resolver. E quando eu morrer ele já não poderá fazê-lo. Estará tudo acabado. Não sei o que ele fará com essa oportunidade. Provavelmente nada. Mas quero que ele saiba, para que possa decidir. É a última chance que ele tem, Myron. Não acho que vai aproveitá-la, mas ele devia.

Dito isso, ela se virou e partiu. Myron acompanhou-a com o olhar. Quando a perdeu de vista, fez sinal para um táxi e sentou-se no banco de trás.

– Para onde, irmão?

Ele deu ao homem o endereço de Esme Fong e recostou-se no banco. Seus olhos fitavam o vazio para além da janela, inexpressivos. A cidade deslizava lá fora: um borrão enevoado e silencioso.

capítulo 30

QUANDO ACHOU QUE A VOZ não iria traí-lo, Myron ligou para o celular de Win. Depois de um rápido alô, Win disse:

– Lá vem você com conversa mole sobre Jack.

– Ouvi dizer que ele era seu amigo.

Win limpou a garganta.

– Myron?

– O quê?

– Você não sabe de nada. Lembre-se disso.

De fato.

– Podemos jantar juntos esta noite?

Win hesitou.

– Claro.

– Na cabana. Às 18h30.

– Ótimo.

Win desligou. Myron tentou afastar aquilo de sua mente. Ele tinha outras coisas com que se preocupar.

Esme Fong estava andando de um lado para outro diante da entrada do Omni Hotel, na esquina da Chestnut Street com a Rua 4. Usava um conjunto branco e meias brancas. Pernas de matar. Ela retorcia as mãos.

Myron saiu do táxi.

– Por que está esperando aqui fora? – perguntou ele.

– Você insistiu em ter uma conversa em particular – respondeu Esme. – Norm está lá em cima.

– Vocês estão no mesmo quarto?

– Não, nossas suítes são vizinhas.

Myron balançou a cabeça. O motel de quinta categoria agora fazia mais sentido.

– Não há muita privacidade, hein?

– Não, na verdade, não. – Ela esboçou um sorriso. – Mas tudo bem. Eu gosto de Norm.

– Não tenho dúvida.

– Do que se trata, Myron?

– Você soube o que aconteceu com Jack Coldren?

– Claro. Norm e eu ficamos chocados. Absolutamente chocados.

Myron aquiesceu.

– Vamos dar uma volta – disse ele.

Eles seguiram em direção à Rua 4. Myron ficou tentado a continuar na Chestnut Street, mas aí teriam que passar pelo Independence Hall, o que seria banal demais para o gosto dele. Já a Rua 4 se estendia pela parte colonial da cidade. Havia muitos tijolos. Calçadas de tijolos, paredes e muretas de tijolos, edifícios de tijolos com uma tremenda importância histórica e praticamente iguais. Freixos brancos ladeavam a calçada. Eles dobraram à direita nos jardins onde se erguia o Second Bank of the United States. Havia uma placa com um retrato do primeiro presidente do banco. Um dos ancestrais de Win. Myron procurou alguma semelhança, mas não viu nenhuma.

– Tentei entrar em contato com Linda, mas o telefone estava ocupado – disse Esme.

– Você tentou ligar para a linha de Chad?

Algo transpareceu em seu rosto, mas logo sumiu.

– A linha de Chad?

– Ele tem um telefone próprio na casa. Você devia saber disso.

– Por que eu devia saber disso?

Myron deu de ombros.

– Eu pensava que você conhecia Chad.

– Eu conheço – disse ela, agora com voz pausada, cautelosa. – Quer dizer, estive na casa algumas vezes.

– Ahã. E quando foi a última vez que você viu Chad?

Ela levou a mão ao queixo.

– Acho que ele não estava em casa quando estive lá na sexta à noite – respondeu ela, ainda com voz pausada. – Não me lembro mesmo. Acho que algumas semanas atrás.

Myron imitou o som de uma buzina.

– Resposta errada.

– Como?

– Eu não entendo, Esme.

– O quê?

Myron continuou andando, Esme parou.

– Quantos anos você tem? – perguntou ele. – Vinte e quatro?

– Vinte e cinco.

– Você é inteligente. Você é bem-sucedida. Você é atraente. Mas um adolescente... o que significa isso?

Ela parou.

– Do que você está falando?

– Você não sabe mesmo?

– Não faço a menor ideia.

Ele a olhou nos olhos.

– Você. Chad Coldren. O Court Manor Inn. Isso ajuda?

– Não.

Myron não tentou dissimular o próprio ceticismo.

– Por favor.

– Chad lhe falou isso?

– Esme...

– Ele está mentindo, Myron. Meu Deus, você sabe como são os adolescentes. Como você pode acreditar numa coisa dessas?

– Imagens, Esme.

O queixo dela caiu.

– O quê?

– Vocês dois pararam num caixa eletrônico perto do motel, lembra? Eles têm câmeras. Dá para ver seu rosto perfeitamente. – Era um blefe, mas um ótimo blefe. Ela ia sucumbindo pouco a pouco. Olhou em volta, deixou-se cair num banco, virou a cabeça e deu de cara com um edifício colonial rodeado de andaimes. Andaimes, pensou Myron, estragavam todo o efeito. Eram como pelos nas axilas de uma mulher bonita. Aquilo não devia ter nenhuma importância, mas tinha.

– Por favor, não conte a Norm – disse ela numa voz distante. – Por favor, não conte.

Myron ficou calado.

– Fui estúpida, eu sei. Mas não mereço perder o emprego por causa disso.

Myron sentou-se ao lado dela.

– Conte-me o que aconteceu.

Ela olhou para ele.

– Por quê? O que você tem com isso?

– Existem motivos.

– Que motivos? – Sua voz estava um pouco mais áspera. – Escute, não me orgulho nada do que fiz. Mas quem disse que você é minha consciência?

– Ótimo. Então vou perguntar a Norm. Talvez ele possa me ajudar.

Ela ficou boquiaberta.

– Ajudar em quê? Não estou entendendo. Por que está fazendo isso comigo?

– Preciso de algumas respostas. Não tenho tempo para explicar.

– O que você quer que eu diga? Que fui estúpida? Fui, sim. Eu poderia lhe dizer que me sentia sozinha, mesmo neste lugar agradável, que Chad me pareceu um menino bonito, gentil, e que, na idade dele, imaginei que não havia risco de doenças ou vínculos. Mas no fim das contas, isso não muda nada. Eu errei. Sinto muito, está satisfeito?

– Quando você viu Chad pela última vez?

– Por que você não para de me perguntar isso? – insistiu Esme.

– Limite-se a responder minhas perguntas, senão vou procurar Norm, juro.

Ela lhe perscrutou o rosto. Ele assumiu sua expressão mais impenetrável, aprendida com policiais durões de verdade e com os cobradores de pedágio de Nova Jersey. Passados alguns segundos, ela disse:

– No motel.

– O Court Manor Inn?

– Seja lá como se chame. Não me lembro do nome.

– Em que dia foi isso?

Ela pensou por um instante.

– Sexta-feira de manhã. Chad ainda estava dormindo.

– Desde então você não o viu nem falou com ele?

– Não.

– Vocês não combinaram outro encontro?

Ela fez uma cara infeliz.

– Na verdade, não. Eu pensei que Chad queria apenas divertir-se um pouco, mas quando estávamos lá percebi que ele estava ficando apaixonado. Eu não esperava isso. Francamente, fiquei preocupada.

– Com o que exatamente?

– Achei que ele fosse contar para a mãe. Chad jurou que não, mas quem sabe o que ele seria capaz de fazer se eu o magoasse? Quando não soube mais dele, fiquei aliviada.

Myron examinou-lhe o rosto e tentou detectar mentiras em sua história. Não percebeu nenhuma. O que não significava que não existissem.

Esme mexeu-se no banco e cruzou as pernas.

– Continuo sem entender por que você está me perguntando todas essas coisas. – Ela pensou por um instante, e então seus olhos pareceram brilhar. Ela endireitou os ombros e voltou-se para ele. – Isso tem alguma coisa a ver com o assassinato de Jack?

Myron ficou calado.

– Meu Deus. – Sua voz tremeu. – Não é possível que você ache que Chad tem alguma coisa a ver com isso.

Myron esperou um pouco. Era a hora do tudo ou nada.

– Não. Mas não estou muito certo quanto a você.

– O quê? – Seu rosto era a própria expressão da perplexidade.

– Eu acho que você sequestrou Chad.

Ela ergueu as duas mãos.

– Você enlouqueceu? Sequestrou? Foi tudo um consenso. Chad estava mais do que a fim, pode acreditar. Tudo bem, ele é jovem. Mas você acha que eu o levei ao motel sob a mira de um revólver?

– Não é isso o que estou dizendo.

Mais perplexidade.

– Então o que você está querendo dizer?

– Depois que você saiu do motel na sexta-feira. Aonde você foi?

– Ao Merion. Encontrei-me com você naquela noite, lembra?

– E na noite passada? Onde você estava?

– Aqui.

– Na sua suíte?

– Sim.

– A que horas?

– A partir das oito horas.

– Tem alguém que possa comprovar isso?

– Por que eu precisaria de alguém para comprovar isso? – retrucou ela. A expressão de Myron voltou a ficar impenetrável. Esme suspirou. – Fiquei com Norm até meia-noite. Estávamos trabalhando.

– E depois?

– Fui dormir.

– Será que o porteiro da noite poderia confirmar que você não deixou a suíte depois de meia-noite?

– Sim, acho que sim. O nome dele é Miguel. Ele é muito simpático.

Miguel. Ele ia pedir a Esperanza que o localizasse. Se o álibi dela fosse consistente, sua teoriazinha iria por água abaixo.

– Quem mais sabia de você e Chad Coldren?

– Ninguém. Pelo menos, não contei a ninguém.

– E quanto a Chad? Ele contou a alguém?

– Tenho a impressão de que contou a você – disse ela em tom incisivo. – Ele pode ter contado a mais alguém, não sei.

Myron refletiu sobre aquilo. O sujeito vestido de preto do quarto de Chad. Matthew Squires. Myron lembrou-se de quando era adolescente. Se ele tivesse dado um jeito de levar para a cama uma mulher mais velha do calibre de Esme Fong, ficaria doido para contar a alguém – principalmente se tivesse passado a noite anterior na casa do melhor amigo.

Mais uma vez, tudo voltava ao jovem Squires.

– Onde você vai estar, caso eu precise entrar em contato com você? – perguntou Myron.

Ela tirou um cartão do bolso.

– Meu celular está escrito embaixo.

– Adeus, Esme.

– Myron?

Ele se voltou.

– Você vai contar a Norm?

Ela parecia preocupada apenas com sua reputação e seu trabalho, não com uma acusação de homicídio. Ou seria apenas uma distração inteligente? Ele não tinha como saber com certeza.

– Não. Não vou contar.

Pelo menos por enquanto.

capítulo 31

ACADEMIA EPISCOPAL. O colégio onde Win se formara.

Esperanza o pegara na frente do hotel de Esme Fong e o levara para lá. Ela estacionou o carro do outro lado da rua, desligou-o e olhou para ele.

– E agora? – perguntou ela.

– Eu não sei. Matthew Squires está aí dentro. Podemos esperar a hora do almoço e tentar entrar.

– Então temos um plano – disse Esperanza com um aceno de cabeça. – Um plano muito ruim.

– Você tem uma ideia melhor?

– Podemos entrar agora, fingindo que somos pais que viemos conhecer a escola.

Myron pensou um pouco.

– Você acha que vai funcionar?

– É melhor do que ficar aqui fora sem fazer nada.

– Ah, antes que eu esqueça: quero que você verifique o álibi de Esme. O porteiro da noite se chama Miguel.

– Miguel – repetiu ela. – Isso porque sou hispânica, certo?

– Em boa parte, sim.

Ela não via nenhum problema nisso.

– Liguei para o Peru esta manhã.

– E...

– Falei com um xerife local. Ele disse que Lloyd Rennart se suicidou.

– E o corpo?

– O penhasco é chamado La Garganta del Diablo. Lá, os corpos nunca são localizados. Aliás, é um lugar em que os suicídios são muito comuns.

– Ótimo. Você acha que pode pesquisar um pouco mais sobre Rennart?

– O que, por exemplo?

– Como ele conseguiu comprar o bar em Neptune? Como conseguiu comprar a casa em Spring Lake Heights? Coisas desse tipo.

– Por que você quer saber isso?

– Lloyd Rennart era caddie de um golfista novato. Isso não significa exatamente rios de dinheiro.

– E daí?

– Talvez ele tenha ganhado uma bolada depois que Jack perdeu o Aberto.

Esperanza viu aonde ele queria chegar.

– Você acha que alguém pagou a Rennart para sabotar Jack?

– Não. Mas é uma possibilidade.

– Vai ser difícil descobrir isso depois de tanto tempo.

– Mas vale a pena dar uma olhada. Além disso, Rennart se envolveu num sério acidente de carro vinte anos atrás em Narberth. É uma cidadezinha perto daqui. A primeira mulher dele morreu na batida. Veja se descobre alguma coisa sobre isso.

Esperanza franziu a testa.

– Que tipo de coisa?

– Se ele estava bêbado. Se foi acusado de alguma coisa. Se outras pessoas morreram no acidente.

– Por quê?

– Talvez ele tenha desagradado alguém. Talvez a família de sua primeira mulher quisesse se vingar.

Esperanza continuou com a testa franzida.

– Quer dizer então que eles esperaram vinte anos, seguiram Lloyd Rennart até o Peru, empurraram-no de um penhasco, voltaram, raptaram Chad Coldren, mataram Jack Coldren... Está entendendo o que quero dizer?

Myron fez que sim

– E você tem razão. Mas mesmo assim quero que você descubra tudo o que puder sobre Lloyd Rennart. Eu acho que deve haver uma conexão em algum lugar. Só temos que descobrir qual é.

– Não entendo – disse Esperanza. Ela colocou uma mecha de cabelo atrás da orelha. – Esme Fong parece muito mais suspeita.

– Concordo. Mas ainda assim quero investigar isso. Descubra o que puder. Há também um filho. Larry Rennart, de 17 anos. Veja se descobre o que ele anda fazendo.

Ela deu de ombros.

– Uma perda de tempo, mas tudo bem. – Ela gesticulou em direção à escola.

– Quer entrar agora?

– Claro.

Antes que eles tivessem tempo de sair, uma mão enorme bateu delicadamente com os nós dos dedos na janela de Myron. O som o sobressaltou. Myron olhou pela janela. O negro largo com cabelo de Nat King Cole – o do Court Manor Inn – sorria para ele. "Nat" fez um movimento circular com a mão, sinalizando para que Myron abaixasse a janela. Myron obedeceu.

– Ei, que bom ver você – disse Myron. – Não cheguei a pegar o número de seu barbeiro.

O negro deu uma risada silenciosa, fez uma espécie de moldura com as mãos – polegares e indicadores levantados, braços estendidos –, inclinando-se para a frente e para trás como um diretor de cinema. – Você com o meu penteado – disse ele sacudindo a cabeça. – Não dá para imaginar.

Ele se debruçou para dentro do carro e estendeu a mão em direção a Esperanza, passando por Myron.

– Meu nome é Carl.

– Esperanza. – Ela apertou-lhe a mão.

– Sim, eu sei.

Esperanza estreitou os olhos.

– Conheço você.

– Conhece mesmo.

Ela estalou os dedos.

– Mosambo, o Matador Queniano, o Terror do Safári.

Carl sorriu.

– Que bom que a Pequena Pocahontas lembra.

– O Terror do Safári? – perguntou Myron.

– Carl foi lutador profissional – explicou Esperanza. – Certa vez dividimos o ringue. Em Boston, não é?

Carl sentou no banco traseiro do carro e inclinou-se para a frente, sua cabeça entre o ombro direito de Esperanza e o esquerdo de Myron.

– Hartford – corrigiu ele. – No Centro Cívico.

– Equipes mistas – disse Esperanza.

– Isso mesmo – concordou Carl com seu sorriso fácil. – Seja boazinha, Esperanza, ligue o carro e vá até o terceiro sinal.

– Você pode nos dizer o que está acontecendo? – indagou Myron.

– Claro. Está vendo aquele carro aí atrás?

Myron olhou pelo retrovisor.

– Aquele com dois jamantas dentro?

– Sim. Eles estão comigo. E eles são perversos, Myron. Jovens. Violentíssimos. Você sabe como são os meninos de hoje em dia. *Bam, bam*, nada de conversa. Nós três temos que levá-lo a um lugar desconhecido. Na verdade, eu devia estar apontando um revólver para você agora. Mas... porra, somos todos amigos aqui, não é? A meu ver, não é preciso. Portanto, é só seguir em frente. Os jamantas virão atrás.

– Antes de irmos embora, você se importa de deixar Esperanza sair?

Carl deu uma risada silenciosa.

– Um tanto sexista, não acha?

– O quê?

– Se Esperanza fosse um homem, como, digamos, seu amigo Win, você iria fazer esse gesto galante?

– Pode ser – disse Myron. Mas até Esperanza negava com a cabeça.

– Acho que não, Myron. E pode acreditar: você estaria agindo errado. Os sujeitos ali atrás iriam querer saber o que está acontecendo. Eles a veem sair do carro, sentem coceira nos dedos, têm aqueles olhos dementes e gostam de machucar as pessoas. Principalmente mulheres. E talvez, quem sabe, Esperanza possa funcionar como uma espécie de salvaguarda para você. Sozinho, você podia tentar fazer uma besteira; com Esperanza aí do lado, você não se arriscaria a tanto.

Esperanza olhou para Myron, que assentiu. Ela ligou o carro.

– Dobre à esquerda no terceiro sinal – ordenou Carl.

– Me diga uma coisa – disse Myron. – Reginald Squires é tão maluco quanto dizem?

Ainda inclinado para a frente, Carl se voltou para Esperanza.

– Devo ficar admirado com a capacidade de dedução aguçada dele?

– Sim – respondeu Esperanza. – Ele vai ficar bastante decepcionado se você não fizer isso.

– Bem que imaginei. E para responder a sua pergunta: Squires não é tão maluco assim. Pelo menos quando toma os remédios.

– É um grande alívio – disse Myron.

Os jamantas se mantiveram logo atrás deles durante os quinze minutos do percurso. Myron não se surpreendeu quando Carl disse a Esperanza que entrasse na Green Acres. Quando eles se aproximaram do pórtico ornamentado, os portões de ferro se abriram como nos créditos de *Agente 86*. Eles seguiram por uma estradinha de acesso sinuosa, avançando pela propriedade bastante arborizada. Depois de uns oitocentos metros, chegaram a uma clareira, no centro da qual se erguia um edifício alto, retangular e horizontal, semelhante a um ginásio de escola secundária.

A única entrada que Myron viu foi a porta da garagem. Como se atendendo a um sinal, a porta se abriu. Carl mandou Esperanza entrar. Passado um bom tempo, ele lhe disse para estacionar e desligar o carro. Os jamantas vieram atrás deles e fizeram o mesmo.

Devagar, a porta da garagem tornou a se fechar, bloqueando a luz do sol. Não havia luz lá dentro; o recinto ficou imerso na escuridão total.

– Isso aqui é igualzinho à casa mal-assombrada de um parque de diversões – disse Myron.

– Me dê sua arma, Myron.

A expressão de Carl era neutra. Myron obedeceu.

– Saia do carro.

– Mas eu tenho medo do escuro.

– Você também, Esperanza.

Todos saíram do carro. Os jamantas fizeram o mesmo. Os passos ecoavam no piso de cimento, indicando a Myron que estavam num espaço bem amplo. As luzes internas dos carros iluminavam fracamente, mas por pouco tempo. Myron não tinha conseguido ver nada antes de a porta se fechar.

Escuridão completa.

Myron contornou o carro e encontrou Esperanza. Ela tomou-lhe as mãos nas suas. Os dois ficaram quietos, em silêncio, e esperaram.

A luz de um holofote, do tipo usado num farol ou numa première, atingiu seus rostos. Myron fechou os olhos automaticamente, protegeu-os com a mão, e foi abrindo-os devagar. Um homem postou-se na frente da luz intensa. Seu corpo projetava uma sombra gigantesca na parede atrás de Myron. O efeito lembrou a Myron o Bat-Sinal.

– Ninguém ouvirá seus gritos – disse o homem.

– Isso não é a fala de um filme? – perguntou Myron. – Mas acho que a fala era "Ninguém o ouvirá gritar", mas posso estar enganado.

– Pessoas já morreram neste lugar – trovejou a voz. – Meu nome é Reginald Squires. Você vai me dizer tudo o que eu quero saber. Senão você e sua amiga serão as próximas vítimas.

Meu Deus. Myron olhou para Carl, que permaneceu impassível. Myron voltou-se para a luz.

– Você é rico, certo?

– Muito rico – corrigiu Squires.

– Então talvez pudesse contratar um roteirista melhor.

Myron olhou novamente para Carl, que fez um não com a cabeça quase imperceptível. Um dos dois jamantas deu um passo à frente. Sob a luz intensa, Myron viu o sorriso psicótico e eufórico do homem. Myron tensionou os músculos e esperou.

O jamanta tentou socar a cabeça de Myron, mas ele se esquivou. Quando o punho passou ao lado dele, Myron o agarrou, pressionou o braço contra o cotovelo do homem, nas costas, e puxou a articulação para uma posição absolutamente impraticável. O jamanta não teve alternativa senão jogar-se no chão. Myron aumentou um pouco a pressão. O homem contorceu-se para se livrar. Myron deu um joelhada no nariz do outro. Algo esguichou. Myron pôde até sentir a cartilagem do nariz ceder.

O segundo jamanta sacou o revólver e apontou-o para Myron.

– Pare – gritou Squires.

Myron soltou o jamanta, que escorregou para o chão como areia molhada vazando de um saco rasgado.

– Você vai pagar por isso, Sr. Bolitar. – Squires gostava de projetar a voz. – Robert?

O homem com o revólver disse:

– Sim, Sr. Squires.

– Bata na mulher. Com força.

– Sim, Sr. Squires.

Myron interveio:

– Ei, bata em mim. Eu que quis dar uma de espertinho.

– E essa vai ser a sua punição – disse Squires calmamente. – Bata na mulher, Robert. Agora.

Robert aproximou-se de Esperanza.

– Sr. Squires? – disse Carl.

– Sim, Carl.

Carl se postou no foco de luz.

– Deixe que eu faça isso.

– Não acho que isso seja para você, Carl.

– Não é, Sr. Squires. Mas Robert pode provocar sérios danos na mulher.

– Mas essa é a minha intenção.

– Não, quero dizer, ele vai deixar contusões ou quebrar alguma coisa. Você quer que ela sinta dor. Essa é a minha especialidade.

– Imagino que sim, Carl. É por isso que lhe pago.

– Então deixe-me fazer meu trabalho. Posso golpeá-la sem deixar nenhuma marca e nenhuma lesão permanente. Eu sei controlar. Eu conheço os lugares certos.

O sombrio Sr. Squires pensou um pouco.

– Você vai fazê-la sentir dor? Muita dor?

– Se o senhor insiste. – Carl soava relutante, mas decidido.

– Quero que ela sinta. Agora. Quero que doa bastante.

Carl aproximou-se de Esperanza. Myron fez um movimento na direção dele, mas Robert encostou o revólver na sua cabeça. Ele não podia fazer nada. Tentou lançar um olhar ameaçador a Carl.

– Não faça isso – disse Myron.

Carl ignorou-o. Agora ele estava diante de Esperanza, que lançou um olhar de desafio. Súbito, ele lhe deu um soco no estômago com força.

A força do golpe levantou Esperanza no ar. Ela fez um barulho de falta de ar e dobrou o corpo em dois. Seu corpo desabou no chão. Ela se encolheu para proteger-se, olhos arregalados, o peito ansiando por ar. Carl olhou para baixo sem a mínima emoção. Depois olhou para Myron.

– Seu filho da puta! – xingou Myron.

– A culpa é sua – replicou Carl.

Esperanza continuou a rolar no chão, agonizando, ainda sem conseguir encher os pulmões de ar. Myron sentiu todo o corpo afoguear-se. Fez um movimento em direção a ela, mas Robert o deteve pressionando o revólver contra seu pescoço.

Squires projetou a voz mais uma vez:

– Agora você vai obedecer, não vai, Sr. Bolitar?

Myron respirou fundo várias vezes e tensionou os músculos. Sentia-se dominado pela fúria. Cada parte de seu corpo clamava por vingança. Ele observou em silêncio Esperanza contorcendo-se no chão. Depois de algum tempo, ela conseguiu ficar de quatro, a cabeça baixa, arfando. Então ele ouviu um barulho como se ela fosse vomitar, seguido imediatamente de outro.

O som ligou um alerta em Myron.

Algo naquele som... Myron consultou os arquivos de sua memória. Algo naquilo tudo, a forma como ela dobrou o corpo, a forma como rolou no chão, era-lhe estranhamente familiar. Como se ele já tivesse visto antes. Mas não era possível. Quando ele teria...? A resposta veio.

No ringue de luta livre.

Meu Deus, pensou Myron. Ela estava fingindo!

Myron lançou um olhar a Carl. Havia em seu rosto o leve esboço de um sorriso.

Filho da puta. Aquilo era uma encenação!

Squires limpou a garganta.

– Você se tomou de um interesse mórbido por meu filho, Sr. Bolitar – trovejou ele. – Você é um pervertido?

Myron quase se saiu com mais uma gracinha, mas se conteve.

– Não.

– Então me diga o que você quer com ele.

Myron estreitou os olhos em direção à luz. Ele ainda não conseguia ver nada além da silhueta de Squires. O que ele devia dizer? O sujeito era um lunático, não havia dúvida. Então, como reagir?

– Você ouviu falar do assassinato de Jack Coldren – começou Myron.

– Claro.

– Estou trabalhando no caso.

– Você está tentando descobrir quem matou Jack Coldren?

– Sim.

– Mas Jack foi morto na noite passada – retrucou Squires. – Você andou perguntando por meu filho no sábado.

– É uma longa história – disse Myron.

O outro espalmou as mãos sombrias.

– Temos todo o tempo do mundo.

Como Myron sabia que ele ia dizer aquilo?

Sem muito a perder, Myron contou a Squires sobre o sequestro. Na verdade, só a maior parte do que sabia. Ele ressaltou várias vezes que o sequestro se dera no Court Manor Inn. Havia um motivo para isso. Tinha a ver com o egocentrismo. Squires – o ego em questão – reagiu como previsto.

– Você está me dizendo – gritou ele – que Chad Coldren foi sequestrado em *meu* motel?

O motel dele. Àquela altura Myron já sabia disso. Era a única explicação para o fato de Carl ter intervindo em defesa de Stuart Lipwitz.

– Isso mesmo – respondeu Myron.

– Carl?

– Sim, Sr. Squires?

– Você sabe alguma coisa desse sequestro?

– Não, Sr. Squires.

– Bem, é preciso tomar alguma providência – gritou Squires. – Ninguém faz uma coisa dessas no meu pedaço, está me ouvindo? Ninguém.

O cara tinha visto filmes de gângsteres demais.

– O responsável por isso está morto – disse ele teatralmente. – Está me ouvindo? M-O-R-T-O. Está me ouvindo, Sr. Bolitar?

– Morto – repetiu Myron balançando a cabeça.

A sombra apontou um dedo comprido para Myron.

– Encontre esse sujeito para mim, e então me ligue e deixe que eu resolvo. Está entendendo, Sr. Bolitar?

– Eu ligo para você, você resolve.

– Então pode ir embora. Encontre o filho da puta desprezível.

– Pode deixar por minha conta, Sr. Squires. Pode deixar por minha conta. –

Myron também podia participar do jogo do Filme com Diálogos Ruins. – Mas o problema é que preciso de ajuda.

– Que tipo de ajuda?

– Se me permite, gostaria de conversar com seu filho Matthew. Para descobrir o que ele sabe sobre tudo isso.

– Por que você acha que ele sabe alguma coisa?

– Ele é o melhor amigo de Chad. Ele pode ter ouvido ou visto algo. Eu não sei, Sr. Squires, mas gostaria de verificar.

Houve um breve silêncio. Então Squires respondeu rispidamente:

– Faça isso. Carl vai levá-lo de volta à escola. Matthew vai falar livremente com você.

– Obrigado, Sr. Squires.

A luz se apagou, mergulhando-os novamente na escuridão. Myron seguiu às tontas para a porta do carro. Esperanza, que ainda se "recuperava", conseguiu fazer o mesmo, assim como Carl. Os três entraram no veículo.

Myron voltou-se e olhou para Carl, que sacudiu os ombros e disse:

– Acho que ele se esqueceu de tomar os remédios.

capítulo 32

– CHAD, TIPO, ME DISSE QUE IA SAIR com uma garota mais velha.

– Ele não disse o nome dela? – perguntou Myron.

– Não, cara – disse Matthew Squires. – Só que ela era para viagem.

– Para viagem?

– Comida chinesa, saca?

Meu Deus.

Myron estava sentado de frente para Matthew. O menino era o tipo do garotão asqueroso. Cabelos longos e grossos partidos ao meio caindo-lhe sobre os ombros. A cor e a textura faziam Myron lembrar-se de Primo It, da Família Addams. Ele tinha muitas espinhas e mais de 1,80 metro, e pesava talvez uns sessenta quilos. Myron se perguntou como teria sido para aquele menino crescer tendo como pai o Sr. Holofote.

Carl estava à sua direita. Esperanza tomara um táxi para ir verificar o álibi de Esme Fong e investigar o passado de Lloyd Rennart.

– Chad lhe disse onde ia se encontrar com ela?

– Claro, cara. Aquele motel barato é, tipo, o antro do meu pai, saca?

– Chad sabia que seu pai é dono do Court Manor?

– Não. A gente não, tipo, curte falar da grana de papai nem nada disso. Não seria certo, saca?

Myron e Carl se entreolharam, lamentando a juventude de hoje.

– Você foi com ele ao Court Manor?

– Não. Eu fui depois, saca? Achei que o cara ia querer festejar depois de dar umazinha, saca? Comemorar a porra toda.

– E a que horas você foi ao Court Manor?

– Dez e meia, onze, por aí...

– Você viu Chad?

– Não. As coisas ficaram, tipo, muito esquisitas. Não deu.

– Esquisitas? Como assim?

Matthew hesitou um pouco. Carl inclinou-se para a frente.

– Tudo bem, Matthew. Seu pai quer que você conte a história toda.

O menino balançou a cabeça, os cabelos deslizando pelo rosto e formando uma cortina que se abria e fechava.

– Certo, tipo, foi o seguinte: quando parei meu Benz no estacionamento, vi o velho de Chad.

Myron sentiu uma onda de náusea.

– Jack Coldren? Você viu Jack Coldren? No Court Manor Inn?

Matthew fez que sim.

– Ele estava, tipo, sentado no carro dele. Ao lado do Honda de Chad. Ele parecia muito puto da vida, cara. Eu não queria me meter naquilo, saca? Então dei o fora.

Myron tentou não demonstrar surpresa. Jack Coldren no Court Manor Inn. O filho lá dentro, trepando com Esme. Na manhã seguinte, Chad seria sequestrado.

O que estava acontecendo?

– Na noite de sexta-feira – continuou Myron –, eu vi alguém saindo do quarto de Chad pela janela. Era você?

– Sim.

– Quer me dizer o que estava fazendo?

– Vendo se Chad estava em casa. É assim que a gente faz. Eu entro pela janela dele.

Não havia muita coisa mais a extrair do jovem Matthew. Quando eles terminaram, Carl acompanhou Myron até o carro.

– Que parada estranha – disse Carl.

– Pois é.

– Você liga quando souber de alguma coisa?

– Sim. – Myron não se deu o trabalho de contar que Tito já estava morto. Não havia motivo. – A propósito, bela encenação. O soco em Esperanza.

Carl sorriu.

– Somos profissionais. Estou decepcionado por você ter notado.

– Se eu não tivesse visto Esperanza no ringue, não notaria. Foi um ótimo trabalho. Você devia ter orgulho.

– Obrigado.

Carl estendeu a mão. Myron apertou-a, entrou no carro e partiu. Para onde ir agora?

De volta à casa dos Coldren, talvez.

Sua mente ainda estava confusa por causa da última revelação: Jack estivera no Court Manor Inn e vira o carro do filho lá. Como aquilo se encaixava na história? Jack estaria seguindo Chad? Talvez. Teria sido mera coincidência? Improvável. Então que alternativas havia? Por que Jack iria seguir o filho? E a partir de onde ele começara a segui-lo? Da casa de Matthew Squires? Aquilo fazia sentido? O cara está disputando o Aberto dos Estados Unidos, inicia sua participação em grande estilo, depois para o carro na frente da propriedade dos Squires e espera o filho sair?

Negativo.

Espere um pouco.

Suponhamos que Jack não estivesse seguindo o filho. Suponhamos que ele estivesse seguindo Esme.

Então Myron teve um estalo.

Talvez Jack também estivesse de caso com Esme. O casamento dele já estava arruinado. Esme provavelmente tinha um lado pervertido. Ela seduzira um adolescente. O que a impediria de seduzir também o pai? Mas aquilo fazia sentido? Será que Jack a estava vigiando? Será que de alguma forma tinha sabido do encontro?

E a questão mais importante: o que qualquer uma dessas coisas têm a ver com o sequestro de Chad e o assassinato de Jack?

Ele se aproximava da casa dos Coldren. Os jornalistas tinham sido mantidos a distância, mas agora se viam pelo menos uma dúzia de policiais. Eles transportavam caixas de papelão para fora da casa. Como Victoria temera, a polícia conseguiu um mandado de busca.

Myron estacionou perto da esquina e dirigiu-se à casa. A caddie de Jack, Diane, estava sentada no meio-fio do outro lado da rua. Ele se lembrou da última vez que a vira na casa dos Coldren: no quintal, discutindo com Jack. Também se deu conta de que ela era uma das poucas pessoas que sabiam do sequestro – ela não estava presente quando Myron falou pela primeira vez sobre isso no campo de golfe?

Valia a pena conversar com ela.

Diane estava fumando um cigarro. As várias guimbas a seus pés indicavam que ela estava lá há um bom tempo. Myron se aproximou.

– Olá – disse ele. – Fomos apresentados outro dia.

Diane olhou para ele, deu uma boa tragada no cigarro e soprou a fumaça.

– Eu me lembro. – Sua voz áspera soava como pneus velhos rodando num calçamento irregular.

– Meus pêsames. Você e Jack deviam ser muito íntimos.

Mais uma boa tragada.

– Sim.

– Caddie e golfista. Deve ser um relacionamento muito próximo.

Ela estreitou os olhos, desconfiada.

– Sim.

– Quase como marido e mulher. Ou sócios de uma empresa.

– Ahã, por aí.

– Vocês já brigaram?

Por um segundo, ela lançou-lhe um olhar duro, depois caiu numa risada que por fim se tornou uma tosse seca. Quando recuperou a fala, ela perguntou:

– Por que você quer saber disso?

– Porque eu vi vocês brigando.

– O quê?

– Na sexta à noite. Vocês dois estavam no quintal. Você o xingou. Você jogou o cigarro fora, irritada.

Diane esmagou o cigarro. Havia um sorriso quase imperceptível em seu rosto.

– O senhor é uma espécie de Sherlock Holmes, Sr. Bolitar?

– Não, só estou fazendo uma pergunta.

– E eu posso dizer para ir cuidar da porra da sua vida, certo?

– Certo.

– Ótimo. Então faça isso. – O sorriso se alargou. Não era um sorriso lá muito bonito. – Mas primeiro, para você não perder tempo, vou falar quem matou Jack. E também quem sequestrou o menino, se você quiser.

– Sou todo ouvidos.

– A piranha aí dentro. – Ela apontou com o polegar a casa atrás dela. – Aquela por quem você anda babando.

– Não ando babando por ela.

Diane deu um risinho zombeteiro.

– Certo.

– Por que tem tanta certeza de que foi Linda Coldren?

– Porque conheço a piranha.

– Acho que isso não é bem uma resposta.

– Que azar, hein, caubói? Sua namorada é a culpada. Quer saber por que eu e Jack estávamos brigando? Vou lhe dizer. Eu disse a ele que estava sendo um babaca por não chamar a polícia. Ele disse que ele e Linda achavam melhor assim. – Ela deu mais um risinho. – Ele e Linda, puta que pariu!

Myron observou-a. Algo não estava batendo de novo.

– Você acha que a decisão de não chamar a polícia partiu de Linda?

– Isso mesmo. Foi ela quem raptou o menino. A história toda foi uma grande armação.

– Por que ela faria isso?

– Pergunte a ela. – Um sorriso terrível. – Quem sabe ela conte.

– Estou perguntando a você.

Ela sacudiu a cabeça.

– A coisa não é assim tão fácil, caubói. Eu lhe disse quem foi. Isso basta, não acha?

Hora de abordar o assunto de outro ângulo.

– Por quanto tempo você trabalhou como caddie de Jack? – ele perguntou.

– Um ano.

– Se me permite a pergunta, quais são suas qualificações? Por que Jack a escolheu?

Ela deu outro risinho.

– Isso não tem a menor importância. Jack não dava ouvidos aos caddies. Desde o velho Lloyd Rennart.

– Você conheceu Lloyd Rennart?

– Não.

– Bom, por que Jack contratou você?

Ela não respondeu.

– Vocês dormiam juntos?

Diane deu outro riso seguido de tosse.

– Não havia a menor possibilidade. – Mais risos secos. – Não com o velho Jack.

Alguém chamou Myron. Ele olhou em volta. Era Victoria. Ela ainda estava com cara de sono, mas o sinal que lhe fez indicava certa urgência. Bucky estava ao lado dela. O velho dava a impressão de que qualquer corrente de ar o levaria embora.

– Melhor ir lá, caubói – zombou ela. – Acho que sua namorada vai precisar de ajuda.

Ele lhe lançou um último olhar e voltou-se para a casa. Antes de ter dado três passos, o detetive Corbett já tinha se aproximado.

– Preciso dar uma palavrinha com você, Sr. Bolitar.

Myron passou por ele sem diminuir a marcha.

– Em um minuto.

Quando ele alcançou Victoria, ela foi bastante explícita:

– Não fale com os policiais. Vá para a casa de Win e fique quieto.

– Não morro de vontade de cumprir ordens.

– Desculpe se estou ferindo seu ego de macho – disse ela num tom que desmentia suas palavras. – Mas sei o que estou fazendo.

– A polícia encontrou o dedo?

Victoria cruzou os braços.

– Sim.

– E então?

– Então, nada.

Myron olhou para Bucky, que desviou a vista. Myron voltou-se novamente para Victoria.

– Eles não lhes perguntaram sobre isso?

– Perguntaram, mas nos recusamos a responder.

– Mas o dedo poderia inocentá-la.

Victoria suspirou e deu meia-volta.

– Vá embora, Myron. Se houver alguma novidade, ligo para você.

capítulo 33

Chegara a hora de encarar Win.

No caminho, Myron ensaiou várias abordagens possíveis. Nenhuma lhe parecia satisfatória, mas na verdade isso não importava muito. Win era seu amigo. Quando chegasse o momento certo, Myron lhe daria o recado e então ele faria o que bem entendesse.

A questão mais problemática era se devia mesmo dar o recado. Myron sabia que reprimir sentimentos não era algo saudável, mas será que alguém se arriscaria a liberar a fúria reprimida de Win?

O celular tocou. Myron atendeu. Era Tad Crispin.

– Preciso de sua ajuda – disse Crispin.

– O que está acontecendo?

– Os jornalistas ficam atrás de mim querendo uma declaração. Não sei bem o que dizer.

– Nada. Não diga nada.

– Tudo bem, certo, mas não é fácil assim. Learner Shelton, o presidente da Associação Americana de Golfe, já me ligou duas vezes. Ele quer fazer uma grande cerimônia de entrega do troféu amanhã. E me sagrar campeão. Não sei bem o que fazer.

Menino esperto, pensou Myron. Ele sabe que se não se sair bem, pode se prejudicar seriamente.

– Tad?

– Sim.

– Você está me contratando? – Negócio é negócio. Agenciar não era obra de caridade.

– Sim, Myron, você está contratado.

– Está bem, então. Ouça: primeiro temos que acertar detalhes como porcentagens, esse tipo de coisa. A maior parte segue um padrão. – Sequestro, mutilação, assassinato: nada impedia o todo-poderoso agente de tentar ganhar dinheiro. – Nesse meio-tempo, não diga nada. Vou mandar um carro pegar você daqui a umas duas horas. O motorista vai ligar para seu quarto antes de chegar aí. Vá direto para o carro e não diga nada. Seja lá o que a imprensa grite para você, fique calado. Não sorria nem acene. Assuma uma expressão de tristeza. Um homem acaba de ser assassinado. O motorista o trará para a propriedade de Win. Então, discutiremos uma estratégia.

– Obrigado, Myron.

– Não, Tad, eu é que agradeço.

Aproveitando-se de um assassinato. Nunca, como agora, Myron se sentira um agente esportivo de forma tão plena.

◆ ◆ ◆

Os jornalistas acamparam diante da propriedade de Win.

– Contratei mais guardas para a noite – explicou Win, com um copo de conhaque vazio na mão. – Se alguém se aproximar do portão, eles têm ordem de atirar para matar.

– Ótimo.

Win fez uma pequena reverência e pôs um pouco de conhaque no copo. Myron pegou um achocolatado na geladeira. Os dois se sentaram.

– Jessica ligou – disse Win.

– Para cá?

– Sim.

– Por que ela não ligou para o meu celular?

– Ela queria falar comigo – declarou Win.

– Ah. – Myron agitou seu achocolatado, como se tivesse lido na lateral da lata: AGITE! É ÓTIMO! A vida é poesia. – Sobre o quê?

– Ela estava preocupada com você – disse Win.

– Por quê?

– Jessica disse que você deixou uma mensagem enigmática na secretária eletrônica dela.

– Ela contou o que eu falei?

– Não, só que sua voz parecia tensa.

– Eu disse a ela que a amo. Que sempre vou amá-la.

Win tomou um gole e balançou a cabeça como se aquilo explicasse tudo.

– O que é?

– Nada.

– Não, me diga. O que é?

Win depositou o copo e uniu as pontas dos dedos.

– Quem você estava tentando convencer? Ela ou você?

– O que você quer dizer com isso?

– Nada.

– Você sabe o quanto eu amo Jessica.

– Sei, sim.

– Você sabe o que enfrentei para tê-la de volta.

– Sei, sim.

– Continuo sem entender. Foi por isso que Jessica ligou para você? Porque minha voz parecia tensa?

– Não só por isso. Ela ficou sabendo do assassinato de Jack Coldren. Naturalmente, ficou chocada. Ela me pediu que eu lhe desse cobertura.

– O que você disse a ela?

– Que não.

Silêncio.

Win ergueu o copo, fez girar o líquido e inspirou fundo.

– Então, o que você queria conversar comigo?

– Hoje eu encontrei sua mãe.

Win tomou um gole demorado. Deixou o líquido descer lentamente, os olhos examinando o fundo do copo. Depois de engolir, ele disse:

– Finja que eu ofeguei surpreso.

– Ela queria lhe mandar um recado.

Win deu um pequeno sorriso.

– Imagino que minha querida mamãe lhe contou o que aconteceu.

– Sim.

Um sorriso mais largo agora.

– Agora você sabe tudo, hein, Myron?

– Não.

– Ora, vamos, por favor, não queira tornar as coisas fáceis demais. Brinde--me com um pouco dessa psicologia barata que você gosta tanto de expor. Um menino de 8 anos testemunhando a mãe grunhindo, de quatro com outro homem... com certeza aquilo causou um trauma. Será que não podemos atribuir tudo aquilo em que me tornei àquele momento vil? Não é esse episódio que explica por que trato as mulheres do jeito que trato, por que ergui uma fortaleza emocional à minha volta, por que prefiro usar os punhos, quando outros preferem palavras? Ora, vamos, Myron. Você deve ter pensado nisso tudo. Conte-me tudo. Tenho certeza de que terá sido uma grande sacada.

Myron esperou um pouco.

– Não estou aqui para analisá-lo, Win.

– Não?

– Não.

O olhar de Win endureceu.

– Então tire essa expressão de piedade da cara.

– Não é piedade. É preocupação.

– Ah, por favor...

– Pode ter acontecido há 25 anos, mas deve ter machucado. Talvez não tenha moldado seu caráter. Talvez você acabasse se tornando exatamente o que é hoje. Mas isso não quer dizer que não tenha machucado.

Win relaxou a pressão em seu maxilar e pegou o copo. Estava vazio. Ele se serviu de mais.

– Não quero mais falar sobre isso – disse ele. – Agora você sabe por que não quero nada com Jack Coldren nem com minha mãe. Vamos mudar de assunto.

– Mas ainda tenho de lhe dar o recado.

– Ah, sim, o recado. Você sabe que minha querida mamãe ainda me manda presentes no meu aniversário e em outras datas comemorativas?

Myron fez que sim. Eles nunca tinham conversado sobre aquilo. Mas ele sabia.

– Eu os devolvo sem abrir – contou Win. Ele tomou mais um gole. – Acho que vou fazer o mesmo com o recado.

– Ela está morrendo, Win. De câncer. Ela só tem uma ou duas semanas.

– Eu sei.

Myron se recostou, sentindo a garganta seca.

– O recado se limita a isso?

– Ela quer que você saiba que é sua última chance de conversar com ela.

– Bem, sim, é verdade. Seria muito difícil conversar com ela depois de sua morte.

Myron começou a divagar.

– Ela não está esperando nenhuma espécie de grande reconciliação. Mas se houver questões que você queira resolver...

Myron se interrompeu. Estava sendo redundante e óbvio. Win odiava isso.

– Acabou? – perguntou Win. – Esse é seu grande recado?

Myron assentiu.

– Ótimo, então. Vou encomendar comida chinesa. Espero que você esteja a fim.

Win levantou-se e foi andando devagar para a cozinha.

– Você alega que isso não transformou você – afirmou Myron. – Mas antes daquele dia você a amava?

O rosto de Win estava impassível.

– Quem disse que agora não a amo?

capítulo 34

O MOTORISTA TROUXE TAD CRISPIN pela entrada dos fundos.

Win e Myron estavam vendo televisão. Na tela, apareceu o comercial de um antisséptico bucal. Marido e mulher acordavam e viravam o rosto com desagrado. Mau hálito, anunciava uma voz em off. Você precisa de Scope. Scope cura o mau hálito.

– Eu diria que escovar os dentes também funciona – comentou Myron.

Win concordou.

Myron abriu a porta e conduziu Crispin à sala de estar. Ele se sentou num sofá diante de Myron e Win. Seu olhar percorreu o cômodo, procurando um lugar onde se fixar, sem muito sucesso, e esboçou um sorriso.

– Gostaria de beber alguma coisa? – perguntou Win. – Um croissant ou uma torta, talvez? – O anfitrião todo atencioso.

– Não, obrigado. – Mais um pequeno sorriso.

Myron inclinou-se para a frente.

– Tad, conte-nos sobre o telefonema de Learner Shelton.

O garoto mergulhou de cabeça sem pensar duas vezes.

– Ele disse que queria me parabenizar pela vitória. Que a Associação Americana de Golfe me declarara oficialmente campeão do Aberto dos Estados Unidos. – Ele fez uma pausa. Seus olhos se anuviaram, as palavras o impactavam novamente. Tad Crispin, campeão do Aberto dos Estados Unidos. Tudo o que sonhava.

– O que mais ele disse?

Lentamente, os olhos de Crispin voltaram ao normal.

– Ele vai dar uma entrevista coletiva amanhã à tarde. No Merion. Vão me dar o troféu e um cheque de 360 mil dólares.

Myron não perdeu tempo.

– Antes de mais nada, dizemos aos jornalistas que você não se considera o campeão do Aberto. Se eles quiserem chamá-lo assim, tudo bem. Se a Associação Americana de Golfe quiser chamá-lo assim, tudo bem. Em sua opinião, porém, o torneio terminou em empate. A morte não deveria roubar de Jack Coldren seu magnífico desempenho nem sua pretensão ao título. Acabou em empate. Há um empate. De seu ponto de vista, a vitória é dos dois. Está entendendo?

Tad mostrava-se hesitante.

– Acho que sim.

– Agora, a questão do cheque. – Myron tamborilou sobre a mesinha ao lado. – Se eles insistirem em lhe dar o prêmio total, você tem que doar a parte de Jack para uma instituição filantrópica.

– Por exemplo, uma associação de assistência a vítimas.

Myron concordou.

– Isso seria bom. Algo contra a violência...

– Espere um pouco – interrompeu Tad, esfregando as palmas das mãos nas coxas. – Vocês querem que eu abra mão de 180 mil dólares?

– Vai haver impostos – disse Win. – O que reduz o valor à metade.

– E será uma mixaria, comparando-se à repercussão positiva na imprensa – acrescentou Myron.

– Mas eu estava reagindo – insistiu Tad. – Eu estava embalado. Eu ia ganhar.

Myron inclinou-se um pouco mais para a frente.

– Você é um atleta, Tad. Você é competitivo e confiante. Isso é bom... ora, isso é ótimo. Mas não nesta situação. Essa história de assassinato é muito grave. Transcende o esporte. Para a maioria da população mundial, vai ser a primeira vez que baterão os olhos em Tad Crispin. Queremos que as pessoas vejam uma pessoa amável. Alguém honesto, confiável e modesto. Se alardearmos que você é um grande golfista – se dermos mais destaque para sua recuperação do que para a tragédia –, as pessoas o verão como alguém frio, mais um exemplo do que está errado nos atletas de hoje em dia. Entende o que quero dizer?

Tad assentiu.

– Acho que sim.

– Temos que apresentar você sob um determinado ângulo. Temos que ter o máximo de controle da situação.

– Quer dizer que vamos dar entrevistas? – perguntou Tad.

– Muito poucas.

– Mas se queremos publicidade...

– Queremos uma publicidade cuidadosamente planejada – corrigiu Myron. – Este caso é muito impactante, e a última coisa que queremos é gerar mais interesse. Quero que você se mostre reservado, Tad. Pensativo. Temos que manter um equilíbrio, está entendendo? Se fizermos alarde, vai parecer que queremos impressionar. Se dermos um monte de entrevistas, vai parecer que estamos tirando vantagem do assassinato de um homem.

– Um desastre – acrescentou Win.

– Certo. O que queremos fazer é controlar o fluxo de informações. Alimentar a imprensa com pequenos pedaços. Nada mais que isso.

– Talvez uma entrevista em que você demonstre bastante pesar – emendou Win.

– Talvez com Bob Costas.

– Ou mesmo com Barbara Walters.

– E não divulgamos sua grande doação.

– Correto, nada de entrevista coletiva. Você é magnânimo demais para uma bravata desse tipo.

Isso confundiu Tad.

– Como vamos conseguir publicidade se não divulgamos a doação?

– Nós deixamos vazar a notícia – respondeu Myron. – Procuramos alguém da instituição para contar a algum repórter xereta, talvez. Alguma coisa assim. A questão é: Tad Crispin é um sujeito modesto demais para divulgar suas boas ações. Você entende o que estamos pretendendo com isso?

Agora Tad se mostrava mais entusiasmado. Myron sentiu-se um canalha. Distorcer os fatos: mais uma função que o agente esportivo se vê obrigado a exercer. Ser um agente esportivo nem sempre é algo lá muito bonito. Às vezes você tem que fazer sujeiras. Myron não gostava muito daquilo, mas, quando era preciso, ele ia fundo. Os jornalistas iam apresentar os fatos de certa maneira; ele os apresentaria de outra. Ainda assim, ele se sentia como um estrategista político sorridente depois de um debate, e nada podia ser pior do que isso.

Eles acertaram detalhes por mais alguns minutos. Tad passou a desviar os olhos, esfregando as mãos na calça. Quando Win saiu da sala por um instante, Tad sussurrou:

– Vi no noticiário que você é advogado de Linda Coldren.

– Sou um deles.

– Você é agente dela?

– Talvez venha a ser. Por quê?

– Quer dizer que você também é advogado, certo? Você estudou direito e tudo o mais?

Myron não sabia bem se lhe agradava o rumo que a conversa estava tomando.

– Sim.

– Então posso contratá-lo também para ser meu advogado, certo? E não só meu agente?

Myron não estava gostando nada daquilo.

– Por que você iria precisar de um advogado, Tad?

– Não estou dizendo que vou. Mas se eu precisar...

– Tudo o que você me disser é confidencial.

Crispin se pôs de pé, esticou os braços, agarrou um taco de golfe imaginário e tomou impulso. Golfe imaginário. Win fazia aquilo o tempo todo. Todos os golfistas fazem. Jogadores de basquete não fazem isso. Myron não ficava parando diante de cada vitrine para verificar, pelo reflexo, se seus lançamentos estavam corretos. Esses golfistas...

– Estou surpreso que você ainda não saiba – disse Tad devagar.

Mas o arrepio que sentiu indicava a Myron que talvez ele soubesse.

– Não saiba o quê, Tad?

Tad ensaiou outra tacada. Ele interrompeu o movimento para verificar seu *backswing*. Então sua expressão se tomou de pânico. Ele largou o taco imaginário no chão.

– Só aconteceu umas poucas vezes – disse ele, as palavras saindo aos borbotões. – Não foi nada muito importante. Quero dizer, nós nos conhecemos quando estávamos filmando comerciais para a Zoom. – Ele olhou para Myron com olhos súplices. – Você a viu, Myron. Quero dizer, sei que ela é vinte anos mais velha que eu, mas é tão bonita e disse que o casamento dela estava acabado...

Myron não ouviu o restante. Era como se um oceano em fúria quebrasse em seus ouvidos. Tad Crispin e Linda Coldren. Ele não conseguia acreditar, mas fazia todo sentido. Um jovem obviamente seduzido por uma estonteante mulher mais velha. A beleza madura presa a um casamento sem amor encontrou uma válvula de escape em braços jovens e atraentes. Na verdade, não havia nada de errado nisso.

Mesmo assim, Myron sentiu o rosto corar. Algo dentro dele começava a entrar em ebulição.

Tad continuava com sua falação. Myron o interrompeu.

– Jack descobriu?

Tad parou.

218

– Não sei. Mas talvez sim.

– Por que você diz isso?

– Pela maneira como passou a agir. Jogamos duas rodadas juntos. Sei que éramos adversários e que ele estava querendo me intimidar. Mas tive a impressão de que ele sabia.

Myron abaixou a cabeça e a apoiou nas mãos. Sentia o estômago dar um nó.

– Você acha que isso vai vazar? – perguntou Tad.

Myron conteve o riso. Aquela seria uma das maiores manchetes do ano. Os jornalistas iriam atacar como velhas senhoras na liquidação total de alguma loja famosa.

– Não sei, Tad.

– O que vamos fazer?

– Torcemos para que não vaze.

Tad estava apavorado.

– E se vazar?

Myron o encarou. Tad Crispin parecia tão jovem... – bom, ele era mesmo jovem. A maioria dos garotos de sua idade ainda se diverte passando trotes nos colegas. E, pensando bem, o que Tad tinha feito de tão ruim? Dormiu com uma mulher mais velha que, sabe-se lá por que, continuava num casamento falido. Nada fora do normal. Myron tentou se imaginar com a idade de Tad. Se uma mulher bonita como Linda Coldren fosse até ele, será que teria resistido?

Tipo, dã! Provavelmente ele também não resistiria agora.

E quanto a Linda? Por que ela continuava naquele casamento? Religião? Improvável. Por causa do filho? O menino tinha 16 anos. Talvez não fosse fácil, mas ele sobreviveria.

– Myron, o que vai acontecer se os jornalistas descobrirem?

De repente, os pensamentos de Myron já estavam bem longe dos jornalistas. Ele pensava na polícia. Pensava em Victoria e na estratégia da dúvida razoável. Linda devia ter contado à advogada sobre o caso com Crispin. E talvez o caso não tenha passado despercebido a Victoria.

Agora que Jack estava morto, quem iria ser sagrado campeão do Aberto dos Estados Unidos?

Quem não vai precisar se preocupar em superar o golfista amarelão diante de um grande público?

Quem tem os mesmos motivos para matar Jack que Myron ainda há pouco atribuíra a Esme?

Quem teria a imagem pura manchada pelo divórcio dos Coldren, principalmente se Jack denunciasse o adultério?

Quem estava tendo um caso com a esposa do morto?

A resposta a todas essas perguntas estava bem diante dele.

capítulo 35

LOGO DEPOIS, Crispin foi embora.

Myron e Win acomodaram-se no sofá para assistir ao filme de Woody Allen *Broadway Danny Rose*, uma das obras-primas mais subestimadas do diretor. Filmaço. Alugue-o um dia desses.

Na cena em que Mia arrasta Woody para uma cartomante, Esperanza chegou. Ela pigarreou.

– Eu... não estou querendo me gabar de forma alguma – começou ela, imitando à perfeição o próprio Woody: o mesmo ritmo, as mesmas pausas estratégicas, o mesmo gestual, o mesmo sotaque nova-iorquino. Era sua melhor imitação. – Mas acho que tenho uma informação importante.

Myron olhou para ela. Win manteve os olhos na tela.

– Localizei o homem que vendeu o bar a Lloyd Rennart vinte anos atrás – disse Esperanza, voltando ao seu tom de voz. – Rennart pagou a ele em dinheiro vivo. Sete mil. Também me informei sobre a casa em Spring Lake Heights. Foi comprada na mesma época por 21 mil. Sem hipoteca.

– É gasto demais para um caddie desempregado – disse Myron.

– *Sí, señor.* E, o que é mais interessante, não encontrei nenhum indício de que ele trabalhou ou pagou impostos desde que foi demitido por Jack Coldren até a compra do bar Rusty Nail.

– Ele pode ter recebido uma herança.

– Duvido. Fiz uma varredura a partir de 1971 e não encontrei nenhum registro de pagamento de impostos sobre herança.

Myron olhou para Win.

– O que você acha?

Os olhos de Win ainda estavam na tela.

– Não estou ouvindo.

– Certo. Eu esqueci. – Ele voltou-se novamente para Esperanza. – Mais alguma coisa?

– O álibi de Esme Fong foi confirmado. Conversei com Miguel. Ela não saiu do hotel.

– Ele pareceu confiável?

– Sim, acho que sim.

– Mais alguma coisa?

– Ainda não. Mas localizei a redação do jornal local em Narberth. Eles têm um arquivo com edições antigas do jornal. Amanhã vou dar uma olhada para ver o que consigo desencavar sobre o acidente de carro.

Esperanza pegou na cozinha uma embalagem de comida para viagem e dois *hashi*, e se jogou num dos sofás. Um matador contratado por mafiosos estava chamando Woody de cabeça de repolho. Woody respondeu que não tinha ideia do que aquilo significava, mas sabia que boa coisa não era. Ah, esse Woody...

Dez minutos após o início de *A última noite de Boris Grushenko*, pouco depois de Woody se perguntar como era possível o velho Nahampkin ser mais novo do que o jovem Nahampkin, Myron, vencido pelo cansaço, adormeceu no sofá. Um sono profundo, sem sonhos, absoluta imobilidade: apenas o longo mergulho no poço profundo.

Acordou às 8h30. A televisão estava desligada. Ele ouviu o tique-taque do relógio, que depois bateu as horas. Alguém pusera um cobertor sobre Myron enquanto ele dormia. Win, provavelmente. Deu uma olhada nos outros quartos. Win e Esperanza tinham saído.

Tomou um banho, se vestiu e bebeu um pouco de café. O telefone tocou. Myron atendeu.

Era Victoria. Ainda com a voz entediada.

– Eles prenderam Linda.

◆ ◆ ◆

Myron encontrou Victoria numa sala de espera para advogados.

– Como ela está?

– Bem – respondeu Victoria. – Levei Chad para casa ontem à noite. Isso a alegrou.

– E onde ela está?

– Numa cela, esperando a leitura do libelo de acusação. Vamos vê-la em poucos minutos.

– O que eles têm a alegar contra ela?

– Na verdade, muitas coisas – disse Victoria. Ela parecia quase impressionada. – Primeiro, eles têm o guarda que a viu entrar e sair do campo de golfe deserto na hora do assassinato. Com exceção de Jack, não se viu ninguém mais entrar ou sair ao longo de toda a noite.

– Isso não quer dizer que ninguém o tenha feito. É uma área bastante ampla.

– É verdade. Mas do ponto de vista deles isso dá a Linda uma ocasião propícia. Segundo, eles encontraram fibras e fios de cabelo no corpo de Jack e nas proximidades da cena do crime que testes preliminares relacionam a Linda. Naturalmente, não seria difícil desqualificar esses indícios. Jack é marido dela; não é de estranhar que haja fibras e fios do cabelo dela em seu corpo. Ele pode tê-los deixado cair na cena do crime.

– E além do mais ela nos disse que foi ao campo de golfe procurar Jack – acrescentou Myron.

– Mas não vamos dizer isso a eles.

– Por que não?

– Porque neste momento não vamos dizer nem admitir nada.

Myron deu de ombros. Não tinha importância.

– O que mais?

– Jack tinha um revólver calibre 22. Na noite passada a polícia o encontrou numa área arborizada entre a residência dos Coldren e o Merion.

– Largado lá à vista de todos?

– Não, estava sob terra recém-revolvida. Um detector de metal o encontrou.

– Eles têm certeza de que é o revólver de Jack?

– O número de série confere. A polícia logo fez o teste de balística. É a arma do crime – acrescentou ela.

O sangue de Myron gelou nas veias.

– Impressões digitais? – perguntou ele.

Victoria balançou a cabeça.

– Limparam a arma com todo o cuidado.

– Fizeram um teste para detectar resíduos de pólvora nela?

– Isso vai levar alguns dias. E provavelmente o resultado será negativo.

– Você a mandou lavar e esfregar bem as mãos?

– E dar-lhes também um tratamento de manicure.

– Então você acha que foi ela.

Ela respondeu no mesmo tom imperturbável.

– Por favor, não diga isso.

Ela tinha razão. Mas a coisa estava começando a ficar feia.

– Há mais alguma coisa? – perguntou ele.

– A polícia achou seu gravador ainda conectado ao telefone. Naturalmente, eles quiseram saber por que os Coldren acharam necessário gravar todas as ligações recebidas.

– Eles acharam alguma fita com conversas com o sequestrador?

– Só aquela em que ele chama Esme Fong de "piranha chinesa" e pede cem mil dólares. E, para responder a suas duas próximas perguntas: não, não contamos nada sobre o sequestro e, sim, eles estão furiosos.

Myron refletiu por um instante. Alguma coisa estava errada.

– Eles só acharam essa fita?

– Isso mesmo.

Ele franziu a testa.

– Mas se o gravador ainda estava conectado, ele devia ter gravado a última ligação que o sequestrador fez para Jack. A que fez Jack sair de casa em disparada, rumo ao Merion.

Victoria lançou-lhe um olhar duro.

– A polícia não encontrou outras fitas. Nem na casa, nem no corpo de Jack, nem em lugar nenhum.

Mais uma vez o sangue gelou nas veias. A implicação era óbvia. A explicação mais razoável para não haver fita era também não ter havido telefonema. Linda o inventara. A ausência da fita teria sido vista como uma grande contradição *se* ela tivesse dito algo aos policiais. Felizmente para Linda, Victoria não a deixou contar sua história.

A mulher era boa.

– Você pode me conseguir uma cópia da fita que a polícia encontrou? – perguntou ele.

Victoria assentiu.

– E ainda tem mais – disse ela.

Myron quase estava com medo de ouvir.

– Vamos considerar por um instante o dedo decepado – continuou ela como se estivesse pedindo um aperitivo. – Você o encontrou no carro de Linda, num envelope de papel pardo.

Myron assentiu.

– Aquele tipo de envelope só se encontra à venda na papelaria Staples: essa marca, esse tamanho. Escreveram nele com uma caneta vermelha de ponta de feltro média. Três semanas atrás, Linda foi à Staples. Pelo recibo encontrado ontem em sua casa, ela comprou muito material de escritório, inclusive uma caixa desses envelopes e uma caneta dessas.

Myron não conseguia acreditar no que estava ouvindo.

– Um dado positivo: o grafologista da polícia não pôde afirmar com segurança se a letra no envelope é de Linda.

Mas outra coisa vinha à mente de Myron. Linda esperara por ele no Merion. Os dois foram juntos até o carro, encontraram o dedo juntos. O promotor público se agarraria a esse detalhe. Por que ela esperara por Myron? A resposta, diria o promotor, era óbvia: ela precisava de uma testemunha. Ela plantara o dedo no próprio carro – certamente poderia ter feito isso sem despertar suspeitas – e precisava que um pobre ingênuo estivesse com ela quando o encontrasse.

Entra Myron Bolitar, o ingênuo da vez.

Naturalmente, porém, Victoria cuidara com esmero para que o promotor nunca soubesse dessa história. Myron era o advogado de Linda. Ele não poderia contar. Ninguém saberia.

Pois é, a mulher era boa – salvo por uma coisa.

– O dedo decepado – disse Myron. – Isso deve implicar uma virada, Victoria. Quem vai acreditar que uma mãe seria capaz de cortar o dedo do próprio filho?

Victoria consultou seu relógio.

– Vamos conversar com Linda.

– Não, espere um pouco. É a segunda vez que você desconsidera isso. O que está me escondendo?

– Vamos – disse, pondo a bolsa a tiracolo.

– Ei, estou ficando um pouco cansado de ser empurrado de um lado para outro.

Victoria balançou a cabeça devagar, mas não falou nem parou de andar. Myron seguiu-a e entrou na sala onde Linda ouviria a acusação. Ela já estava lá, metida num uniforme de presidiário laranja berrante, ainda algemada. Ela olhou para Myron com um olhar vazio. Não houve cumprimentos, abraços, nem mesmo gracejos.

Sem rodeios, Victoria disse:

– Myron quer saber por que eu acho que o dedo decepado não nos ajuda.

Linda o encarou com um sorriso triste.

– Acho que é compreensível.

– O que afinal está acontecendo aqui? – perguntou Myron. – Eu sei que você não cortou o dedo de seu filho.

O sorriso triste permaneceu.

– Eu não fiz isso – disse Linda. – Essa parte é verdade.

– O que você quer dizer com "essa parte?"

– Você disse que eu não cortei o dedo do meu filho – continuou ela. – Mas Chad não é meu filho.

capítulo 36

MYRON TEVE OUTRO ESTALO.

– Eu sou estéril – explicou Linda. Ela disse essas palavras com muita desenvoltura, mas a dor em seu olhar era tão crua e intensa que Myron por pouco não se retraiu. – Meus ovários não produzem óvulos. Mas ainda assim Jack queria um filho biológico.

Myron falou suavemente.

– Você contratou uma mãe de aluguel?

Linda olhou para Victoria.

– Sim. Embora as coisas não tenham sido muito às claras.

– Tudo foi feito absolutamente dentro da lei – interveio Victoria.

– Você cuidou disso para eles? – perguntou Myron.

– Sim, eu cuidei da papelada. A adoção foi totalmente legal.

– Queríamos guardar segredo – disse Linda. – Foi por isso que me afastei do golfe tão cedo. Me isolei por completo. A mãe biológica nem ao menos devia saber quem nós éramos.

Myron teve mais um estalo.

– Mas ela descobriu.

– Sim.

Outro estalo.

– É Diane Hoffman, não é?

Linda estava exausta demais para se surpreender.

– Como você sabe?

– Foi só um palpite baseado em minha experiência. – Que outro motivo teria Jack para contratar Diane como caddie? Por que ficou tão incomodada com a maneira como o casal lidava com o sequestro? – Como ela encontrou vocês?

Dessa vez, foi Victoria quem respondeu.

– Como eu disse, tudo foi feito dentro da lei. Com todas essas novas leis de transparência, não foi difícil descobrir.

Mais um estalo.

– Era por isso que você não podia se separar de Jack. Como ele era o pai biológico, ganharia a guarda do filho numa disputa judicial.

Linda encurvou os ombros e confirmou.

– Chad sabe de tudo isso?

– Não – respondeu Linda.

– Pelo menos até onde você sabe.

– O quê?

– Você não pode ter certeza. Talvez ele tenha descoberto. Talvez Jack tenha lhe contado. Ou Diane. Talvez tudo tenha começado por aí.

Victoria cruzou os braços.

– Não estou entendendo, Myron. Vamos supor que Chad descobriu. Como isso poderia levar ao seu sequestro e ao assassinato do pai?

Myron sacudiu a cabeça. Era uma boa pergunta.

– Ainda não sei. Preciso de tempo para refletir sobre isso. A polícia está ciente de todos esses fatos?

– Da adoção? Sim.

Agora as coisas começavam a fazer sentido.

– Isso dá ao promotor um bom argumento. Ele dirá que Linda temia que Jack pedisse divórcio e que ela o matou para continuar com o filho.

Victoria assentiu.

– E o fato de Linda não ser a mãe biológica pode ter funcionado de duas maneiras: ou ela amava tanto o filho que matou Jack ou, já que Chad não era carne de sua carne e sangue de seu sangue, ela podia chegar a cortar seu dedo.

– Num caso ou noutro, a história do dedo não nos ajuda.

Victoria assentiu. Ela não disse "Eu não falei?", mas bem que podia ter dito.

– Posso dizer uma coisa? – interveio Linda. Eles se voltaram para ela.

– Eu não amava mais Jack. Eu lhe disse isso com todas as letras, Myron. Eu não faria isso se estivesse planejando matá-lo.

Myron balançou a cabeça. Fazia sentido.

– Mas eu amo meu filho... *meu* filho... mais do que a minha própria vida. O fato de ser mais plausível que eu o tenha mutilado por ser mãe adotiva, e não uma mãe biológica, é absolutamente doentio e grotesco. Eu amo Chad como toda mãe ama o próprio filho – ela parou, ofegante. – Quero que vocês dois saibam disso.

– Nós sabemos – disse Victoria. – Vamos nos sentar.

Quando todos estavam sentados, Victoria reassumiu o controle da discussão.

– Sei que ainda é cedo, mas quero pensar numa dúvida razoável. A acusação terá falhas, que eu não deixarei de explorar. Mas gostaria de ouvir outras hipóteses sobre o que se passou.

– Em outras palavras – disse Myron –, achar outros suspeitos.

Victoria percebeu algo no tom de voz dele.

– É exatamente isso que quero dizer.

– Bem, você já tem um em mira, não é?

Victoria assentiu friamente.

– Sim.

– Tad Crispin, certo?

Dessa vez, Linda pareceu surpresa. Victoria continuou impassível.

– Sim, ele é um suspeito.

– O rapaz me contratou ontem à noite – disse Myron. – Conversar sobre ele constituiria um conflito de interesses.

– Então não vamos falar sobre ele.

– Não sei se isso basta.

– Então você terá que se recusar a tê-lo como cliente – retrucou Victoria. – Linda contratou você primeiro. Seu compromisso deve ser com ela. Se você acha que há um conflito, deve ligar para o Sr. Crispin e dizer que não pode representá-lo.

Ele estava sem saída, e ela sabia disso.

– Vamos falar de outros suspeitos – disse Myron.

Victoria fez que sim. Ponto para ele.

– Vá em frente.

– Em primeiro lugar, Esme Fong. – Myron lhes informou sobre os motivos que a tornavam uma grande suspeita. Victoria continuou com cara de sono; Linda tinha uma expressão quase homicida.

– Ela seduziu meu filho? – gritou Linda. – Aquela piranha veio a minha casa e seduziu meu filho?

– É o que parece.

– Não dá para acreditar. Foi por isso que Chad se meteu naquele motel asqueroso?

– Sim...

– Tudo bem – interrompeu Victoria. – Acho isso bom. Essa Esme Fong tem um motivo, tem os meios e era uma das poucas pessoas que sabiam onde Chad estava.

– Ela tem um álibi para o assassinato – acrescentou Myron.

– Mas esse álibi não é grande coisa. Deve haver outras vias de entrada e saída do hotel. Ela pode ter usado um disfarce. Pode ter saído sorrateiramente quando Miguel precisou ir ao banheiro. Ela é uma boa candidata. Quem mais?

– Lloyd Rennart.

– Quem?

– O ex-caddie de Jack – explicou Myron. – O que contribuiu para seu fracasso no Aberto.

Victoria franziu a testa.

– Por que ele?

– Considere o timing. Jack volta ao local de seu maior fracasso, e de repente acontece tudo isso. Não pode ser mera coincidência. O fato de ter sido demitido arruinou a vida de Rennart. Ele se tornou alcoólatra. Ele matou a esposa num acidente de carro.

– O quê? – disse Linda.

– Não muito depois do Aberto, o carro de Lloyd teve perda total quando ele dirigia alcoolizado. A mulher dele morreu.

– Você a conheceu? – perguntou Victoria.

Linda sacudiu a cabeça.

– Não chegamos a conhecer a família dele. Na verdade, acho que nunca vi Lloyd a não ser em nossa casa ou no campo de golfe.

Victoria cruzou os braços e recostou-se.

– Ainda não entendo por que ele pode ser considerado suspeito.

– Rennart queria se vingar. Ele esperou 23 anos por isso.

Victoria tornou a franzir a testa.

– Reconheço que é forçar um pouco a barra.

– Um pouco? Isso é ridículo. Você sabe onde Lloyd Rennart se encontra agora?

– Isso é meio complicado.

– Como?

– Talvez ele tenha se matado.

Victoria lançou um olhar a Linda, depois se voltou para Myron.

– Quer fazer o favor de explicar?

– O corpo nunca foi encontrado – disse Myron. – Mas todos acham que ele pulou de um penhasco no Peru.

Linda gemeu:

– Ah, não...

– O que foi? – perguntou Victoria.

– Recebemos um cartão-postal do Peru.

– Quem enviou?

– Foi endereçado a Jack, mas sem assinatura. Chegou no último outono ou inverno.

O pulso de Myron se acelerou. No último outono ou inverno. Na mesma época em que Lloyd teria se matado.

– O que estava escrito?

– Apenas duas palavras: "Perdoe-me."

Fez-se silêncio. Victoria o quebrou.

– Essas palavras não parecem de um homem que deseja vingança.

– Não – concordou Myron, lembrando-se do que Esperanza descobrira sobre o dinheiro usado por Rennart para comprar a casa e o bar. Aquele postal confirmava o que ele já suspeitava: Jack fora vítima de sabotagem. – Mas isso também significa que o que aconteceu há 23 anos não foi por acaso.

– E no que isso nos ajuda? – perguntou Victoria.

– Alguém pagou a Rennart para sabotar Jack no Aberto. Quem quer que tenha feito isso tinha um motivo.

– Para matar Rennart, talvez – retrucou Victoria. – Mas não para matar Jack.

Bem-pensado. Se bem que... Vinte e três anos atrás, alguém odiava Jack a ponto de fazê-lo perder o torneio. Talvez esse ódio não tivesse morrido. Ou quem sabe Jack descobriu a verdade e precisava ser silenciado. De todo modo, valia a pena investigar.

– Não quero ficar escavando o passado – disse Victoria. – Isso poderia causar muita confusão.

– Pensei que você gostava de confusão, pois ela é um terreno fértil para a dúvida razoável.

– Gosto de dúvida razoável – disse ela. – Mas não do desconhecido. Investigue Esme Fong. Investigue a família Squires. Investigue seja lá o que for. Mas mantenha distância do passado, Myron. Nunca se sabe o que se pode encontrar lá.

capítulo 37

No CARRO, AO TELEFONE:

– Sra. Rennart? Aqui é Myron Bolitar.

– Sim, Sr. Bolitar.

– Eu lhe prometi ligar de vez em quando para mantê-la informada.

– Tem alguma novidade?

Como abordar a questão?

– Não sobre seu marido. Por enquanto, não há nenhum indício de que Lloyd não tenha se suicidado.

– Entendo.

Silêncio.

– Então por que está me ligando, Sr. Bolitar?

– Você ouviu falar do assassinato de Jack Coldren?

– Claro. Está em todos os canais. Você não desconfia que Lloyd...

– Não – Myron apressou-se em responder. – Mas, segundo a esposa de Jack, Lloyd enviou a ele um cartão-postal do Peru. Pouco antes de sua morte.

– Entendo. O que estava escrito?

– Só duas palavras: "Perdoe-me." Ele não assinou.

Houve uma breve pausa e então ela disse:

– Lloyd está morto, Sr. Bolitar. Jack Coldren também. Deixe-os descansar em paz.

– Não quero atentar contra a reputação de seu marido. Mas está cada vez mais evidente que alguém forçou Lloyd a sabotar Jack ou o pagou para fazer isso.

– E você quer que eu o ajude a provar isso?

– Essa pessoa, seja lá quem for, pode ter matado Jack e mutilado o filho dele. Seu marido mandou um postal a Jack pedindo-lhe perdão. Com todo o respeito, Sra. Rennart, não acha que Lloyd gostaria que você ajudasse?

Mais silêncio.

– O que quer de mim, Sr. Bolitar? Nada sei sobre o que aconteceu.

– Já imaginava isso. Mas você tem documentos antigos de Jack? Ele escrevia um diário? Algo que possa nos dar uma pista?

– Ele não escrevia um diário.

– Mas talvez haja outra coisa. – Vá com calma, Myron. Devagar. – Se Lloyd recebeu uma compensação – uma bela maneira de dizer suborno –, deve haver recibos bancários, cartas ou algo do tipo.

– Há algumas caixas no porão. Fotos antigas, talvez alguns documentos. Acho que não há extratos bancários. – Francine parou de falar por um momento. Myron manteve o fone colado ao ouvido. – Lloyd sempre teve muito dinheiro vivo – disse ela em voz baixa. – Nunca cheguei a lhe perguntar sobre sua origem.

Myron passou a língua nos lábios.

– Sra. Rennart, posso dar uma olhada nessas caixas?

– Hoje à noite. Pode vir à noite.

◆ ◆ ◆

Esperanza ainda não tinha voltado à cabana. Myron mal tinha se sentado quando o interfone tocou.

– Sim?

O guarda do portão principal falou com uma dicção perfeita.

– Senhor, um cavalheiro e uma jovem dama vieram vê-lo. Eles dizem não ser jornalistas.

– Eles deram os nomes?

– O cavalheiro diz chamar-se Carl.

– Deixe-os entrar.

Myron saiu da casa e observou o Audi amarelo-canário subindo pelo acesso. Carl parou o carro e desceu. Seu cabelo parecia recém-tratado no barbeiro. Uma jovem negra, que não devia ter 20 anos, saiu pela porta do carona. Ela olhava em volta com olhos do tamanho de antenas parabólicas.

Carl voltou-se para as cavalariças e colocou a mão acima dos olhos. Uma amazona em trajes completos de equitação conduzia o cavalo numa pista com obstáculos.

– Aquilo é o que chamam de corrida de obstáculos? – perguntou Carl.

– Agora você me pegou – disse Myron.

Carl continuou a olhar. A amazona desceu do cavalo, desamarrou o chapéu e deu tapinhas no cavalo. Carl comentou:

– Você não vê muito negro vestido daquele jeito.

– E aquelas estátuas de jardim vestidas como jóqueis? Costumavam ser negros.

Carl riu.

– Nada mau – disse ele. – Não muito bom, mas nada mau.

Não havia o que argumentar.

– Você veio aqui para ter aulas de equitação?

– Improvável – disse Carl. – Essa é Kiana. Acho que ela pode ser útil para nós.

– Para nós?

– A você e a mim juntos, irmão. – Carl sorriu. – Eu faço o papel do parceiro negro simpático.

Myron sacudiu a cabeça.

– Não.

– Como?

– O parceiro negro simpático sempre acaba morrendo. Aliás, rapidinho.

Isso deteve Carl por um instante.

– Droga, eu me esqueci disso.

Myron encolheu os ombros como se dissesse "o que eu posso fazer?".

– Bem, quem é ela?

– Kiana trabalha como camareira no Court Manor Inn.

Myron olhou para ela. Ela estava longe o bastante para não ouvir a conversa.

– Quantos anos ela tem?

– Por quê?

Myron deu de ombros.

– Perguntei por perguntar. Ela parece jovem.

– Ela tem 16 anos. E sabe de uma coisa, Myron? Ela não é mãe solteira, não recebe nenhuma assistência do governo e não é drogada.

– Eu não disse que era.

– Ahã. Imagino que essas merdas racistas nunca passam pela sua cabeça de branco tolerante.

– Ei, Carl, me faça um favor. Reserve seu curso sobre sensibilidade racial para um dia mais tranquilo. O que ela sabe?

Carl acenou com a cabeça para que a jovem se aproximasse. Kiana veio, toda longilínea e com aqueles olhos grandes.

– Mostrei a ela esta foto – Carl passou a Myron um instantâneo de Jack Coldren – e ela se lembrou de ter visto o cara no Court Manor.

Myron olhou rapidamente para a foto e voltou-se para Kiana.

– Você viu esse homem no motel?

– Sim. – Sua voz era forte e firme, dando a impressão de que era mais velha. Dezesseis anos. A mesma idade de Chad. Difícil de imaginar.

– Você lembra quando foi?

– Na semana passada. Eu o vi duas vezes.

– Duas vezes?

– Sim.

– Isso foi na quinta ou na sexta?

– Não. – Kiana manteve a firmeza, sem demonstrar nervosismo. – Foi na segunda ou na terça. No máximo quarta.

Myron tentou processar esse novo dado. Jack estivera no Court Manor duas vezes *antes* do filho. Por quê? O motivo era óbvio: se para Linda o casamento estava arruinado, para Jack também devia estar. Ele também tinha relações extraconjugais. Talvez tenha sido isso que Matthew Squires testemunhou. Talvez Jack tenha ido lá para aproveitar melhor e viu o carro do filho. Até que fazia sentido...

Mas era coincidência demais. Pai e filho acabam indo para o mesmo motel barato ao mesmo tempo? Coisas ainda mais estranhas aconteciam, mas qual a probabilidade de uma simples coincidência?

Myron apontou para a foto de Jack.

– Ele estava sozinho?

Kiana sorriu.

– O Court Manor aluga muito poucos quartos individuais.

– Você viu quem estava com ele?

– Muito de relance. O cara da fotografia é que foi à recepção alugar o quarto. A outra pessoa ficou no carro.

– Mas você viu a mulher? Ao menos de relance?

Kiana olhou para Carl, depois novamente para Myron.

– Não era uma mulher.

– Como?

– O cara da fotografia não foi para lá com uma mulher.

Foi um baque. Myron se voltou para Carl, que balançou a cabeça. Mais um estalo. O casamento sem amor. Ele sabia por que Linda continuou casada – ela temia perder a guarda do filho. E quanto a Jack? Por que não foi embora? De repente a resposta se tornou óbvia: estar casado com uma mulher bonita que vivia viajando era um disfarce perfeito. Ele se lembrou da reação de Diane quando ele perguntou se andara dormindo com Jack – como ela riu e disse: "Não havia a menor possibilidade. Não com o velho Jack."

Porque o velho Jack era gay.

Myron voltou-se novamente para Kiana.

– Você pode descrever o homem que estava com ele?

– Mais velho, talvez 50 ou 60. Branco. Tinha cabelos pretos e compridos e uma barba cerrada. É só o que posso dizer.

Mas para Myron aquilo bastava.

Agora as coisas começavam a se encaixar. Não completamente, pelo menos por enquanto. Mas de repente ele acabara de dar um salto gigantesco.

capítulo 38

ESPERANZA ENTROU NO MOMENTO em que o carro de Carl ia embora.

– Descobriu alguma coisa? – perguntou Myron.

Esperanza lhe passou a cópia de um velho recorte de jornal.

– Leia isto.

A manchete era ACIDENTE FATAL.

Um jornalista sucinto. Ele leu:

O Sr. Lloyd Rennart, que reside em Darby Place, número 27, bateu seu automóvel contra um carro estacionado na South Dean Street, próximo do cruzamento com Coddington Terrace. O Sr. Rennart foi detido pela polícia sob suspeita de dirigir alcoolizado. As vítimas foram levadas ao St. Elizabeth's Medical Center, onde Lucille Rennart, esposa do Sr. Lloyd Rennart, foi declarada morta. Ainda serão feitos os preparativos para o funeral.

Myron releu o parágrafo duas vezes.

– "As vítimas foram levadas" – leu em voz alta. – Então não foi apenas uma.

Esperanza assentiu.

– Então quem teriam sido as outras vítimas?

– Não sei. Não foi publicado mais nada sobre o caso.

– Nada sobre prisão, acusação ou julgamento?

– Nada. Pelo menos, nada que eu tenha conseguido encontrar. Nenhuma outra menção aos Rennart. Tentei também verificar no St. Elizabeth's, mas eles não colaboraram, alegando que as informações são confidenciais. De qualquer forma, duvido que sua base de dados chegue até os anos setenta.

Myron sacudiu a cabeça.

– Muito esquisito.

233

– Eu vi Carl saindo daqui. O que ele queria?

– Ele veio com uma camareira do Court Manor. Adivinha com quem Jack Coldren foi lá para uma tarde de prazeres?

– Com a patinadora Tonya Harding?

– Chegou perto. Norm Zuckerman.

Esperanza ficou balançando a cabeça como se tentasse entender uma obra de arte abstrata num museu.

– Não me surpreende. Pelo menos Norm. Pense um pouco: nunca se casou, não tem família. Em público sempre está rodeado de mulheres jovens e bonitas.

– Mera exibição.

– Isso mesmo. Elas servem para despistar. Camuflagem. Norm é o representante de uma grande empresa de produtos esportivos. Se soubessem que é gay, ele estaria arruinado.

– Então, se alguém contasse que ele é gay...

– Ele teria muito a perder.

– Seria um motivo para assassinato?

– Claro. Trata-se de milhões de dólares e da reputação de um homem. Tem gente que mata por muito menos.

Myron pensou um pouco.

– Mas como aconteceu? Digamos que Chad e Jack se encontraram no Court Manor por acaso. Suponhamos que Chad percebe o que o papai e Norm vão fazer. Talvez ele conte a Esme, que trabalha para Norm. Talvez ela e Norm...

– Eles o quê? Eles sequestram o menino, cortam o dedo dele, depois o soltam?

– Tem razão, não faz sentido. Pelo menos por enquanto. Mas estamos chegando perto.

– Ah, sim, nós avançamos muito. Vejamos: pode ter sido Esme Fong. Pode ter sido Norm Zuckerman. Pode ter sido Tad Crispin. Pode ter sido Lloyd Rennart, ainda vivo. Pode ter sido sua mulher ou seu filho. Pode ter sido Matthew Squires, o pai dele ou ambos. E pode ter sido um plano conjunto de um destes: a família de Rennart, talvez, ou Norm e Esme. E pode ter sido Linda Coldren. Como ela explica que a arma usada no crime era de sua casa? Ou os envelopes e a caneta que ela comprou?

– Não sei – respondeu Myron devagar. – Mas você pode ter tocado num ponto importante.

– O quê?

– Acesso. Quem matou Jack e cortou o dedo de Chad tinha acesso à casa dos Coldren. Não levando em conta um arrombamento, quem poderia ter-se apoderado da arma e dos artigos de papelaria?

234

Esperanza mal hesitou.

– Linda Coldren, Jack Coldren, talvez o jovem Squires, pois ele gostava de entrar pela janela. – Ela parou. – Acho que é isso.

– Muito bem, avancemos um pouco mais. Quem sabia que Chad Coldren esteve no Court Manor Inn? Quero dizer, quem o sequestrou tinha que saber onde ele estava, certo?

– Certo. Jack de novo, Esme Fong, Norm Zuckerman, Matthew Squires de novo. Puxa, Myron, isso é muito útil.

– Então quais os nomes que aparecem nas duas listas?

– Jack e Matthew Squires. E acho que podemos excluir Jack, pois ele foi a vítima e tudo o mais.

Mas Myron parou por um instante e pensou sobre sua conversa com Win. Sobre o desejo intenso de vencer. Até onde iria Jack para garantir a própria vitória? Win disse que nada o deteria. Será que tinha razão?

Esperanza estalou os dedos diante do rosto dele.

– Ei, Myron?

– O quê?

– Eu disse que podemos eliminar Jack Coldren. Os mortos raramente enterram armas.

Fazia sentido.

– Então resta Matthew Squires – continuou Myron –, mas não acho que seja ele.

– Eu também não. Mas estamos nos esquecendo de uma pessoa – alguém que sabia onde Chad estava e tinha acesso ilimitado à arma e aos artigos de papelaria.

– Quem?

– Chad Coldren.

– Você acha que ele decepou o próprio dedo?

Esperanza deu de ombros.

– E quanto a sua velha teoria de que o sequestro foi uma farsa que fugiu ao controle? Pense bem. Talvez ele e Tito tenham se desentendido. Talvez tenha sido Chad que matou Tito.

Myron considerou a possibilidade. Pensou em Jack, em Esme, em Lloyd Rennart. Então sacudiu a cabeça.

– Isso não está nos levando a lugar algum. Sherlock Holmes advertiu que nunca se deve teorizar antes de dispor de todos os fatos, porque você modela os fatos para se encaixarem em teorias, em vez de chegar a teorias a partir dos fatos.

– Isso nunca nos impediu de seguir em frente.

– Bem-pensado. – Myron consultou o relógio. Tenho que ir à casa de Francine Rennart.

– A mulher do caddie.

– Sim.

Esperanza começou a fungar.

– O que é? – perguntou Myron.

Ela continuou.

– Estou sentindo cheiro de uma grande perda de tempo – disse ela.

Ela estava enganada.

capítulo 39

Victoria ligou para o telefone do carro. O que as pessoas faziam antes da invenção do telefone de carro e do celular?

Provavelmente se divertiam muito mais.

– A polícia encontrou o corpo de seu amigo neonazista – disse ela. – O sobrenome dele é Marshall.

– A polícia tem alguma ideia de que ele estava envolvido nessa história toda? – perguntou Myron.

– Absolutamente nenhuma.

– E imagino que ele morreu em decorrência de um tiro.

– Sim, essas são as conclusões preliminares. O Sr. Marshall foi baleado duas vezes na cabeça à queima-roupa com um 38.

– Um 38? Mas Jack foi morto com um 22.

– Sim, Myron, eu sei.

– Quer dizer que Jack Coldren e Tito Marshall foram mortos por armas diferentes.

Victoria mais uma vez fez um comentário entediado.

– É difícil acreditar que você não seja um perito em balística.

Todo mundo é sabichão. Mas esse novo dado desarticulou uma série de hipóteses. Será que duas armas implicavam dois assassinos? Ou o assassino seria esperto o bastante para usar armas diferentes? Ou ele teria descartado o 38 depois de matar Tito, sendo obrigado a usar o 22 para matar Jack? E que mente doentia teria dado a uma criança um nome tão ridículo? Já era muito ruim passar a vida inteira com um nome como Myron. Mas Tito Marshall? Não é de estranhar que o menino tenha se revoltado e se tornado um criminoso.

Victoria interrompeu-lhe os pensamentos.

– Eu liguei por outro motivo, Myron.

236

– Qual?

– Você deu o recado a Win?

– Você que armou aquilo, não foi? Você disse a ela que eu estaria lá.

– Por favor, responda a minha pergunta.

– Sim, eu dei o recado.

– O que Win disse?

– Eu dei o recado. Mas isso não significa que vou fazer um relatório das reações de meu amigo.

– Ela está piorando, Myron.

– Sinto muito.

Silêncio.

– Onde você está agora? – perguntou ela.

– Acabei de chegar à Nova Jersey Turnpike. Estou a caminho da casa de Lloyd Rennart.

– Acho que lhe disse para deixar isso de lado.

– Disse mesmo.

Mais silêncio.

– Adeus, Myron.

Ela desligou. Myron deu um suspiro. De repente sentiu saudades do tempo em que não havia telefone de carro, celular. Essa possibilidade de contactar alguém a qualquer hora e em qualquer lugar estava começando a encher o saco.

Uma hora depois, Myron estacionou na frente da modesta casa dos Rennart. Ele bateu à porta. A Sra. Rennart abriu imediatamente. Ela examinou-lhe o rosto por um bom tempo. Nenhum dos dois disse nada. Nem mesmo um cumprimento.

– Você parece cansado – comentou ela finalmente.

– E estou.

– Lloyd mandou mesmo o tal postal?

– Sim.

A resposta fora automática, mas agora ele se perguntava se aquilo era verdade. Pelo que ele sabia, Linda estava simplesmente preparando-o para o papel principal do espetáculo *O Grande Paspalhão: o Musical*. Tomemos o telefonema não gravado, por exemplo. Se de fato o sequestrador ligou para Jack antes de sua morte, onde estava a fita? Talvez esse telefonema nunca tenha ocorrido. Talvez fosse mentira de Linda, que talvez tivesse mentido também sobre o postal e estivesse mentindo o tempo todo. Quem sabe Myron meio que estava sendo seduzido, como um daqueles machões dominados pelos hormônios numa dessas imitações baratas de *Corpos ardentes* que vão direto para DVD, sem cortes, com atrizes coadjuvantes chamadas Shannon ou Tawny.

Uma ideia nada agradável.

Em silêncio, Francine conduziu-o a um porão escuro. Ao chegarem lá embaixo, ela ergueu o braço e acendeu uma lâmpada oscilante que parecia ter saído de *Psicose*. A sala era toda cimentada. Havia um aquecedor de água, um aquecedor a gás, uma máquina de lavar, uma secadora e recipientes de diversos tamanhos, formatos e materiais. Diante dele, no chão, havia quatro caixas.

– Isso são as coisas antigas dele – disse Francine sem olhar para baixo.

– Obrigado.

Ela tentou resistir, mas não conseguiu evitar dar uma olhada nas caixas.

– Estarei lá em cima – disse ela. Myron viu seus pés desaparecerem, voltou-se para as caixas e se agachou. As caixas estavam lacradas com fita adesiva. Ele pegou o canivete do chaveiro e cortou as fitas.

A primeira caixa continha lembranças de golfe. Havia certificados, troféus e *tees* antigos. Havia uma bola de golfe colada a uma base de madeira com uma placa enferrujada onde se lia:

TACADA CERTEIRA – 15º BURACO NO HICKORY PARK
17 de janeiro de 1972

Myron se perguntou como era a vida de Lloyd naquela tarde de golfe ensolarada e fresca. Ele imaginou quantas vezes Lloyd teria repassado aquela tacada em sua mente, quantas vezes se sentara sozinho na poltrona reclinável tentando resgatar aquele lance, o taco nas mãos, a tensão nos ombros quando começou o movimento para trás, a tacada firme e impecável na bola, a trajetória perfeita.

Na segunda caixa, Myron achou o diploma de ensino médio de Lloyd e um álbum do ano da Universidade da Pensilvânia, com uma foto do time de golfe. Lloyd Rennart era o capitão. Myron tocou com o dedo um grande P de feltro. O monograma concedido a Lloyd Rennart pelo desempenho esportivo. Havia uma carta de recomendação do técnico de golfe da universidade. As palavras *futuro brilhante* saltaram aos olhos de Myron. Futuro brilhante. O técnico podia ser um grande incentivador, mas era um péssimo vidente.

Da terceira caixa, ele tirou primeiro uma fotografia de Lloyd Rennart na Coreia. Uma típica foto de grupo, dezenas de garotos quase homens em uniformes de trabalho do exército desabotoados, braços pendendo em torno do pescoço dos companheiros. Muitos sorrisos, sorrisos felizes, ao que parecia. Lloyd estava mais magro, mas seu olhar nada tinha de desolado ou cansado.

Myron deixou a foto de lado. Não havia nenhuma música de fundo saudosista e melosa, mas bem que podia haver. Aquelas caixas eram uma vida – uma vida que, apesar daquelas experiências, sonhos, desejos e esperanças, optou por acabar consigo mesma.

Do fundo da caixa Myron tirou um álbum de casamento. Na folha dourada, já meio desbotada, se lia: *Lloyd e Lucille, 17 de novembro de 1968, Hoje e Sempre*. Mais ironia. A capa de imitação de couro estava com pequenas manchas de bebida. O primeiro casamento de Lloyd, devidamente embrulhado e colocado no fundo de uma caixa.

Myron já ia deixar o álbum de lado quando a curiosidade o venceu. Ele se sentou, pernas abertas como um menino abrindo um presente de Natal. Ele colocou o álbum no chão de cimento e começou a abri-lo. A encadernação fez um pequeno estalo devido aos anos sem uso.

Ao ver a primeira fotografia, por pouco Myron não soltou um grito.

capítulo 40

MYRON NÃO TIROU O PÉ do acelerador.

A Chestnut Street, na altura da Rua 4, é uma área de estacionamento proibido, mas isso não intimidou Myron. Ele saiu sem nem ao menos esperar o carro parar, ignorando o festival de buzinas. Passou em velocidade pelo saguão do Omni e entrou num elevador que estava aberto. Quando chegou ao andar que queria, encontrou o número do quarto e bateu com força.

Zuckerman abriu a porta.

– *Garotinho* – disse ele abrindo um largo sorriso. – Que bela surpresa.

– Posso entrar?

– Você? Claro, meu querido, sempre.

Mas Myron já tinha passado por ele. A primeira sala da suíte era – para usar o jargão dos folhetos de hotel – espaçosa e elegantemente mobiliada. Esme estava sentada num sofá. Ela olhou para ele, acuada. Pôsteres, projetos, anúncios e várias coisas do tipo forravam o chão e transbordavam da mesinha de centro. Myron viu fotos ampliadas de Crispin e de Linda. Por toda parte havia logotipos da Zoom, tão inevitáveis quanto fantasmas vingativos ou operadores de telemarketing.

– Estávamos traçando uma pequena estratégia de campanha – disse Zuckerman. – Mas ora, sempre podemos fazer uma pausa, certo, Esme?

Esme assentiu.

Zuckerman foi até um minibar.

– Quer beber alguma coisa, Myron? Acho que eles não têm nenhum achocolatado aqui, mas tenho certeza...

– Nada – interrompeu Myron.

Zuckerman fez um gesto de rendição.

– Calma, Myron, relaxe – disse ele. – O que está torrando seu saco?

– Queria preveni-lo, Norm.

– Prevenir-me de quê?

– Eu não quero fazer isso. Que eu saiba, sua vida amorosa interessa apenas a você. Mas não é assim tão fácil. Não mais. Ela virá a público, Norm. Sinto muito.

Zuckerman não se mexeu. Abriu a boca como se fosse protestar. Então parou.

– Como descobriu?

– Você estava com Jack no Court Manor Inn. Uma camareira viu você.

Zuckerman olhou para Esme, que manteve a cabeça erguida. Ele se voltou novamente para Myron.

– Você sabe o que vai acontecer se vier a público que sou um *faygeleh*?

– Não posso evitar, Norm.

– Eu sou a empresa, Myron. A Zoom tem a ver com moda, imagem e esportes, e o meio esportivo é o mais homofóbico de todos. Nesse negócio, a aparência é tudo. Se descobrirem que sou uma bicha velha, sabe o que vai acontecer? A Zoom vai para o brejo.

– Não sei se é bem assim, mas de qualquer forma não dá para evitar.

– A polícia já sabe?

– Não, ainda não.

Zuckerman ergueu as mãos.

– Então por que isso tem que vir a público? Tudo não passou de uma aventura! Tudo bem, eu me encontrei com Jack. Nos sentimos atraídos, e ambos tínhamos muito a perder se um de nós desse com a língua nos dentes. Não foi nada de mais. Não tem nada a ver com o assassinato dele.

Myron lançou um olhar furtivo para Esme. Seus olhos suplicavam que ele se calasse.

– Infelizmente, acho que tem a ver, sim – retrucou Myron.

– Você acha? Você vai me arruinar com base num achismo?

– Sinto muito.

– Será que posso dissuadi-lo?

– Receio que não.

Zuckerman afastou-se do minibar e deixou-se cair numa cadeira. Ele enfiou o rosto nas mãos e deslizou os dedos pelo cabelo.

– Passei a vida inteira com mentiras, Myron. Passei minha infância na

Polônia, fingindo que não era judeu. Acredita? Mas sobrevivi. Vim para cá. E então passei toda a minha vida adulta fingindo que era um homem de verdade, um Casanova, um cara sempre com uma bela garota ao seu lado. Nós nos acostumamos a mentir, Myron. Vai ficando cada vez mais fácil, entende? As mentiras se tornam uma espécie de realidade paralela.

– Sinto muito, Norm.

Ele respirou fundo e forçou um sorriso cansado.

– Talvez seja melhor assim – disse Zuckerman. – Isso nunca foi um problema para Elton John, não é?

– Não, não foi.

Zuckerman levantou os olhos para Myron.

– Escute, quando cheguei a este país, me tornei o judeu mais espalhafatoso que já existiu, não foi? Fale a verdade. Eu não sou o judeu mais espalhafatoso que você já conheceu?

– Sim.

– Pode jurar que sim. E quando comecei a pôr as manguinhas de fora, todo mundo me mandou pegar mais leve. Pare de se mostrar tão judeu, eles diziam. Você nunca será aceito. – Sua expressão era esperançosa. – Talvez eu possa fazer o mesmo para nós, *faygelehs* que estamos no armário, Myron. Enfrentar o mundo novamente, entende?

– Sim, entendo – disse Myron em voz baixa. – Quem mais sabia sobre você e Jack?

– Como?

– Você contou a alguém?

– Não, claro que não.

Myron indicou Esme.

– E o que me diz de uma de suas belas namoradas? Alguém que praticamente morava com você? Não seria fácil descobrir?

Norm deu de ombros.

– Acho que sim. Quando você fica tão próximo de uma pessoa, confia nela. Você baixa a guarda. Então talvez ela soubesse. E daí?

Myron olhou para Esme.

– Você vai contar a ele?

– Não sei do que você está falando – disse ela friamente.

– Me contar o quê? – perguntou Zuckerman.

Myron continuou a olhar para ela.

– Eu fiquei pensando por que você iria seduzir um rapaz de 16 anos. Não me entenda mal. Você atuou incrivelmente bem: toda aquela história de que se sentia solitária e que Chad era gentil e não tinha doenças. Você ficou muito falante, mas tudo aquilo me soava falso.

– Do que você está falando, Myron? – perguntou Norm.

Myron o ignorou.

– E depois havia uma estranha coincidência: você e Chad aparecendo no motel na mesma hora que Jack e Norm. Muito estranho. Eu não consegui engolir essa história. Mas nós dois sabemos que não foi coincidência. Você planejou tudo, Esme.

– Planejou o quê? – interveio Norm. – Myron, você quer fazer o favor de me dizer o que está acontecendo?

– Norm, você mencionou que Esme trabalhou na campanha de basquete da Nike. Que ela pediu demissão e veio trabalhar com você.

– E daí?

– Ela passou a ganhar menos?

– Um pouco menos. – disse Norm sem interesse. – Não muito.

– Quando exatamente ela começou a trabalhar com você?

– Não sei.

– Foi nos últimos oito meses?

Norm pensou um pouco.

– Sim, e daí?

– Esme seduziu Chad Coldren e combinou uma noite com ele no Court Manor Inn. Mas ela não o levou lá por querer sexo nem porque se sentia sozinha. Aquilo fazia parte de uma armação.

– Que tipo de armação?

– Ela queria que Chad visse o pai dele com outro homem.

– Ahn?

– Ela queria arruinar Jack. Não foi coincidência. Esme conhecia sua rotina, Norm. Ela descobriu seu caso com Jack e armou para que Chad descobrisse quem era seu pai.

Esme continuou calada.

– Diga-me uma coisa, Norm. Você e Jack pretendiam encontrar-se na quinta à noite?

– Sim.

– O que aconteceu?

– Jack desistiu do encontro. Ele entrou no estacionamento e ficou apavorado. Ele disse ter visto um carro familiar.

– Não era só familiar. Era o carro do filho dele. E foi aí que o plano de Esme falhou. Jack avistou o carro e foi embora antes que Chad tivesse tempo de vê-lo.

Myron ficou de pé e aproximou-se de Esme. Ela permaneceu em silêncio.

– Por pouco não entendi tudo desde o começo – disse-lhe ele. – Jack assumira a liderança no Aberto. O filho dele estava ali, bem na sua frente. Então você sequestrou Chad para fazer Jack fracassar. Foi exatamente como imaginei. Só que não conseguia entender o verdadeiro motivo. Por que você sequestraria Chad? Por que você ansiava por se vingar de Jack Coldren? Sim, dinheiro também era uma motivação. Sim, você queria que a nova campanha da Zoom fosse um sucesso. Sim, você sabia que se Tad Crispin ganhasse o Aberto, você seria considerada o maior gênio do marketing mundial. Tudo isso teve sua influência. Mas, é claro, isso não explica por que você levou Chad ao Court Manor Inn *antes* de Jack assumir a liderança.

Zuckerman suspirou.

– Então nos diga, Myron. Que razão ela podia ter para querer prejudicar Jack?

Myron enfiou a mão no bolso e tirou uma fotografia granulada. A primeira página do álbum de casamento. Lloyd e Lucille Rennart. Sorrindo. Felizes. Lado a lado. Lloyd de smoking, Lucille segurando um buquê de flores. Lucille deslumbrante num vestido longo branco. Mas o que surpreendeu Myron nada tinha a ver com a roupa de Lucille ou com o que ela carregava; o que o surpreendeu foi o que Lucille era.

Lucille Rennart era oriental.

– Lloyd Rennart era seu pai – disse Myron. – Você estava no carro no dia em que ele bateu numa árvore. Sua mãe morreu. Vocês foram levadas para o hospital.

Esme estava empertigada, mas agora respirava com dificuldade.

– Não sei bem o que aconteceu em seguida – continuou ele. – Imagino que seu pai chegou ao fundo do poço. Ele era um bêbado e acabara de matar a esposa. Sentia-se arrasado, inútil. Então talvez tenha concluído que não conseguiria criar você. Ou que não merecia criar você. Ou quem sabe ele tenha feito um acordo com a família de sua mãe. Em troca da retirada de todas as queixas contra ele, Lloyd abriria mão de sua guarda em benefício da família de Lucille. Você acabou sendo criada pela família de sua mãe. Quando Lloyd se recuperou, provavelmente achou que não estaria certo tomá-la de volta. Ou quem sabe ele tivesse receio de que sua filha não aceitasse o pai que fora responsável pela morte da mãe. Seja como for, Lloyd resolveu não se manifestar. Ele nem ao menos falou de você para a segunda esposa.

Agora lágrimas escorriam pelo rosto de Esme. Myron também sentiu vontade de chorar.

– Estou chegando perto, Esme?

– Eu nem ao menos sei do que você está falando.

– Está tudo documentado. Certidão de nascimento, sem dúvida. Certamente documentos de adoção. A polícia não terá dificuldade em localizá-los. – Ele ergueu a fotografia, sua voz suave.

– Por si só, a semelhança entre você e sua mãe já é o bastante.

As lágrimas continuavam a rolar, mas ela não soluçava nem fazia nenhum barulho. Não se via o menor tremor em seu rosto. Apenas lágrimas.

– Talvez Lloyd Rennart seja meu pai – disse Esme. – Ainda assim, você não tem prova nenhuma. O restante é mera especulação.

– Não, Esme. Quando a polícia confirmar o parentesco, o restante vai ser fácil. Chad lhes dirá que foi você quem sugeriu a ida ao Court Manor Inn. Eles irão investigar a fundo a morte de Tito. E com certeza descobrirão alguma conexão. Fibras, fios de cabelo. Tudo vai se encaixar. Mas eu tenho uma pergunta para você.

Ela permaneceu calada.

– Por que você cortou o dedo de Chad?

De repente, Esme fugiu em disparada. Pego de surpresa, Myron pulou por cima do sofá para bloquear-lhe a passagem. Mas ele entendeu errado: ela não procurava uma saída; queria ir para o quarto. O quarto dela. Myron tornou a pular o sofá e chegou ao quarto, mas tarde demais.

Esme tinha uma arma. Ela a apontou para o peito de Myron. Pelo olhar dela, ele viu que não haveria nem confissão, nem explicações, nem conversa. Ela estava prestes a atirar.

– Não se preocupe – disse Myron.

– O quê?

Ele tirou do bolso o celular e lhe passou.

– É para você.

Por um instante, Esme não se mexeu. Então, ainda segurando a arma, estendeu a mão, pegou o telefone e levou-o ao ouvido, mas Myron conseguia ouvir claramente.

Uma voz disse:

– Aqui é o detetive Alan Corbett, do Departamento de Polícia de Filadélfia. Estamos na frente de sua porta e ouvimos tudo o que foi dito. Largue a arma.

Esme olhou para Myron, ainda com a arma apontada para o peito dele. Myron sentiu uma gota de suor escorrer-lhe pelas costas. Olhar para o cano de uma arma era como encarar a caverna da morte. Seus olhos veem o cano, somente o cano, como se ele estivesse crescendo e preparando-se para engoli-lo inteiro.

– Seria uma estupidez – disse ele.

Ela balançou a cabeça e largou a arma.

– E inútil.

O revólver caiu no chão. As portas se abriram. A polícia tomou de assalto o apartamento.

Myron olhou para o revólver.

– Um 38 – disse ele a Esme. – É a arma com que você matou Tito?

A expressão dela foi a resposta. Os testes de balística seriam conclusivos. Esme faria a alegria do promotor.

– Tito era um maluco – retrucou Esme. – Ele decepou o dedo do menino e começou a exigir dinheiro. Você tem que acreditar.

Myron fez um movimento de cabeça evasivo. Ela estava testando a própria defesa, mas Myron achava que era verdade.

Corbett a algemou.

Agora as palavras saíam aos borbotões.

– Jack Coldren destruiu toda a minha família. Ele arruinou meu pai e matou minha mãe. E para quê? Meu pai não fez nada de errado.

– Fez, sim – disse Myron.

– Se você acredita em Jack Coldren, ele apenas tirou o taco errado de um saco de golfe. Ele se enganou. Um acidente. Ele precisava pagar tão caro?

Myron não disse nada. Não se tratou de um engano, de um acidente. E Myron não tinha ideia de quanto aquilo teria custado.

capítulo 41

A POLÍCIA LEVOU ESME FONG. Corbett queria fazer algumas perguntas, mas Myron não estava disposto. Saiu quando o detetive estava distraído e partiu em velocidade para a delegacia de onde Linda logo seria libertada. Ele subiu a escada de cimento três ou quatro degraus por vez, parecendo tomar impulso para o salto triplo.

Victoria quase – a palavra-chave aqui é *quase* – sorriu para ele.

– Daqui a pouco Linda vai sair.

– Você está com a fita que lhe pedi?

– O telefonema entre Jack e o sequestrador?

– Sim.

– Estou com ela. Mas por que...

– Por favor, passe-a para mim.

Ela percebeu seu tom resoluto. Sem discutir, tirou a fita da bolsa. Myron a pegou.

– Você se importa se eu levar Linda para casa? – perguntou ele.

Victoria olhou para ele.

– Talvez seja uma boa ideia.

Um policial se aproximou.

– Linda está pronta para sair – informou ele.

Victoria já ia dar meia-volta quando Myron falou:

– Acho que você estava enganada sobre escavar o passado. O passado acabou salvando nossa cliente.

Victoria sustentou-lhe o olhar.

– É como eu disse antes. Nunca sabemos o que vamos encontrar.

Os dois ficaram esperando que o outro desviasse o olhar até que a porta se abriu atrás deles.

Linda estava novamente em trajes civis. Ela avançou hesitante, como se estivesse saindo de um quarto escuro e não tivesse certeza de que seus olhos suportariam a luz repentina. Seu rosto abriu-se num largo sorriso ao ver Victoria. Elas se abraçaram. Linda aninhou o rosto no ombro dela e se sentiu embalar em seus braços. Quando se separaram, Linda abraçou Myron. Myron fechou os olhos e sentiu os músculos relaxarem. Ele aspirou-lhe o perfume dos cabelos e sentiu a maravilhosa pele do rosto dela em seu pescoço. Eles se deixaram ficar abraçados por um bom tempo, quase numa dança lenta, sem que nenhum dos dois quisesse se separar, ambos, talvez, com um pouco de medo.

Victoria tossiu polidamente, pediu licença e se foi. Precedidos por um policial, Myron e Linda dirigiram-se ao carro a passos lentos. Eles colocaram os cintos de segurança em silêncio.

– Obrigada – disse ela.

Myron não disse nada. Ele ligou o carro. Por um instante, nenhum dos dois falou. Myron ligou o ar-condicionado.

– Acho que está rolando alguma coisa entre nós, não é?

– Não sei – respondeu Myron. – Você estava preocupada com seu filho. Talvez seja só isso.

A expressão de Linda dizia que ela não acreditava naquilo.

– E quanto a você? – perguntou Linda. – Você está sentindo alguma coisa?

– Acho que sim. Mas em parte era um pouco de medo também.

– Medo de quê?

– De Jessica.

Ela deu um sorriso aborrecido.

– Não venha me dizer que você é um desses caras que temem compromisso.

– É exatamente o contrário. Eu temo a intensidade com que a amo. Eu temo minha ânsia de me comprometer.

– Então, qual é o problema?

– Jessica já me deixou uma vez. Não quero mais me sentir exposto dessa maneira.

– Então o que você acha que era isso? Medo de ser abandonado?

– Não sei.

– Eu senti algo. Pela primeira vez em muito tempo. Não me entenda mal. Eu tive casos. Com Tad, por exemplo. Mas não é a mesma coisa. – Linda olhou para ele. – Senti-me muito bem.

Myron não disse nada.

– Você não está facilitando – afirmou Linda.

– Temos outras coisas para conversar.

– O que, por exemplo?

– Victoria a informou sobre Esme Fong?

– Sim.

– Você deve lembrar que ela tem um álibi sólido para o assassinato de Jack.

– Um funcionário do turno da noite num hotel grande como o Omni? Duvido que isso resista a uma investigação.

– Não tenha tanta certeza.

– Por que você diz isso?

Myron não respondeu. Ele dobrou à direita e disse:

– Sabe o que sempre me incomodou, Linda?

– Não. O quê?

– Os telefonemas com pedido de resgate.

– O que tem eles?

– O primeiro foi feito na manhã do sequestro. Você atendeu. Os sequestradores lhe disseram que estavam com seu filho, mas não pediram resgate. Sempre achei isso muito estranho. Você não?

Ela pensou um pouco.

– Acho que sim.

– Agora entendo por que eles fizeram isso. Mas naquela altura nós não sabíamos o verdadeiro motivo do sequestro.

– Não estou entendendo.

– Esme Fong sequestrou Chad porque queria se vingar de Jack. Queria fazê-lo perder o torneio. Como? Bem, pensei que ela tivesse sequestrado Chad para perturbar Jack. Fazer com que ele perdesse o foco. Mas se tratava de uma explicação muito abstrata. Ela queria garantir que Jack perdesse. Esse era o pedido de resgate desde o começo. Mas, veja bem, o pedido de resgate veio um pouco tarde. Jack já estava no campo de golfe. Você atendeu o telefone.

Linda fez que sim.

– Acho que entendo o que você está dizendo. Ela tinha que atingir Jack diretamente.

– Ela ou Tito, mas você tem razão. Foi por isso que ela telefonou para Jack no Merion. Lembra-se do segundo telefonema, o que Jack recebeu depois do fim da rodada?

– Claro.

– Foi quando pediram o resgate. O sequestrador disse claramente: se você não começar a perder, seu filho morre.

– Espere um pouco. Jack falou que eles não pediram nada. Eles disseram que ele arranjasse algum dinheiro, pois ligariam depois.

– Jack mentiu.

– Mas...? – Ela parou. – Por quê?

– Ele não queria que nós, ou mais especificamente você, soubesse a verdade.

Linda sacudiu a cabeça.

– Não estou entendendo.

Myron pegou a fita que Victoria lhe dera.

– Talvez isso a ajude a entender.

Ele pôs a fita no aparelho do carro. Houve alguns segundos de silêncio e então ele ouviu a voz de Jack como se viesse do além:

– Alô?

– Quem é a piranha chinesa?

– Não sei o que...

– Você está tentando foder comigo, seu filho da puta idiota? Vou começar a mandar a porra do pirralho aos pedacinhos.

– Por favor...

– Para que isso, Myron? – Linda parecia um pouco aborrecida.

– Espere só mais um instante. A parte que interessa já está chegando.

– O nome dela é Esme Fong. Ela trabalha para uma empresa de roupas. Ela veio aqui apenas para fazer um contrato com minha mulher, só isso.

– Mentira.

– É verdade, juro.

– Eu não sei, Jack...

– Eu não mentiria para você.

– Bem, Jack, vamos apurar isso. Isso vai custar caro.

– O que quer dizer com isso?

– Cem mil dólares. Digamos que é sua punição.

– Punição por quê?

248

Myron apertou STOP.

– Você ouviu?

– O quê?

– "Digamos que é sua punição." Claro como o dia.

– E daí?

– Não se tratava de um pedido de resgate. Era uma punição.

– É um sequestrador, Myron. Ele não se preocupa com semântica.

– "Cem mil dólares" – repetiu Myron. – "Digamos que é sua punição." Como se já tivesse feito um pedido de resgate. Como se os cem mil fossem algo que ele resolveu acrescentar. E o que dizer da reação de Jack? O sequestrador pede cem mil. Você imagina que ele vai apenas concordar. Em vez disso, ele diz: "Punição por quê?" Mais uma vez, fica provado que esse valor foi acrescentado a algo que já fora pedido antes. Agora ouça isto. – Myron apertou PLAY.

– Esquece, porra! Você quer o garoto vivo? Agora vai custar cem mil. Isso é um...
– Espere um pouco.

Myron apertou STOP novamente.

– "*Agora* vai custar cem mil" – repetiu Myron. – *Agora*, essa é a palavra-chave. *Agora*. Mais uma vez, é como se fosse um preço a mais. Como se antes desse telefonema o preço fosse outro. O sequestrador começa a falar "Isso é um..." quando Jack o interrompe. Por quê? Porque não quer que o sequestrador termine a frase. Ele sabia que estávamos ouvindo. "Isso é um *acréscimo*." Aposto que essa era a próxima palavra que ele ia dizer. "Isso é um acréscimo ao nosso pedido inicial." Ou "Isso é um acréscimo à perda do torneio".

Linda olhou para ele.

– Mas ainda não estou entendendo. Por que Jack não nos contaria o que eles queriam?

– Porque Jack não tinha a menor intenção de fazer o que eles pediam.

Ela se deteve.

– O quê?

– Ele queria vencer a qualquer custo. Mais do que isso: ele precisava vencer. Tinha que vencer. Mas se você soubesse a verdade... você, que já ganhou tantas vezes e com tanta facilidade... nunca iria entender. Aquela era a sua chance de se redimir, Linda. Sua chance de recuar 23 anos e fazer sua vida valer a pena. Até que ponto ele desejava vencer, Linda? Me diga. O que ele sacrificaria para obter isso?

– Não o próprio filho – retrucou Linda. – Sim, Jack precisava ganhar. Mas não a ponto de arriscar a vida do próprio filho.

– Mas Jack não via as coisas dessa maneira. Ele as via através do prisma cor-de-rosa do próprio desejo. Um homem vê o que deseja ver, Linda. O que ele tem que ver. Quando mostrei a vocês o videoteipe do banco, vocês dois viram coisas diferentes. Você não queria acreditar que seu filho fosse capaz de fazer algo tão doloroso. Então você procurou explicações que contestassem as evidências. Jack fez exatamente o contrário. Ele queria acreditar que o filho tinha tramado aquilo. Que se tratava de uma grande farsa. Assim, ele poderia continuar fazendo o máximo para ganhar. E se por acaso ele estivesse errado – se de fato Chad tivesse sido sequestrado – bem, os sequestradores deviam estar blefando. Eles nunca chegariam a cumprir as ameaças. Em outras palavras, Jack fez o que tinha que fazer: racionalizou o perigo para eliminá-lo.

– Você acha que o desejo de ganhar o cegou a esse ponto?

– De quanta cegueira ele precisava? Todos ficamos em dúvida quando vimos a fita do banco. Até você. Portanto, que grande dificuldade ele teria para dar um passo adiante?

Linda recostou-se.

– Tudo bem – disse ela. – Talvez eu esteja convencida. Mas ainda não vejo a relação disso com tudo o mais.

– Só me ouça mais um pouco, está bem? Vamos voltar ao momento em que mostrei a gravação do banco. Estamos na sua casa. Eu mostro a fita. Jack sai em disparada. Ele está perturbado, claro, mas continua jogando bem o bastante para manter uma grande vantagem. Isso enfurece Esme. Ele está ignorando sua ameaça. Ela conclui que terá que jogar pesado.

– Cortando o dedo de Chad.

– Provavelmente foi Tito, mas isso agora não vem ao caso. O problema é: o dedo é decepado, e Esme quer usá-lo para mostrar a Jack que ela está falando sério.

– Então ela o põe em meu carro e nós o encontramos.

– Não.

– O quê?

– Jack o encontrou antes.

– Em meu carro?

Myron sacudiu a cabeça.

– Lembre que no chaveiro de Chad também estão as chaves do carro de Jack. Esme quer intimidar Jack, não você. Então ela põe o dedo no carro de Jack. Ele o encontra, fica chocado, claro, mas agora ele já está enterrado na mentira até o pescoço. Se a verdade viesse à tona, você nunca o perdoaria. Chad nunca o perdoaria. E o torneio estaria perdido. Ele tem que se livrar do dedo. Então, ele o põe num envelope e escreve o bilhete, lembra? "Eu avisei que não devia pedir ajuda." Está entendendo? É uma distração perfeita. Não apenas desvia dele o foco das atenções, mas também se livra de mim.

Linda mordeu o lábio inferior.

– Isso explicaria o envelope e a caneta – disse ela. – Eu é que comprei todo o material de escritório. Jack devia tê-lo em sua pasta.

– Exatamente. Mas é aí que as coisas se tornam realmente interessantes.

Ela arqueou uma sobrancelha.

– Até agora elas não eram interessantes?

– Espere um pouco. É domingo de manhã. Jack está prestes a iniciar a rodada final com uma vantagem insuperável. Maior que a que tinha 23 anos atrás. Se perder agora, será o maior fracasso da história do golfe. Seu nome passaria a ser sinônimo de derrota – a coisa que Jack mais odiava na vida. Por outro lado, Jack não era um monstro. Ele amava seu filho. Agora ele sabia que o sequestro não era uma farsa. Provavelmente estava dilacerado, sem saber o que fazer. Mas por fim tomou uma decisão: ele iria perder o torneio.

Linda se manteve calada.

– Tacada a tacada, nós acompanhamos a sua morte. Win entende muito melhor que eu o lado destrutivo do desejo de vencer. Ele notou também que a chama de Jack voltara, a velha necessidade de vencer. Apesar disso tudo, Jack se esforçou para perder. Ele não se entregou ao fracasso total, o que seria muito suspeito, mas começou a errar tacadas. Ele falha de forma miserável, e de propósito, quando joga a bola na pedreira, quando perde a liderança. Mas imagine o que se passa em sua mente. Jack luta contra tudo o que sempre foi. Dizem que um homem não consegue afogar a si mesmo. Ainda que isso signifique salvar a vida do próprio filho, um homem não consegue manter--se debaixo d'água até seus pulmões estourarem. Acho que isso não é muito diferente do que Jack estava tentando fazer. Ele estava se matando. Sua sanidade devia estar em frangalhos, como pedaços de terra arrancados pelos tacos durante uma partida. No décimo oitavo buraco, o instinto de sobrevivência falou mais alto. Talvez ele tenha começado a racionalizar de novo ou, mais provavelmente, talvez não tenha conseguido se conter. Mas nós dois vimos a transformação, Linda. Nós vimos o rosto dele ficar vidrado. Jack lançou a bola no buraco e empatou a partida.

– Sim, eu vi a transformação. – Mal dava para ouvir a voz de Linda. Ela endireitou o corpo no banco e soltou o ar. – Àquela altura, Esme Fong devia estar em pânico.

– Sim.

– Jack não lhe deixara alternativa. Ela tinha que matá-lo.

– Não – discordou Myron.

Ela pareceu confusa novamente.

– Mas faz sentido. Esme estava desesperada. Você mesmo disse isso. Ela queria vingar o pai e, acima de tudo, se preocupava com o que poderia acontecer se Tad Crispin perdesse. Ela tinha que matá-lo.

– Mas tem um problema – disse Myron.

– Qual?

– Ela ligou para sua casa naquela noite.

– Certo. Para marcar o encontro no campo de golfe. Ela deve ter dito a Jack que fosse sozinho e não me dissesse nada.

– Não. Não foi isso que aconteceu.

– Como assim?

– Se tivesse sido assim, a ligação teria sido gravada.

Linda parecia hesitante.

– Do que você está falando?

– Esme ligou para sua casa. Isso é verdade. Meu palpite é que ela apenas tornou a ameaçá-lo. Disse a ele que estava falando sério. Jack provavelmente pediu perdão, não sei. Provavelmente nunca vou saber. Mas seria capaz de apostar como ele encerrou o telefonema prometendo perder no dia seguinte.

– E daí? O que isso tem a ver com o telefonema ter sido gravado?

– Jack estava vivendo um verdadeiro inferno. A pressão era insuportável. Ele devia estar à beira de um colapso nervoso. Então saiu correndo de casa, exatamente como você disse, e foi parar em seu lugar preferido no mundo. O Merion. O campo de golfe. Será que ele foi lá apenas para pensar? Não sei. Teria levado a arma consigo, talvez até pensando em suicídio? Também não sei. O que sei é que o gravador ainda estava conectado ao seu telefone. A polícia confirmou isso. Então, que fim levou a fita com a gravação da conversa?

De repente, Linda passou a falar em tom mais cauteloso.

– Eu não sei.

– Sabe, sim, Linda.

Ela lançou-lhe um olhar duro.

– Jack pode ter esquecido que a ligação estava sendo gravada. Mas você não. Quando ele saiu de casa em disparada, você foi ao porão, ligou o gravador e ouviu tudo. O que estou dizendo aqui neste carro não é novidade para você. Você sabia por que os sequestradores levaram seu filho. Você sabia o que Jack tinha feito. Você sabia aonde ele gostava de ir quando fazia suas caminhadas. E você sabia que tinha que detê-lo.

Myron esperou. Ele perdeu o primeiro retorno, pegou o segundo e voltou para a autoestrada. Ele encontrou a saída certa e ligou o pisca-pisca.

– Jack levou o revólver – disse Linda calmamente. – Eu nem ao menos sabia onde ele o guardava.

Myron fez um leve aceno de cabeça, tentando encorajá-la.

– Você tem razão – continuou ela. – Quando ouvi a fita, percebi que não se podia confiar em Jack. Ele também sabia disso. Mesmo com o filho sob ameaça de morte, ele conseguiu acertar a bola no décimo oitavo buraco. Eu o segui até o campo e o enfrentei. Ele começou a chorar e disse que ia tentar perder. Mas... – ela hesitou, medindo as próprias palavras – o exemplo do homem se afogando. Jack era exatamente isso.

Myron tentou engolir, mas sua garganta estava muito seca.

– Jack queria se matar. E eu sabia que ele o faria. Eu ouvi a fita. Ouvi as ameaças. E eu não tinha dúvida: se Jack ganhasse, Chad morreria. E sabia mais uma coisa.

Ela parou e olhou para Myron.

– O quê? – disse ele.

– Eu sabia que Jack ganharia. Win tinha razão: a chama voltara ao olhar de Jack. Mas agora era um inferno enfurecido. Um inferno que nem ele conseguia controlar mais.

– Então você atirou nele.

– Lutei para tirar a arma dele. Eu queria machucá-lo. Eu queria machucá-lo gravemente. Se houvesse uma possibilidade de Jack voltar a jogar, eu temia que o sequestrador ficasse com Chad indefinidamente. A voz no telefone parecia desesperada. Mas Jack não queria me entregar a arma nem tomá-la de mim. Era estranho. Ele simplesmente a segurava e olhava para mim, quase como se estivesse esperando. Então eu pus o dedo no gatilho e puxei. – Sua voz era bem clara agora. – Ela não disparou por acidente. Eu queria feri-lo gravemente, mas não queria matá-lo. Mas eu atirei. Atirei para salvar meu filho. E Jack acabou morrendo.

Mais silêncio.

– Então você voltou para casa – disse Myron. – Você enterrou o revólver. Você me viu entre os arbustos. E quando chegou em casa, apagou a fita.

– Sim.

– E foi por isso que você logo se apressou a fazer aquela declaração à imprensa. A polícia queria guardar segredo, mas você precisava que a história viesse a público. Você queria que os sequestradores soubessem que Jack estava morto, e assim poderiam libertar Chad.

– Era meu filho ou meu marido. – Ela se voltou para encará-lo. – O que você teria feito?

– Não sei. Mas acho que eu não o teria baleado.

– Você acha? – repetiu ela com um sorriso. – Você fica dizendo que Jack estava sob pressão, mas quanto a mim? Eu não dormia. Eu estava tensa, confusa e mais assustada do que jamais estivera em toda a minha vida. Além disso, eu estava enfurecida porque Jack acabara com as chances de nosso filho praticar o esporte que nós todos amávamos. Eu não podia me dar ao luxo de confiar numa incerteza, Myron. A vida de meu filho estava em jogo. Só tive tempo de reagir.

Eles entraram na Ardmore Avenue e passaram em silêncio pelo Merion. Os dois contemplaram pela janela as curvas suaves e verdejantes do campo de golfe, interrompidas apenas por um ou outro banco de areia. Myron tinha de reconhecer que era uma vista deslumbrante.

– Você vai contar tudo? – perguntou ela.

Ela já sabia a resposta.

– Sou seu advogado. Não posso fazer isso.

– E se você não fosse meu advogado?

– Não faria diferença. Victoria seria capaz de pôr em dúvida as provas e ganhar o caso.

– Não foi isso que eu quis dizer.

– Eu sei – disse Myron, e deixou as coisas nesse pé. Ela esperou, mas não teria resposta.

– Eu sei que você não se importa – continuou Linda. – Mas eu falei sério ainda há pouco. Meus sentimentos em relação a você eram verdadeiros.

Eles não disseram mais nada. Myron pegou a estrada de acesso à casa dos Coldren. A polícia mantinha os jornalistas a distância. Chad estava na frente da casa, esperando. Ele sorriu para a mãe e correu ao seu encontro. Linda abriu a porta do carro e saiu. Provavelmente eles se abraçaram, mas Myron não viu a cena. Já estava tomando o caminho de volta.

capítulo 42

VICTORIA ABRIU A PORTA.

– No quarto. Acompanhe-me.

– Como ela está? – perguntou Myron.

– Ela tem dormido bastante. Mas acho que a dor já não está tão intensa. Temos uma enfermeira e um aparelho para administrar morfina, caso ela precise.

A decoração era muito mais simples e menos opulenta do que Myron esperava. Mobília e almofadas de uma só cor. Paredes brancas e despojadas. Estantes de pinho com objetos de artesanato trazidos da Ásia e da África. Victoria dissera a ele que Cissy Lockwood adorava viajar.

Eles pararam em frente ao quarto. Myron olhou para dentro. A mãe de Win jazia na cama, dando a impressão de profunda exaustão. Sua cabeça repousava sobre o travesseiro como se fosse pesada demais para se erguer, e ela recebia soro intravenoso no braço. Ela olhou para Myron e esboçou um leve sorriso. Myron também sorriu. Com sua visão periférica, ele viu Victoria fazer um sinal para a enfermeira, que se levantou, passou por ele e saiu do quarto. Myron entrou. A porta se fechou atrás dele.

Myron aproximou-se da cama. A respiração da Sra. Lockwood era difícil e penosa, como se ela estivesse sendo estrangulada aos poucos. Myron não sabia o que dizer. Ele já vira pessoas morrerem antes, mas tinham sido mortes rápidas e violentas, em que a força da vida se extinguia numa torrente impetuosa. Aquilo era diferente. Na verdade, ele estava assistindo à morte de um ser humano, a vitalidade escoando-se como o gotejar do frasco de soro. A luz de seus olhos se enfraquecia aos poucos de forma quase imperceptível, e a mecânica dos tecidos, nervos e órgãos se corroía sob o ataque da fera perversa que desejava dominá-la.

Ela levantou a mão e a pôs sobre a dele, apertando-a com uma força surpreendente. Ela não estava esquelética nem pálida. Os músculos ainda eram firmes e seu bronzeado de verão tinha esmaecido um pouco.

– Você sabe – disse ela.

Myron fez que sim.

Ela sorriu.

– Como?

– Um monte de pequenas coisas – respondeu ele. – O fato de Victoria não querer que eu escavasse o passado. O passado perverso de Jack. Seu comentário indiferente demais sobre o fato de que Win iria jogar golfe com Jack naquele dia. Mas em grande parte, tudo me veio de Win. Quando lhe falei sobre nossa conversa, ele disse que agora eu sabia por que ele não queria nada com você e com Jack. Você, eu conseguia entender. Mas por que Jack?

Cissy arfou e fechou os olhos por um instante.

– Jack destruiu minha vida – afirmou ela. – Eu sei que aquilo não passou de uma travessura de adolescente. Ele pediu mil desculpas. Disse que não imaginou que meu marido pudesse estar na propriedade e que estava certo de que eu tinha ouvido Win chegar e tinha me escondido. Era só uma brincadeira, ele disse. Nada mais. Mas nada disso o torna menos responsável. Perdi meu filho para sempre por causa dele. Ele tinha que arcar com as consequências.

Myron balançou a cabeça.

– Então você pagou a Lloyd Rennart para sabotar Jack no Aberto.

– Sim. Era uma punição inadequada para o que ele fizera com minha família, mas foi o melhor que pude fazer.

A porta do quarto se abriu, e Win entrou. Myron sentiu a mão largar a sua. Cissy Lockwood soluçou. Myron não hesitou nem se despediu. Virou as costas e saiu do quarto.

◆ ◆ ◆

Ela morreu três dias depois. Win não saiu um minuto de seu lado. Quando ela deu o último e doloroso suspiro, quando seu peito misericordiosamente parou de arfar e seu corpo se imobilizou numa máscara inanimada e definitiva, Win surgiu no corredor.

Myron se pôs de pé e esperou. Win olhou para ele, o rosto sereno, imperturbável.

– Eu não queria que ela morresse sozinha – disse ele.

Myron concordou, esforçando-se para parar de tremer.

– Vou dar uma caminhada.

– Posso fazer alguma coisa? – perguntou Myron.

Win parou.

– Na verdade, sim.

– O que é?

Naquele dia, eles jogaram 36 buracos no Merion. E mais 36 no dia seguinte. E no terceiro dia Myron estava começando a pegar o espírito da coisa.

FIM